눈이 내리네

표지 그림 _ 김영권(서양화가, 일러스트레이터)

대한민국미술대전 및 구상전, 대한민국누드미술대전 수회 수상.
초대작가전, 협회, 단체전 다수.
현재 (사)한국미술협회, 한국장애인미술협회, 경기국제미술창작협회 회원.

www.artdoxa.com/kositartmoz
E-mail : kykmoz@hotmail.com
전화번호 : 011-9860-5283

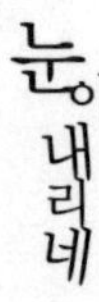

1쇄 발행일 | 2012년 10월 30일

지은이 | 김미선
펴낸이 | 정화숙
펴낸곳 | 개미

출판등록 | 제313 - 2001 - 61호 1992. 2. 18
주소 | (121 - 050) 서울시 마포구 마포동 236 - 1 덕성빌딩 2층
전화 | (02)704 - 2546, 704 - 2235
팩스 | (02)714 - 2365
E-mail | lily12140@hanmail.net

ISBN 978 - 89 - 94459 - 24 - 0 03810

값 12,000원

※문화나눔사업은 문화체육관광부와 한국문화예술위원회가 추진하며,
복권위원회와 함께 합니다.

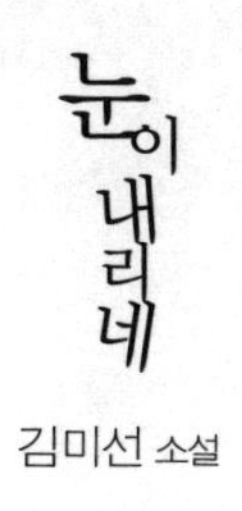

김미선 소설

개미

변명

1994년에 등단이라는 걸 하고 이제야 첫소설집을 내니 숨을 구멍만 찾게 된다. 그동안 장애인단체 일을 하면서, 그리고 이런저런 글을 쓰고 책도 내면서 작가라는 이름을 은근슬쩍 쓰지 않은 것도 아니니 저간의 사정이 이번에 적나라하게 드러나는 셈이다.

그런데도 새삼 단행본을 묶어야 될까, 저으기 주저하면서도 한 걸음 앞으로 나서게 된 것은 역시 또, 이 '몸땡이' 때문이라는 핑계를 내세우고 만다.

스페셜한 이 몸에 불침처럼 새겨진 화두에 대하여 정답은 아니어도 적어도 응답은 해야 되지 않을까, 그래서 반백 년이 넘는 오늘날까지 나라는 존재를 싣고 기우뚱기우뚱 살아나온 이 몸에 대한 일부의 갚음이라도 해야 되지 않을까, 실은 이것이 작가가 되고 싶었던 이유였고, 또한 글 쓰는 일로부터 도망치게 된 까닭이기도 했다. 그러나 이젠 먼 뒤안길에서 돌아와 누님 같은 글꽃을 피우지는 못할지라도 최소한 장부정리는 해두어야 하지 않을까, 구태여 말로 하자면, 이런 책임감이 나를 떠밀었다.

등단하고 처음 몇 년 동안 사랑을 받지 않았다고는 할 수 없다. 오히려 과분한 기대도 받았다. 그런데도 이 일을 지속시키지 못한 것은 삶에 대해 내가 내미는 값이 너무 초라하고 상상력마저 빈한했기 때문이었다. 돌아서서 혼자 견딜 수는 있어도 그걸 데커레이션하여 세상에 내놓고 싶지는 않았다.

그리고 문학 밖의 저잣거리를 기웃거리며 다녔다. 간난을 팔아 꽃도 사고, 세월을 팔아 눈물도 샀다. 다른 이들이 사고파는 물목物目도 지켜보았다. 그러고 보니 스페셜한 것만 스페셜한 것이 아니었다. 거리에서 만난 사람들도 하나같이 스페셜했다. 설사 나 혼자 그러하다 할지라도 그건 감추거나 부끄러워해야 할 것이 아니라 오히려 삐딱한 처마 한쪽이나마 붙들고 앞으로 나가야 했다. 그게 바로 우리네 시시마꿈(각자, 제각기 라는 뜻의 경상도 일부지역의 방언) 삶이었다.

이십 년 전에 썼던 단편부터 올해 완성시킨 것까지 열 편을 추려서 꾸렸는데도 완결성에 있어선 말할 수 없이 부끄럽다. 가출했던 탕자가 집으로 돌아온 시간이 그리 길지 않았다고 자위하면서 앞으로 올 시간에 감히 등燈 하나를 걸어본다.

책이 발행될 수 있도록 도와준 문화나눔사업의 복권기금과 개미 출판사에게 깊이 감사드린다.

엉거주춤 지고 가던 글짐을 일단 내려놓고 다시 시작하라고 바통을 쥐어주시는 것 같아 얼마나 가뿐하고 고마운지 모르겠다.

하늘이라는 같은 지붕을 이고도 한쪽으로 비스듬히 실그러져 있어 그 틈으로 찬바람이 새고 때론 별빛도 비쳐드는 그런 동네의 속내들을 몇 줄로라도 계속 쓸 수 있으면 참 좋겠다.

부용천변의 작은 책상 앞에서

김미선

차례

눈이 내리네

오후 내내 책상 앞에 앉아 있다가 고개를 들어 창밖을 보면 전봇대 위에 조금씩 눈이 쌓여가고 있었다.

그동안 나는 한 줄의 문장도 완성시키지 못했다.

두 손을 무릎 위에 얹고 막연하게 컴퓨터를 들여다보고 있다가 근근이 한 줄을 끌어 올리고나면 얼마 되지 않아 그것은 다시 썩은 동아줄처럼 끊겨져 나갔다. 무력한 나를 비웃기라도 하듯 끊임없이 반짝거리는 새파란 커서가 부담스러우면서도 나는 차마 컴퓨터를 꺼버리지 못한다. 대신 눈길이 창 너머에 가 머무는 시간이 길어졌다. 건너편 아파트의 모서리에 기대듯 서 있는 전신주에는 참새 한 마리 얼씬거리지 않는다. 그 뒤에 막막한 얼굴처럼 부옇게 떠 있던 하늘은 점점 검은 빛으로 가라앉아왔다.

집에서 부업을 하는 다른 여자들처럼 구슬이라도 꿰었더라면, 시간이 눈앞에 보이는 것으로 환치되어 굳어지는 것을 확인이라도 할 수 있었으련만.

나는 속절없이 시간을 흘려보내고 있었다. 캄캄한 네모 상자 안에 불빛만 들어오면, 그래서 방정맞도록 쉬임없이 작은 몸을 굴리고 있는 커서만 바라보면 머릿속이 먹먹해져 왔다. 그렇다고 해서 쓰고 싶은 것이 없는 것이 아니었다. 새벽에 문득 잠이 깨어 거무레한 천장을 바라보면 거기에는 슬프고도 적막한 말들이 서로의 작은 몸을 껴안고 웅크리고 앉아 나를 기다리고 있었다. 길을 가다가도 미처 풀지 못한 덩어리 하나가 뜨겁게 가슴을 달구어오곤 했다. 그러나 귀신들린 여자처럼 그 허허롭고도 뜨거운 감정이 비좁은 속에서만 와글거릴 뿐, 그것이 어떻게 바깥으로 나와야 할지, 한 줄의 빛나는 견사처럼 올올이 풀려나와야 할지 도무지 알 수 없는 채로 남아 있는 것이다.

대책없이 늘어져 있는 시간 속을 빠져나와 저녁이나마 제대로 차려야겠다고 마음을 먹었으나 나는 쉽게 몸을 일으키지 못하고 있었다. 그때 안방에서 전화벨이 울렸다. 순간 나는 박 부장의 얼굴을 떠올리고 다시 난감해졌다. 서울장애인협회 복지관에서 실시하는 프로그램에 나와 달라는 그의 주문에 대한 나의 대답은 여전히 아니오, 였다. 그러나 한 프로그램을 맡았다 하면 누구보다 강력하게 밀어붙이기로 소문난 박 부장의 주문도 쉽게 철회될 것 같지 않았다. 나는 전화를 받기 위해 얼른 자리에서 일어났다. 복지관의 청탁에 대해서는 남편에게도 아직 말하지 않은 상태였다.

"여보세요."

텔레비전을 켜놓은 채, 종일 잠을 자는 것으로 피곤을 녹이고 있던 남편이 일어나 먼저 전화를 받았다. 등 뒤에 진득하게 붙어 있는 잠을 떨구기 위해서였을까, 그는 수화기를 들고도 한참을 어릿대다가 천천히 응답을 했다.

"여보세요."

여전히 졸린 음성이었다.

"네?"

남편은 문가에 서 있는 나를 바라보며 한 손으로 눈을 비볐다. 박 부장의 전화라면 남편은 그의 제의에 대해서, 또 그것을 거절하고 있는 나에 대해서 어떤 반응을 보일 것인지 나는 막연하게 생각을 궁글리는 중이었다.

"전화를 잘못 거셨는데요."

남편이 수화기를 내려놓는 것을 보면서 나는 가만히 숨을 내쉬었다. 일단은 부딪치지 않아도 된다는 안도감과 함께 꼭 해야 할 일을 처리하지 못한 미진함이 아울러 남았다. 박 부장은 은근히 사람을 옭아매고 있었다.

남편이 윗도리를 걸치더니 차에 나가봐야겠다고 부스럭거리며 신발을 신었다. 나도 그제야 작은 방으로 돌아와 완전하게 컴퓨터 전원을 뽑아버렸다. 그리고 그의 뒤를 주춤주춤 따라 나갔다.

눈은 어느새 소리도 없이 멈추어 있었다.

어쩌면 생각보다 훨씬 전에 그쳤는지도 모르겠다. 언제부터인가 나의 눈은 무심코 사물을 향해 있으면서도 실상은 아무것도 보지 않을 때가 더 많았다. 그뿐 아니라 사람들이 끊임없이 만들어내는 소리의 한복판에 있을 때도 나는 멍하니 그것들에서 차단되어 있기 일쑤였다. 바로 옆에서 하는 말도 나한테 정식으로 하는 말이 아닐 때면 그냥 스르르 흘려보냈다. 으레 같은 자리에서 들었으려니 하고 상대방이 다음 말을 물어오거나 진행해나갈 경우에는 그야말로 속수무책일 때가 태반이었다. 그렇게 듣지 않는 버릇은 보지 않는 그것보다 더 오래되었을지도 모른다. 다분히 퇴행적이라고 밖에 말할 수 없는 이 버릇은 나의 작은 얼굴을 점점 더 좁게 오그려뜨리고 주변 사람들로부터 벽을 만들어 간다. 그러면 그럴수록 나는 점점 더 눈과 귀를 닫아간다.

하늘에서 내린 눈은 앙상한 가지들을 얌전하게 덮었고, 어둠은 매일의 일상처럼 차분하게 제자리를 찾아 스며들었다. 바람 한 점 없는 냉랭한 공기는 차갑게 콧등을 흘러내린다. 이따금 라이트를 켠 승용차들이 미끄러지듯 옆으로 지나갈 뿐, 콘크리트 건물을 두르고 있는 일요일 밤의 정적은 완강한 것이었다. 그러나 그 고요함과는 상관없이 어디선가 아이들의 함성이 흘러들어 왔다. 나는 그 소리를 좇아 멀리 이마를 들었다. 아파트 건물과 건물 사이의 공터에서 희끄무레한 그림자들이 달리고 있는 것이 보였다. 건물에 가려 한두 명 같기도 하다가 갑자기 여러 명의 아이들로 겹쳐져서 나타나기도 하고 때로는 작은 짐승 같이 지면이나 벽에 바싹 붙어 있기도 했다. 그들은 한결같이 뛰고 구르고 쉬임없이 팔을 종횡으로 휘둘렀다. 그때마다 눈 떨어지는 소리가 후드득 들린다. 차갑고 냉정한 겨울의 자연 앞에서 결코 굴복되지 않은, 작지만 끈질긴 생명들의 반란처럼 보인다.

나는 미끄러지는 것을 피하기 위해서 눈이 다져지지 않은 갓길을 택해 발을 옮겼다. 거기에는 불규칙적이고 파행적인 선들이 이리저리 그어져 있다. 선이 처음 시작하는 곳에서는 그나마 약간의 무게가 실린 듯 조금 옴폭하게 패여 있다가 끝으로 갈수록 그것은 점점 희미해졌다. 그러나 조금 앞에서 눈은 다시 패이고 떨리듯이 희미하게 그어진 선은 계속하여 지속된다.

남편은 온몸을 앞꿈치에만 의지하여 발을 끌듯이 걸었다. 나는 희미한 그 선 위에 다시 나의 발자국을 만들며 그에게로 간다. 작은 발 두 개와 그 양쪽에 동그란 도장을 찍으며. 우리 뒤에 오는 사람이 있어서 이 발자국을 본다면 이건 도대체 무엇이 만든 흔적이란 말인가 하고 고개를 갸웃거릴지도 모르겠다.

남편은 차 안에 앉아 있었다. 차는 완벽하게 하얀 눈을 뒤집어쓴 채 뒤꽁무니 양쪽에만 진홍색 불빛이 들어와 있다. 시동을 걸기 전에 눈을 쓸어내려야 깨끗하게 된다고 전에도 여러 차례 말했는데 남편은 그냥 앞질러 나오더니 엔진을 켜놓은 것이다. 나는 괜히 마음이 바빠졌다. 순서대로 한다면 차 옆구리를 대강 털어낸 다음 차체에 몸을 바짝 붙여 고정시키고 나서 지붕부터 깨끗하게 빗자루로 쓸어내야 한다. 그리고 뒷유리창을 쓸어내고 다음에 앞유리창과 범퍼를 닦는다. 마지막으로 차체 옆구리를 다시 한 번 꼼꼼하게 쓸어내고 바퀴의 알루미늄 휠까지 털어내는 것이다. 나는 이 과정을 정확히 해 내기를 좋아한다. 그러나 시동이 걸리고 나면 후드의 눈이 열에 녹아서 엉겨붙기 때문에 산뜻하게 쓸어지지가 않았다. 그래서 그것부터 빨리 해치워야 된다는 강박감과, 더구나 오늘처럼 남편이 차 안에 있는 날이면 유리창도 빨리 쓸어내려 그의 시야를 터주어야 한다는 조급증 때문에 괜한 헛손질까지 하게 된다. 매사에 침착한 남편에 비해서 그것은 나만의 초조감인지도 모른다. 그러면서도 나는 번번이 그런 감정에 휘둘리고 마는 것이었다.

손가락에 보소소 낱알이 느껴질 정도의 싸락눈은 부드러운 빗자루 아래에서 잘 쓸려 내려갔다. 그러나 뒷유리를 먼저 털었다가 지붕을 쓰는 바람에 흘러내린 눈이 다시 유리를 덮었다. 앞에서도 마찬가지였다. 남편이 와이퍼로 먼저 밀어내긴 했지만 미처 닿지 않은 윗부분에는 소복이 삼각주를 이루었다. 빗자루 끝으로 그걸 털어내다가 창 전체는 다시 뿌예지고 말았다. 깨끗하게 쓸어낸 난 다음에도 빗자루가 다시 지붕으로 올라가는 바람에 앞뒤의 창은 다시 눈으로 얼룩이 졌다. 이쪽저쪽 들쑤셔가며 하는 비질로 똑같은 자리를 몇 번이고 반복해야 했지만 나는 정성을 다해 비질을 거듭했다. 며칠 전부터 노상주차를 하게 되어 두텁게 앉은 먼지까지 한꺼번에 털어낼 요량이었다. 이년 전 회사 바로 앞에 대형 지하주차장이 생겨 남편은 무척 좋아라 했었다. 어떻게든지 살아가도록 돌보시는구나, 감격에 찬 목소리로 오랜만에 하나님까지 들먹여가며 진심으로 감사했었다. 그런데 성수대교가 무너지고 철로가 끊어지고 육교가 내려앉으면서 정부는 사고방지를 위한 부실공사의 근원적인 퇴치라는 슬로건을 대대적으로 내걸었고, 그 바람에 지은 지 이년밖에 되지 않은 최첨단 컴퓨터 시스템이라던 지하주차장도 덩달아 보수공사에 들어갔다. 그런 일련의 사건 끝에 남편의 차는 다시 사무실 앞의 비좁은 골목으로 밀려 나고 말았다. 지하 오층까지 빽빽하게 들어찼던 몇백대의 차들이 일시에 다 길가로 쫓겨나고 말았으니 앞으론 어디에다 차를 세워야 할지, 남편은 짧은 밤잠까지 놓쳐가며 고민을 했었다. 거기에서 좀 떨어진 곳이라면 경쟁이 심하긴 해도 다른 주차장이 없는 건 아니었다. 그러나 남편에게 거리가 먼 곳은 공짜로 준다고 해도 아무 소용이 없다는 것이 문제였다. 땀을 뻘뻘 흘리며 그가 해낼 수 있는 보행의 범위는 기껏 일이백 미터를 넘지 못했으니 그가 할 수 있는 방법이라고는 출근 시간을 더욱 앞당기는 것밖에 없었다. 이러다간 남들이 퇴근하는 시간에 출근을 해야겠구만. 그는 허허롭게 웃었다. 지금도 구태여 밖으로 나와 시동을 건 것은 내일 새벽에 차를 쉽게 뺄 수 있는 곳으로 옮겨놓기 위해서였다. 사람들이 아직 깊은 잠에 잠겨 있는 깜깜한 새벽에 밖으로 나와 보면 차들은 밤에 수많은 새끼들을 쳐놓은 것 같았다. 주차선 안은 물론이고 뒤에도 이중 삼중으로 얽혀 있어서 발 하나 들여놓기도 쉽지 않았다. 어쩌다 사이드 브레이크를 풀지 않은 차가 버텨 있기라도 하면 그야말로 망하는 날이었다. 그런 불상사를 피하기 위해 남편은 비좁은 길가에다 세로로 미리 세워놓으려고 하는 것이다.

하얀 알갱이가 드문드문 드러난 지붕의 눈을 마지막으로 털고 있을 때 맞은편 현관에서 나오던 사람이 이쪽을 쳐다보았다. 우리집 베란다에서 보면 약간 오른쪽으로 비켜나서 마주보이는 삼층집 남자였다. 나는 그 집의 외형에 관한 것이라면 많은 것을 알고 있는 편이다. 구십 킬로는 족히 넘을 만큼 덩치가 좋은 그 남자는 숱이 많은 구레나룻을 하고 있었고 차는 검은 캐피탈로, 비교적 자유로운 출퇴근을 하고 있는 걸 보아 자영업을 하는 것 같았다. 종일 차가 움직이지 않는 날도 자주 있는 편이었다. 그의 부인은 얼굴이 희고 키가 훤칠한 미인형이었다. 그래서 그런지 유난히 머리형을 자주 바꾸고는 했다. 리본을 꽂은 파마머리였는데 어느새 단발머리로 바뀌었는가 하면, 어떤 날은 아침에 동글동글 구워져 있던 머리가 저녁에 빨래를 걷으면서 내다보면 그새 직모로 펴져 있기도 했다. 그쪽 아파트 입구에는 다른 곳과는 달리 몇 개의 의자가 유리문에 기대어져 있었는데 여자는 항상 바깥쪽 의자에 나와 앉아 있곤 했다. 그때마다 기다란 다리를 앞으로 쭉 뻗거나 모로 꼬고 앉아, 손톱소제를 하느라고 손을 좌우로 열심히 움직이기도 하고 뾰족한 입으로 손톱 사이의 먼지를 훅훅 불기도 했다. 짧은 반바지를 입은 날은 아예 의자 위에 올라앉아 무릎을 세우거나 양반다리로 반듯하게 앉아 있기도 했는데 그때마다 하얀 허벅지가 눈부시게 드러났다. 부인치고는 군살이 없는 미끈한 실루엣에 눈이 가면서도, 그런데도 어딘지 모르게 밉살스러운 데가 있었다. 아마 몸매에 너무 자신 있어 하는 그녀의 돌출된 행동 때문일 것이다. 그러나 사실은, 턱없는 것이긴 하지만 그녀 다리에 대한 나의 시샘 때문인지도 모른다. 인간의 몸이라는 게, 따지고 보면 어디 한 군데 놀랍지 않은 곳이 있을까마는 그래도 나에게는 다리라는 인체가 훨씬 더 압도적인 경이로움으로 다가온다. 다리에 대하여 어찌할 수 없는 나의 천부적인 컴플렉스 때문이 아닐까라고 누가 말해 준다면 나는 고개를 끄떡일 수밖에 없다. 그러나 역시 다리에 관한 한, 비틀린 왜곡이라기보다는 순전한 아름다움에 대한 절실한 인식을 가지게 된 것뿐이라고 나는 말하고 싶다.

어쨌든 살아 있는 다리란 어떤 의미에서든 가장 역동성을 갖춘 것임에는 틀림이 없다. 언제라도 씩씩하게 앞을 향해 나아가고, 때로는 멈추고, 때로는 돌아가면서, 두터운 삶의 무게를 기꺼이 두 발 위에 올려놓기를 마다하지 않는다. 마음먹은 대로 아니, 마음 이전에 먼저 뻗어나고 휘어지는 전자동이면서도 위에서부터 아래까지, 또는 아래에서 위에까지 가없는 에너지가 쭉쭉 실리는 것을 보면 놀라움을 넘어 신비롭기까지 하는 것이었다. 그래서 나는 발끝을 함부로 벌리고서 터벅터벅 걷는 팔자걸음이나 엉덩이를 뒤로 쑥 빼고 되는대로 발자국을 만들어버리는 소위 발걸음의 자유주의자들을 이해하지 못하는 편이다. 인간의 몸을 직선으로 관통하여 흘러내리는 경쾌한 힘과 유연한 아름다움을 드러내는데 있어서 다리처럼 적나라한 곳이 또 어디 있을까.

삼층 남자는 두 발짝쯤 옮겨놓다가 갑자기 뒤를 돌아보았다. 미처 깨닫지 못하던 일이 갑자기 생각난 것처럼. 불빛이 희미한데도 나는 그가 눈을 둥그렇게 뜨고 있음을 알 수 있었다. 그는 대체적으로 큰 편에 속하는 머리통을 이쪽으로 기울여 집어삼키듯이 나의 아래위 모습을 훑어보았다. 그러고는 다시 차 안에 있는 남편한테로 호기심어린 눈길을 밀어넣었다. 그 순간은 극히 짧았다. 아무리 길어봤자 이, 삼 초를 넘기진 못했을 것이다. 그러나 나는 강열한 빛의 도장에 온몸이 콱 눌린 것 같았다. 얼마나 지났을까, 그 남자의 길다란 부인과 별 특징 없는 여자아이 둘이 서로 엉겨서, 앞서 그가 나온 현관의 불빛을 뒤로 한 채 걸어나왔다. 이제 그 남자도 그들의 조금 앞에서 가던 길을 느릿하게 걸어갔다. 나는 갑자기 허공에서 떨어진 듯한 멍한 느낌으로 그들을 바라보았다. 나에게 일어난 강열한 파동이 그 남자 때문이 아니라 오히려 나의 소심증에서 기인한 것이라고 생각하니 더욱 의기소침해졌다. 그 기분을 지워버리기 위해 나는 남자가 우리의 얼굴을 식별하고 나서 어떤 표정을 지으며 어떻게 본래의 자세로 고개를 돌려 갔던가를 객관적으로 기억해내려고 애썼다. 그러나 아무 생각도 떠오르지 않았다. 단지 커다랗게 확대된 동공과 돌아서서 묵묵히 걸어가던 뒷모습만 있을 뿐이었다. 그의 키 큰 아내는 우리가 거기 있음을 일별하고는 휘파람을 불듯이 뾰족한 입을 앞으로 조금 더 내밀고 지나갔다. 아이들의 어깨에 걸쳐져 있는 그녀의 손에 힘이 조금 더 실린 것도 같았다.

"아니, 바깥양반은 뭣하는 사람이길레 이렇게 몸이 불편한 사람에게 일을 시킨대요?"

기름걸레를 들고 차에 매달려 있는 나를 볼 때마다 거의 외마디 소리를 지르다시피 하던 이웃 할머니도 뒤에 우리를 알고부터는 못 본 척 고개를 돌리거나 먼 산을 바라보며 지나가곤 했다. 언제나 한 아이는 등에 업고 한 아이는 옆에 걸리면서 허리가 아파 아유유, 아유유 앓고 다니던 할머니였다.

"추울 텐데 이제 그만 들어가."

남편은 다 탄 담뱃불을 손가락으로 비벼 하얀 재를 털어버리고 조그맣게 남은 꽁초를 재떨이에 밀어 넣으며 말했다. 차 안에서는 쇼팽의 녹턴이 흘러나왔다.

"좋은 밤이죠?"

나는 운전석에 앉아 있는 남편을 차창을 통해 들여다보며 팔짱을 끼고 말했다. 팔 두 개가 서로 교차하여 왼쪽 겨드랑이 아래로 나온 오른손에서는 눈 묻은 빗자루 끝이 대롱거렸다. 이만하면 쾌적한 저녁이다. 남편은 음악을 들으며 평화롭게 차 안에 앉아 있고 아내는 사랑하는 그의 곁에 서 있다. 세상은 축복이라도 받은 양 온통 은가루를 뒤집어쓰고 바람 한 점 불지 않는 나무 끝에는 순전한 고요함이 그대로 드리워져 있다. 나는 그걸 과시라도 하는 냥 겨드랑이 아래의 두 손가락을 자꾸 흔들었다. 그때마다 손끝에 달려 있는 빗자루가 흔들렸다.

남편은 뒤꽁무니에 후진하는 하얀 불빛을 넣었다. 그때 안쪽에서 검은 차 한 대가 빠져 나왔으므로 나는 차체에 손바닥을 두드려 막았다. 검은 세단은 아주 천천히, 아교풀이 붙은 땅바닥을 통과하듯이 그렇게 서서히 지나갔다. 다시 차가 움직일 때에 갑자기 오른편 차들 사이에서 꼬마 두 명이 튀어나왔다. 끝이 오므라진 장방형의 털모자를 쓰고 장갑을 낀 손에는 작은 눈뭉치가 들려 있었다. 밤놀이를 즐기기에는 지나치게 어린아이들이었다. 미처 차를 세우기도 전에 꼬마들은 다시 차 뒤로 사라져버렸다.

"나 혼자 세우고 들어 갈테니 먼저 들어가."

남편은 다시 한 번 말했지만 나는 언제 다시 팽이처럼 튀어나올지 모르는 꼬마들을 지키느라 차 뒤에 가서 섰다. 그러고 보니 갓길뿐 아니라 주차선 안까지도 많이 비어 있었다. 새하얀 세상에 비교되어 더욱 까맣게 보이는 그 자리는 어떤 거인이 흘려놓은 눈물 자국 같다. 그 많은 차들이 다 어디로 간 것일까. 이슥한 저녁까지도 눈이 내리고 있었으므로 까만 흔적을 남긴 차들은 나간 지 얼마 되지 않았음을 말해준다. 지금 시간이라면 교회 저녁예배를 참석하든지 저녁 외식을 하기에 맞춤한 때일 것이다. 나는 눈을 들어 하늘을 본다. 우리가 함께 외출을 한 것은 언제쯤이었는가. 하늘에는 캄캄한 장막이 낮게 드리워져 있었다.

남편이 갓길에 차를 세우는 동안 나는 먼저 왔던 길을 도로 짚어왔다. 아이들은 다시 어둠의 갈피 속으로 숨어버리고 주변은 조용했다. 사람들은 즐겁게 외식을 하거나 팔짱을 끼고 교회로 가는 일 이외에도 출타해야 할 많은 일이 있을 것이다. 이를테면 갑자기 응급실로 헐레벌떡 달려간다든지, 장례식에 가 밤을 새우는 일 말이다. 그뿐 아니라 만나고 싶지 않은 사람을 만나거나, 가고 싶지 않은 장소에 가야 할 일도 많을 것이다. 우리는 거의 대부분, 어쩌면 완벽하게라고 말해야 할지도 모른다. 자질구레하거나 때로는 중대한 그런 의무에서 제외되어 있었다. 홀가분하게. 나는 입술을 벌려 홀가분이라는 말을 즐거운 느낌이 나도록 발음해보고 싶었다. 홀, 가, 그때 두툼한 옷을 입은 사람이 갑자기 길을 가로막았다.

"아니, 밤에 웬 빗자루예요?"

밝게 튀어오르는 그 음성이 너무나 윤이 나서 순간 나는 미끄러질뻔 했다. 아파트 상가의 야채가게 여자였다. 그 옆에는 반코트 주머니에 두 손을 찌른 그녀의 남편이 약간 쑥스러워하는 웃음을 달고 서 있었다. 그녀의 한 손은 남편의 주머니에 들어가 있는 채로였다.

"밤중에 무슨 빗자루예요?"

그녀는 다시 한 번 물었다.

“아니, 오늘 가게 안하셔요?”

나는 빗자루에 대한 대답 대신 되레 그녀의 가게에 대해서 물었다.

“모처럼 눈 아니에요? 가게문은 일찌감치 닫았죠.”

그녀는 쾌활하게 말했다.

“우린 지금 밤산책 가는 중이에요. 포장마차에서 술도 한 잔 할 거구요.”

그녀는 지금 으시대고 있는 중이라는 것을 나타내기 위해 과장되게 고개를 까닥거렸다. 부식거리를 사고팔면서 잠깐 만나는 사이이지만 평소 나는 그녀를 좋아하는 편이다. 너무 자기표현을 하는 편이라 부담스러울 때도 있지만 그 내용이 소박하고 솔직해서 언제나 웃음을 짓게 하는 여자였다. 지금 같은 경우도 머뭇거리지 않고, 마치 반짝이는 종이별이라도 뿌리듯이 사이좋은 부부애를 과시해주는 바람에 나는 더 좋았다. 많은 경우는 나 같은 사람 앞에서 어떻게 처신해야 할지 약간 주저하는 편이고 그러면 나는 눈칫밥 먹고 자란 아이처럼 그들의 심정을 재빨리 알아채고는 우울해지곤 했다.

현관문을 열고 막 들어서는데 방 안에서 전화벨이 울렸다. 드디어, 라는 생각과 함께 나는 아예 의자에 앉아버렸다. 그리고 윗몸을 구부리고 젖은 신발을 손으로 벗겨냈다. 어차피 신발을 신고 들어가지 않는 한, 제 시간 안에 전화를 받기는 어려울 것이다. 또한 피할 수 있으면 피하고 싶었다. 나는 힘없이 헐렁거리는 한쪽 다리를 대신하여 버팀목이 되어주는 보조기도 천천히 벗겨냈다. 다리 길이만큼 길다란 스테인레스 보조기는 바깥 공기에 전도되어 얼음처럼 차가왔다. 몸의 한 부분이면서도 언제까지나 익숙해지지 않는 물건. 이 일을 다 마칠 때까지도 전화벨은 그치지 않았다.

그제야 몸을 돌려 방 안으로 들어갔다. 이토록 인내심 있게 반복되는 전화를 받지 않으면 안된다고 소리치는 도덕적인 강박감과 될 대로 되라는 식의 자포자기가 함께 어울려드는 순간이었다.

"집에 전화기가 몇 대요? 적어도 세 개 이상은 있어야 되지 않수? 움직이지 않아도 이쪽저쪽 아무데서나 손에 닿을 수 있도록 말이오. 그건 엄연히 장씨 문중에 있는 사람으로서의 기본 예의에 속하실텐데."

사전 인사 같은 건 깨끗이 생략하고 다짜고짜 튀어 나온 사람은 역시 박 부장이었다. 오랫동안 그의 귓속에서 울렸을 신호음에도 불구하고 지치거나 짜증스러운 기색이라고는 없이 여전히 느긋한 목소리였다. 예전에 한동안 같은 직장에서 일하기도 했던 그는 장애인들을 누구나 '장씨 문중'이라고 불렀다. 그럼 남자건 여자건 할 것 없이 누구나 다 '애인'이겠네, 그러면 그는 더 좋아라고 목젖까지 열어제치고 껄껄껄 웃음을 쏟아냈다.

"어때요? 생각해 보셨어요? 아니, 생각해보고 자시고 할 것이 어디 있어? 적임자인 오 선생이 마땅히 해 주셔야지. 당신 집에만 있더니 너무 소심해지는 것 아니오?"

박 부장은 친근하다는 것을 미끼로 말 끄나풀을 마구 흔들어댔다. 그는 며칠 전부터 나한테 성인 장애인들을 위한 프로그램에 나와서 장애인들끼리의 결혼에 관한 강의를 해달라고 조르는 중이었다. 그때 거절을 했는데도 다시 한 번 생각해 보라고 일방적으로 시간을 주더니 이렇게 다그치는 것이다.

"박 부장은 일요일도 일해요?"

나는 대답 대신 또 엉뚱한 질문을 하는 것으로 본질에서 비켜났다. 아까는 빗자루의 용도에 대해서, 그리고 지금은 강의를 할 수 없는 그 이유에 대해서. 더 나아가서는 당신의 바깥양반이 어디 있느냐고 묻는 할머니에게까지.

"행사 날짜는 하루하루 다가오지요. 오 선생은 대답을 안 해 주지요. 일요일이 아니라 내가 죽을 날이라도 일을 안 할 수가 없잖아요."

박 부장은 여전히 느물느물했다.

"오 선생의 개인적인 이야기가 싫으면 일반적인 이야기를 해 주시면 돼요. 물론 실제적인 체험이 회원들에게 더 도움이 되겠지만."

박 부장은 오십보백보 양보한다는 듯 그렇게 말했지만 그건 타의에 의해서 양보받을 문제가 아니었다. 그 자리라는 것이 저절로 나를 발가벗게 할 것이기 때문이었다. 거기 있는 사람들은 나에게 두꺼운 코트 하나만 벗어도 족하다고 말할지 모른다. 그렇지만 나는 누구의 강권도 아닌, 스스로의 사무침으로 마지막 속옷까지 다 벗고 말 것 같은 기분이 든다. '장씨네 문중' 사람들 앞에서는 그렇게 하지 않으면 안 될 것 같은 강박관념이 내 속에 숨어 있는 것이다. 왜 그럴까? 어린 날 부모를 잃고 뿔뿔이 흩어졌던 형제들이 길거리에서 다시 만났을 때의 심정이 이러할 것인가. 겉으로는 웃고 있지만 때문은 손으로 훔쳐낸 뺨의 눈물 자국를 보고난 것 같은, 그러면서도 내 주머니는 홀홀 비어 있고, 데리고 가서 따뜻한 잠 한 번 재워 줄 방구들조차 마련되어 있지 않은 것이다.

박 부장이 말한 것처럼 정말로 일반적인 이론이 필요한 것이라면 나보다는 강단에 선 교수나 현역에 있는 사회사업가가 훨씬 더 적합할 것이다.

그는 다시 덧붙여왔다.

"회원들은 좋은 사례만 바라고 있는 것이 아니에요. 당사자가 겪은 현실적인 실상을 알고 싶은 것이지요. 그렇게 생각하면 한결 마음이 가볍지 않아요?"

그는 거절할 수밖에 없는 나의 속사정을 미리 알고 있다는 듯이, 그리고 그들이 원하는 건 다름아닌 바로 그 문제라는 듯 낮아진 목소리에 힘을 주었다. 어느덧 그는 한껏 진지해져 있었다.

"그렇다면 빤히 알 수 있는 사실을 구태여 말로 할 필요가 어디 있어요?"

장애인끼리 살면, 더구나 우리 부부 같은 경우는 아이를 안아서 마음대로 이동할 수 없고, 남의 손이 아니면 형광등 하나 갈아끼울 수 없고, 다반사로 부딪치는 의식주의 자잘한 일들조차 한결같이 용기를 필요로 하고…… 그 따위의 뻔한 말들을 나는 차마 늘어놓을 수 없었다.

"뻔한 그 속에서 의미를 찾아내보자는 거지요. 뻔하다고 해서 아무것도 시도하지 않으면 그건 죽은 거나 마찬가지니까요. 살아 있는 동안은 뭔가를 추구해야 하고 움직여가야 하는 것 아닙니까? 설사 그것이 패배나 좌절에 이를지라도 적어도 '무'는 아니지 않겠습니까? 그 과정 동안은 그 사람에 의해서 유일하게 창조된 것이구요. 오 선생은 그걸 실천하고 계시는거구요."

박 부장의 신념어린 어조 앞에 나는 할 말을 잃었다. 그것은 옳은 말이었다. 문제가 따로 있는 건 아니었다. 끝이 들여다보이는 생활 속에서의 의미찾기, 그는 나더러 실천하고 있지 않느냐고 했지만 이것이 과연 나에게 있는지, 더 나아가 우리 부부에게 존재하고 있는지에 대해 나는 자신이 없었다.

박 부장은 내가 이 강의를 하지 않으면 안 된다는 그의 주장을 굽히지 않았고 나는 더 이상 내 입장을 설명할 수 없어서 전화는 다시 내일을 기약하며 끊어졌다.

지이익, 지이익, 밖에서 들려오는 남편의 발소리에 아직도 전화기 옆에 붙어 있던 나는 화들짝 놀라서 방문 밖으로 뛰어 나갔다. 아래에 있는 바깥 출입문이 끼익하면서 열리고 계단 다섯 개를 올라오기 위해 붙잡은 그의 손아귀 밑에서 쇠창살 흔들리는 소리가 났다. 나는 재빨리 현관문을 열고 그가 들어오기 쉽도록 의자를 똑바로 놓았다. 남편이 차에서 내려 집에 들어오기까지는 야구 주자가 홈인을 위해 전속력으로 달려와 슬라이딩을 하는 순간과 같다. 힘들고 거친 슬라이딩으로 무릎에서 피가 나는 것처럼 그의 이마에는 늘 땀이 솟아나왔다. 나는 그 순간을 놓치지 않기 위해 늘 귀를 곤두세우고 있다. 남편이 퇴근하여 집으로 돌아오기까지 저녁내내 기다리고 있는 시간에 비해 막상 그가 도착하여 문 앞에서 기다리는 시간이란 너무 짧은 것이어서 나는 늘 이 일을 그만두어야겠다고 마음먹는다. 그러나 밤이 되면 텔레비전 소리는 점점 낮추어지고 내 몸은 어김없이 현관문 앞에서 서성대고 있었다.

현관 의자에 앉으면서 남편이 말했다. 빨갛게 언 얼굴에서 하얀 김이 쉭쉭 뿜어져 나왔다.

“저녁 빨리 먹도록 합시다. 그리고 빨리 자야지. 내일 아침에 빨리 출근하려면.”

그의 짧은 말 속에서 ‘빨리’라는 말이 세 번 반복되었다. 그리고 길게 한숨을 쉬며 욕실로 들어갔다. 나는 가스렌지 위에 있는 압력밥솥을 들여다보다가 흰 쌀만으로 다시 밥을 안쳤다. 오늘따라, 잡곡을 좋아하지 않는 남편의 찡그린 얼굴을 보는 것도 싫으려니와, 그런데도 구태여 잡곡밥만을 내밀고 있는 내 고집도 지긋지긋하게 느껴졌다. 밥은 반드시 현미여야 하고 야채를 고집하고 건강식을 찾는다는 건, 결국 내가 가지고 있는 불안감의 다른 표시에 지나지 않았다.

“장애인들끼리 산다는 일은, 뭐라고 표현해 내어야 할까, 그야말로 너어무 너어무 권태로운 일이래.”

지금의 남편과 결혼을 하게 되었다고 알렸을 때, 내가 다니고 있던 직장의 회장이 맨 처음 한 말이었다. 그것도 나를 보면서가 아니라 다른 사람들의 동의를 구하듯이 그들을 향해 설핏 던진 말이었다. 십 년이 지난 지금도 ‘너어무 너어무’ 라는 부사만 이상하리만큼 귀에 생생하게 살아 있다. 가볍게 툭 던지던 말과는 달리 그후에 우리의 결혼을 훼방놓던 그녀의 반대는 집요한 것이었다. 나이 지긋한 회원들을 동원하여 나를 설득하려 들었고, 주례를 해주기로 했던 이사의 결정도 번복시켜 버렸다. 뒤에는 사표를 쓰도록 종용하기까지 했는데 장애청소년들을 가르치고 지도하는 입장에서 결코 바람직하지 않은 영향을 미칠 수 있다는 것이 그 이유였다. 예컨데, 장애인이 선택할 수 있는 범위가 같은 장애인에게로만 한정될 수밖에 없다는 패배의식을 심어줄 우려가 있다는 것이었다. 그녀의 말을 이해하지 못했던 것은 아니었다. 그러나 세상에는 항상 최선을 택할 수 있는 사람이 있는가 하면 차선을 선택할 수밖에 없는 인간도 있기 마련이다. 어쨌든 그런 고비를 겪으면서 나는 잘 살아보리라 다짐했다. 인간마다 가지고 있는 소망 중에 불행하게도 모든 것을 다 손에 넣을 수 없는 것이라면, 그중에 한 개나 두 가지쯤으로 축소하여 가질 수밖에 없다면, 나는 기꺼이 겉모양이 아닌 내용을, 그리고 정신을 택하고자 했다.

그런데 지금에 와서 나는 박 부장이 말한 뻔한 생활 속에서의 의미찾기를 계속하고 있기나 한 것인가, 나는 적이 자신이 없었다. 아니다. 이토록 애매한 말로 본질을 흐리게 해서는 안 된다. 나는 모르고 있는 것이 아니었다. 어쩌면 너무 명확하게 꿰뚫어보고 있는지도 모른다. 요즈음 들어서 나는 오로지 글이라는 것에만 매달려 있었다. 사람에 실망하였노라고 사람을 떠나고, 생활의 구차함에 지쳤다고 생활을 버리고 오로지 문학이라는 것에만 목을 매달고 있는 것이다.

다음날 저녁에 나는 텔레비전을 켜놓고 있었다. 박 부장이 독촉해올 전화 때문에 어디론가 나가버리고 싶으면서도 종일 그냥 집 안에 꿍치고 앉아 있었던 것이다. 또다시 하루가 저물어가고 있었지만 박 부장의 성실성은 결코 오늘을 허술하게 넘기지 않을 것이다. 그렇게 생각하면 나는 더욱 막다른 골목에 밀려 있다는 느낌이

들었다.

그때 이상한 화면이 눈에 들어왔다. 나는 두부찌개를 만드느라 멸치 국물에 고추장을 개면서 건성으로 텔레비전을 켜놓고 있었다. 그래서 화면이라기보다는 어떤 음악이 갑자기 머릿속을 뚫고 들어왔다고 하는 편이 더 정확한 표현이 되리라. 따안, 따안, 따안, 한 음 한 음이 짚어질 때마다 갈비뼈의 저 깊은 속에서 묵은 신음소리가 흘러나오는 것 같은, 장중한 무게가 힘겹게 주변 공기를 들어올리는 그것은 장송곡이었다. 과연 그런 음악에 어울리게 화면은 죽음의 그림자가 짙게 깔린 전쟁터였다. 마치 흑백영화처럼 조금 덜 검고 더 검은 차이만 존재하는 화면에서 유일하게 움직이는 것이 있다면 유정에 불이 붙어 미친듯이 타오르는 불기둥뿐이었다. 독일의 베르네 헤이초크 감독이 걸프전 결과를 중심으로 다큐멘터리를 만들었다는 화면에는 다음의 자막이 흘러 나왔다.

'전쟁은 몇 시간 안에 끝났다.

그후 모든 것은 변해 버렸다.'

폐허의 도시에는 날짐승이 날고 검게 탄 흙바닥에는 해골이 널려 있었다. 앙상하게 타버린 차와 탱크들의 잔해가 대지를 가득 메웠다.

하지만 이 모든 장면보다도 더 눈길을 잡아당긴 것은 평범하게 생긴 어느 한 여인이었다. 그녀는 슬픔이 그득한 눈으로 화면의 이쪽을 보고 있었다. 어쩌면 멍하게 비어버린 것 같고 어떻게 보면 세상의 끝을 보아버린 것 같은, 지치고 허망한 모습이었다. 내레이터가 전쟁 중에 두 아들을 잃고 실어증에 걸린 어머니의 모습이라고 했다. 예리한 망치와 드릴과 피 묻은 전기의자가 널려 있는 고문실에서, 그것도 바로 눈앞에서 장성한 두 아들이 차례로 죽어 넘어가는 것을 지켜보아야 했던 한많은 모성이라고 했다.

검은 차드로를 걸친, 얼굴이 둥근 그 여자는 힘없는 입술을 달싹거리며 무엇인가를 말하려고 했다. 끊임없이 두 손바닥을 맞비비거나 손가락을 들어 무엇인가 표현하기를 애쓰면서. 그러나 입술은 맥없이 열렸다 닫혔다 할 뿐, 한 줄의 말은커녕 단어 하나조차 만들어지지 않았다. 단지 아, 아, 어, 어 라고 힘없이 이어지는 단말마 중에서 알아들을 수 있는 것은 한숨과 비탄뿐이었다. 그런데도 불구하고 그녀는 돌아가는 카메라 앞에서 헛된 동작을 반복하기를 그치지 않는다.

나는 책상 앞에 앉아 컴퓨터에 전원을 넣었다. 새파란 커서가 재빠르게 자기 몸을 드러낸다. 창문 밖은 역시 다른 창문에서 흘러나온 불빛으로 부옇게 밝아 있다. 앞 건물에 기대듯이 서 있는 전신주는 오늘도 묵묵히 자기의 밤을 지새울 것이다. 앞 뒤, 앞 뒤, 자기 몸을 끊임없이 굴리며 누군가의 손길을 기다리고 있는 명랑한 커서를 나는 가만히 노려보았다. 그리고 실지로 입술을 벌려 어떤 소리를 만들어 본다. 아, 아, 어, 어, 손바닥을 비볐다가 손가락을 엇갈리게 붙이기도 하고 중지로 활자판을 탕탕 두드리기도 하면서 나는 컴퓨터 앞에서 헛된 동작을 거듭 하기를 멈추지 않는다. 시간은 느릿느릿, 혹은 빠르게 지나가고 있었다.

백령도 연가

스물스물 그것은 이미 바다를 압도시켰고 뭍에까지 기어올라 닥치는 대로 걸터듬고 쓸어안았다. 벌써 입동이라며 튼튼하게 차려입고 길을 나선 사람도 달팽이처럼 몸을 말았고 빨간 입술을 칠한 여자들은 자기도 모르게 얼굴을 감쌌다. 고운 매니큐어를 칠한 손톱조차 푸르딩딩해졌다. 기온이 아주 내려간 것은 아니었다. 다만 심한 안개였다. 젖은 해초가 들러붙는 것처럼 차갑고 축축한 날씨였다.

지나치게 헐렁한 바바리를 걸친 그녀도 몸을 잔뜩 오그린 채, 매표소 안내전광판의 '임시통제'라는 붉은 글씨를 보고 있었다. 막연한 눈길이었다. 자세히 보면 꽤 예쁘장한 이목구비인데 지우개로 지운 것처럼 표정이 없었다. 등을 덮은 머리카락만이 미역줄기를 풀어놓은 듯 흐드러지는데다 휘번쩍거리기까지 해서 그 몸에서 유일하게 살아 넘실거리는 듯했다.

아무래도 늦어질 것 같은데, 우동이라도 한 그릇 먹어둘까……. 옆에 앉았던 중년여자가 배낭을 메며 중얼거렸다. 저기요, 같이 가실래요? 이런 날은 뜨끈한 국물이 땡기잖아요. 발을 떼려다 여자가 돌아보며 말했다. 아까부터 그녀를 훔쳐보던 것과는 달리 막상 마주친 여자의 눈은 푸근했다. 그러나 여태까지의 경험으로 보건데, 불쑥 던져지는 관심이나 호의, 그런 건 달갑지 않을 때가 더 많았다. 그녀는 고개를 저었다. 같이 가세요. 몸도 불편해 보이는데…….

역시 오지랖이 넓다. 그녀는 더 이상 대답하지 않는다. 가느다란 손으로 회색 바바리 깃을 여몄을 뿐이다. 안개가 더 차올라왔으면 싶었다. 그리고 영영 걷히지 말았으면 했다. 그가 그렇게 심해 속으로 꺼져 버렸는데도 세상은 멀쩡하게 돌아가고, 안개가 그나마 유일한 예의였다. 이것조차 아니라면 세상은 너무 뻔뻔한 곳이다.

순간 그녀의 배가 꿈틀거렸다. 요즘 들어서 부쩍 더 횟수가 늘어났다. 움직이고 싶지 않아, 그녀는 허리랄 것도 없는 허리를 굽혀 자기 배를 눌렀다. 이미 더 누를 수 없도록 배는 탄력붕대 아래서 꽁꽁 묶여 있다. 그런데도 입 안에선 단침이 뭉클 솟아나온다. 예의가 없기로는 자기 몸 역시 마찬가지였다. 마음과 달리 몸뚱아리는 내내 뭔가를 끌어당겼고 소화도 탐욕스레 시켜냈다.

그녀는 작은 가방을 들고 일어났다. 앉았을 때나 섰을 때나 별 차이가 없는 키였다. 단체 버스가 도착한 듯 갑자기 불어난 사람들 속에 먼저 일어난 중년 여자가 섞여 있었다. 그들은 초록색 깃발을 서로 나누고 있었는데, '출산여행환송회'라는 글씨가 언뜻 보였다. 그녀는 자기도 모르게 대합실 돔 기둥 뒤로 몸을 숨겼다. 야반도주하다 들킨 것처럼 심장이 벌렁거렸다. 그녀의 이번 여행을 아는 사람은 아무도 없었다. 그녀를 알았고 앞으로도 그녀를 알고 싶어 했던 단 한 사람, 그는 이제 여기에 없다.

깃발은 그것 말고도 또 있었다. '무사귀환기원' 깃발의 바탕에는 작은 짐승이 그려져 있었다. 동그란 맨머리에다 하얀 수염이 뾰족하니 돋아난 그것은 바다사자이거나 해달 같은 거.

사람들은 어항 속 물고기처럼 움직이고 있었다. 어디로 떠나거나 누군가를 만나기 위해 길을 나섰지만 길은 짙은 안개 속에 가려져 있고 미래가 현재의 문 앞에 당도할 것인지는 아무도 장담하지 못한다. 그러나 최초의 인간 이래 꾸역꾸역 버텨온 유전자는 희망이니 절망이니 상관없이 마냥 어딘가를 향해 나아가게 한다. 전진인지, 후진일지, 그리고 언제까지 지속될는지는 아무도 모른다.

우동가게 창가에 앉은 그녀 앞에 빨간 세라믹 한 그릇과 노란 단무지가 놓여졌다. 하얗게 피어오른 더운 김 몇 줄기도 쪼르르, 우동 따라 왔다가 사라진다. 세상에는 금방 사라지는 것과 천천히 사라지는 두 종류가 있고 결국은 사라질 것으로 가득 차 있다. 그러니 유전자 검산가 뭔가를 해서 도장을 콱 찍어놔야지, 이 등신아! 어떻게 알고 왔는지 나타난 그녀의 엄마는 등신아를 연발했다. 마음 같아서는 딸년의 등짝이라도 후려갈기고 싶지만 그것만은 건드려선 안 될 금기였다. 그러니까 하나는 아직 이 세상으로 건너오지 못한 채 저기서 준비운동 중이고, 다른 하나는 어떤 언질이나 양해도 없이 훌쩍 저 강을 건너가 버린 후였다. 이른바 바통 터치라는 걸해야 다음 경주가 성립될 것인데, 바통만 덩그러니 운동장에 떨어진 것이다. 그런데 이 둘 사이의 관계를 증명해내라니, 그녀는 삼키고 있던 우동가락을 자칫 입 밖에 흩뿌릴 뻔 했다. 풋!

초록색 깃발을 들고 있던 치들이 우동가게로 몰려왔다. 사람 수만큼 동그란 맨머리의 물짐승들도 함께 들이닥쳤다. 그들이 걸친 조끼 뒤에는 '점박이물범 출산여행 환송회'라고 찍혀 있다. 하필이면 뭔 출산여행이란 말인가. 그녀는 불편하다 못해 불안해진다. 담배 한 개비가 불현듯 그리워진다. 그를 만나고선 끊었던 담배였다. 그러나 그가 그렇게 되고는 다시 태웠다가 그리고 또 끊었다. 흡연해서는 안 될 존재가 그녀 몸에서 자라고 있다는 사실을 뒤늦게 알게 되면서 그랬다. 얼마만한 존재인지, 모기알 만하게 시작해서, 올챙이만큼 자라, 이제는 축구공만큼 커져 있었다. 앞으로 어떻게 될지는 알 수 없지만, 가뜩이나 비좁은 통 안에 매연까지 꾸역꾸역 밀어 넣을 수는 없잖아.

게다가 점박이물범은 또 누구고?

임산부들이 뱃속에 든 새끼한테 미국시민권을 따주기 위해 출산원정을 간다는 소문이 파다했었다. 지금은 서브프라임 모기진가 하는 것 땜에 달러가 형편없게 되었다는 둥, 그 쪽 시민들도 별 볼일 없어졌다던데, 하긴 중국 본토인들이 언젠가부터 홍콩으로 원정출산을 부지런히 간다는 뉴스가 또 뜨기는 했다. 이젠 물짐승까지 특별시민권이 필요해졌단 말인가. 그녀의 뱃속이 또 요동쳤다. 쉿! 우리도 여행 중이잖아.

띠리리리, 성마른 소리가 핸드폰에서 튀어나왔다. 병원에는 갔다 온 거야? 하루라도 빨리 서류를 만들어 디밀어놔야 할 거 아냐? 그러다가 갑자기 소리가 낮아진다. 내가 수소문해서 좋은 변호사 찾아 놨다. 서류만 갖춰지면 네 돈, 네 새끼 돈 다 찾아올 수 있다더라. 그녀는 묵묵히 듣고 있었다. 네가 지금은 세상물정을 몰라 이 어미를 나쁜 년이라고 하겠지만 이게 다 네를 위해서 그러는 게야. 변호사도 딱 맞춤한 변호사를 찾으려면 그냥 찾아지는 줄 아니? 알았어요. 그녀는 순순히 동의했다. 순전히 전화를 끊고 싶어서였다.

남자가 사라지고 돌연 그녀의 에미가 나타났다. 대략 오 년만이었다. 어디서 누구와 살았는지, 무엇을 하고 사는지 모르지만 여전히 활기차고 반백 년이 다 된 몸매도 아직 봐줄만 했다. 잊을 만하면 에미라는 여자는 그녀에게로 되돌아왔고 한 서너 달 지내다가 또 훌쩍 떠나갔다. 그때마다 미안하다고 적셔낸 손수건 한 장이 허물처럼 남겨졌다. 사정이 좋아지는 대로 데리러 오겠다는 약속이 손수건 끝에 뜯어진 실밥처럼 매달려 있었고 골목 끝에는 매번 새로운 남자가 기다렸다. 그러나 이십 몇 년 동안 그 약속은 한 번도 지켜지지 않았고 그녀 또한 한 번도 기다리지 않았다.

그러므로 떠나가고 남겨지는 건 그녀한텐 낯선 일이 아니었다.

그녀의 세계는 늘 떠나가고 떠나보내는 일로 채워져 있었다. 왜, 라고 묻는 건 새삼스런 일이 될 뿐이었다. 이게 그녀가 사는 법칙이자 자연이었다. 하지만 그는 너무 많은 거짓말을 남겼다. 세상이 그녀한테 그래온 것처럼, 없었던 듯이 가버렸어야 했다. 그녀의 핸드폰 액정에는 아직 그의 사진이 살아 있었다. 깍두기머리에 굵은 목걸이를 걸고 승천하는 용의 문신을 어깨에 새긴. 더구나 그녀의 볼에 자기 입술을 대고 셀카로 찍은 것이었다. 그걸 그녀한테 보내면서 초기화면으로 설정하라고 강요했다.

감히 강요를, 누가 그녀한테 강요를 할 수 있었겠는가. 사람들이 그녀한테 건네준 매뉴얼은 오래전부터 두세 가지로 한정되어 있었다. 메인은 무관심, 나머지는 약간의 호기심과 동정심, 그리고 친절함. 이건 사람들이 그녀에게 그어준 선이었고 철책이었다. 넘어가지도 넘어오지도 말라고 그어놓은 예의 바른 철책.

그가 처음으로 여기를 훌쩍 넘어 왔다. 누구도 범접치 못했던 처녀지였고 엄두 낼 수 없었던 원시림이었다. 대부분은 가시덤불이거나 황무지라고 칭했었다.

그의 월책越柵은 엄청난 도발이자 유린이었다.

달빛과 바람 외에는 들어와 본 적이 없는, 혹은 들여놓은 적이 없었던 냉랭하고 차분했던 대지가 온통 들쑤셔져서 시뻘건 전쟁터로 변했다. 온갖 감정이 휘몰아쳤고, 하나 뿐인 줄 알았던 자기 모습이 손오공 터럭만큼 많은 존재에로 요술을 부려댔다. 그녀는 그를 흉악한 전범이자 파렴치한 사기범이라고 불렀다. 실제 그의 이름은 '서기범'이었다. 인생이란 대개 조폭들이 휘두르는 사시미 칼과 비스무리하지만, 때론 영화 속의 귀여운 두목처럼 굴기도 한다.

또 만났네요.

좌석번호를 들고 찾아간 자리에 그 여자가 앉아 있었다. 여자 옆으로는 온통 푸른 조끼를 입은 그들 일행이었다. 창가의 번호를 가진 그녀는 여자 앞을 지나 들어가야 했다. 여자는 최대한 몸을 뒤로 젖히고 발을 모아 한쪽으로 비켜주었다. 가뜩이나 앞뒤로 불룩한데다 길이도 짧아 비좁은 틈을 간신히 넘어서다가 몸이 순간 기우뚱했다.

어머, 앉아 있던 여자의 손이 부지불식간에 그녀의 허리를 꽉 붙들었다. 헐렁한 바바리를 넘어 여자의 손에 닿은 것은 봉분封墳 같은 배와 거기에 어울리지 않는 딱딱한 감촉이었다. 움칠 놀란 그녀가 엉거주춤 자리에 앉을 때 받아주었던 가방을 건네며 여자가 그랬다.

몸 풀 날이 다 된 것 같은데…….

여자의 말이 끝나기도 전에 그녀는 눈을 돌려버렸다. 카네이션인가, 선체에 빨간 꽃을 그린 또 하나의 여객선이 창문 밖으로 보인다. 짜증스럽다.

배는 정규 시간보다 두 시간 늦게 출항했다. 바다는 잔잔할 겁니다. 안개 낀 날은 원래 조용하고 따뜻한 법이거든요. 등 뒤에서 사람들이 주고받던 말과는 달리 먼 바다에 나가자 제법 심한 풍랑이 일었다. 내내 눈을 감고 있던 그녀가 자리에서 일어났다. 속이 메스껍고 신물이 올라왔다. 출발 전에 잠깐 멀미약을 떠올렸지만 곧 머리를 저었다. 딱히 뱃속 때문은 아니라고 그녀는 정리했다. 다만 더 이상 도망갈 곳이 어디랴, 싶었던 것이다. 그녀는 비척거리며 여객실 뒷문을 열고 나갔다. 속이 있는 대로 뒤틀려 금방이라도 쏟아질 것 같았다. 선미 갑판에 나와 있는 사람들은 배의 요동에 따라 비틀거리면서도 하얗게 일어나는 파도를 카메라에 담느라 바빴다. 그녀는 그들 사이를 비집고 들어가 바다를 향해 토했다. 아까 먹은 우동 가락들이 허옇게 쏟아져 내렸다. 눈에서도 진득한 액체가 묻어났다. 네를 만나러 와서조차 오물을 쏟는구나. 바다는 지금 그녀가 만날 수 있는 그의 유일한 실체였다. 동굴같이 깊었던 그의 가슴이고, 밥내 나는 입김이며 두 사람이 나눠가졌던 추억이 어느덧 푸른 물살로 떠다니고 있는 곳이었다. 거기에다 토를 쏟았다. 시원찮은 몸땡이가 할 수 있는 짓이라곤, 그녀를 향해 무언으로 쏟아지던 비난이 스스로의 입에서 튀어나왔다. 토악질을 멈추고 나서도 몸이 꺽꺽거렸다. 배의 요동이 그녀의 몸을 부추겼다. 그는 죽어서도 그녀를 뒤흔들었다. 처음 그와 통했을 때 팔다리의 힘이 풀리던 것처럼 그녀가 스르륵 무너졌다.

잡아주는 손이 너무 크고 넓어 그 안에서 그녀의 몸은 잘 익은 치즈처럼 향기롭고 가벼웠다. 그때도 앞뒤 겨를 없이 그녀를 안았을 때였다. 간신히 그의 품을 떨쳐 나온 그녀가 말했다.

있잖아아……. 그녀가 이렇듯 느릿하게 말하는 건 처음이었다.

뭐? 머어? 그의 눈이 열기로 풀려있었다.

보시다시피이이…… 그녀의 말은 계속 늘어진다. 그는 귀를 기울이는 것이 아니라 입을 기울이는 것처럼 턱을 앞으로 쭈욱 내밀었다.

나라는 인간, 엄청 무겁거든. 감당할 수 있겠어?

처음이었다. 이렇게 노골적으로 깨놓고 물어볼 수 있었던 건.

몇 킬론데?

그의 눈이 그녀의 아래위를 훑으며 빙글빙글 웃었다.

인간이 할 수 있을 수만 가지의 행위 중 그녀가 젤 싫어하는 행동이었다. 근데 의외로 나쁘지 않았다. 오히려 그의 눈길 아래서 몸이 쭈욱 펴지는 것 같았다. 한편으론 몸이 꼬였다. 구석구석 새순이 날 것처럼 간지럽기도 했다.

에이, 내 반도 안 되는 무겔 가지고 뭘?

그가 말도 안 된다는 듯이 하하하하 웃었다.

저런 인간이 어디서 왔지, 그녀는 감겨드는 눈꺼풀을 치켜세우며 그를 바라본다. 미친 몸처럼 자꾸 졸렸다. 아무데나 몸을 던지고 한숨자고 싶다.

장난치지 말고이잉~

단호하게 말하려는데 정작 나온 건 가느다란 콧소리였다. 웃겨!

그가 갑자기 그녀를 똑바로 바라보는데 주먹만한 불덩이가 날아왔다. 머리에 불이 붙는 것 같고, 몸을 붙잡고 있던 매듭들이 투두둑 뜯어지더니 아무래도 주저앉을 것 같았다. 하지만 그녀는 버텼다. 끈적한 땀이 솟아났다.

나도 만만찮아.

세상의 무게는 다 받아 안은 대형저울처럼 그의 목소리가 깊이 깔렸다.

까짓것, 우리 둘의 무게로 눌러버리자구. 짬밥생활 십 년에 개기는 거 하나는 확실하게 익혔거든.

그녀의 작은 키에 맞추어 그가 껑충한 제 키를 접었다. 양 겨드랑이로 손을 밀어 넣어올 때는 날개가 돋는 것 같았다. 이 순간을 위해서 그토록 가혹했던 거였구나. 그동안 오해했던 세상에 대해서 그녀가 진심으로 용서를 빌었다. 앞으로는 원망도, 미움도, 욕하지도, 비굴하지도 않고 그저 착한 일인一人으로 살아갈 것을 서원했다.

괜찮으세요?

주저앉는 그녀를 붙잡은 이는 옆자리의 여자였다.

토하고 나니 몸이 으슬으슬했다. 여자의 부축으로 자리에 돌아온 그녀는 눈을 감아버렸다. 이거 매실 탄 꿀찬데 마셔보세요. 따뜻한 거니깐 속이 풀릴 거예요. 여자가 휴대용 보온 컵을 내밀었다.

백령도가 집인가요? 그녀는 컵을 내려다보며 고개를 흔들었다.

그런데 무슨 일로?

귀찮고 성가시다. 쉬운 물음일수록 쉽게 답할 수 없는 인간들이 있다. 그녀가 그랬다. 가족, 특히 부모나 고향에 대해서 묻는 물음. 게다가 그녀한테만 더해지는 물음도 있다. 몸이 왜 그리 되었냐? 다쳤냐? 아팠냐? 등등.

뭐든지 물어대는, 언제 어디서나 자유분방하게 물음표를 들이대는 세상이 그녀는 불쾌하다.

아줌마 등이 왜 그래요?

호기심이 특별하게 탁월한 아이도 있다. 왜 등이 낙타처럼 튀어나왔어요? 낙타하고 어떤 사이예요? 아줌마도 낙타처럼 사막을 달릴 수 있어요?

애야, 낙타도 처음부터 등이 튀어나온 건 아니란다. 누가 집어던졌겠지. 인형인 줄 알고.

그녀 아비는 곰 인형 봉재공장 사장이었다. 어미는 그 공장의 경리 겸 허드렛일을 하는 아가씨였고. 둘이는 어느덧 눈이 맞아서 은행간다며 대낮에도 여관을 찾아갔고 자주 드라이브를 다녔다. 멀지 않아 한 여자아이가 태어났고 그때부터 두 사람의 사랑놀이는 전쟁놀이로 바뀌었다. 하긴 다른 선택권이 없어졌겠지. 본처는 불륜의 여자를 버리라고 숨도 못 쉬게 다그쳤고, 어린 여자는 남자가 변했다고 늘 징징거렸으니까.

그날도 변함없이 티격태격하다가 한 단계 높은 전투가 시작되었어. 만날 입으로 할퀴고 때리고 쏟아내던 것이 육탄전으로 발전한 것이었지. 밥상이 날아가고, 여자와 남자의 면상에 시뻘건 생채기가 나는 순간 아이가 갑자기 큰소리로 울기 시작했어. 시끄럽고 변덕스러운 그들을 더 이상 용서하지 않겠다는 듯이 단호하게 맞서는 울음이었지. 순간 봉재공장 사장의 눈에는 빨간 곰 인형 한 마리가 들어왔어. 동그랗게 웃어야 할 눈과 입이 찌그러지고, 통통해야 할 얼굴에 주름이 마구 잡힌, 불량품 중에도 최상의 불량품. 그는 평소 불량품을 다루던 습관처럼 그걸 집어서 휙, 날려버렸다. 순간 툇마루를 지나 축담 아래서 들려오던 자지러지는 비명.

그리곤 정지.

문득, 고요해진 그곳으로 오월의 햇빛이 경기를 일으키듯 파르르 떨다가 멈춰 섰다.

그때서야 어린 어미가 맨발로 뛰어나갔다.

이윽고 백령도 용기포 선착장이다.

가방을 챙겨들 때 여자가 물었다. 어디로 가시죠?

그녀는 위령탑에 올라갈 예정이었다. 하지만 일단 뭘 좀 먹어야 했다. 몸이 귀찮게 그녀를 졸라대고 있었다. 우리랑 같이 식당까지 가세요. 여기는 대중교통이 없어서 혼자 움직이긴 힘들어요.

예, 아니오, 인 듯, 아닌 듯도 없이, 어정쩡한 그녀한테 여자가 똑 부러지게 정리를 했다. 그쪽을 위해서가 아니고 아기를 위한 거니깐 그냥 따라오세요. 여자가 한쪽 눈을 찡긋하면서 웃었다. 주변이 덩달아 환해지는 그런 웃음이었다. 이런 여자를 어미로 둔 인간들은 어떻게 생겨먹었을까.

선착장 위에서 기다리던 파란 버스 옆에다 일행 중 두 남자가 '점박이물범 출산여행 환송회'라고 쓴 플래카드를 걸었다. 슬며시 빠지려는 그녀의 손을 여자가 꽉 붙잡았다. 버스를 타고 이동하는 동안 젊은 남자의 안내가 있었다. 늦어진 일정 때문에 휴식시간 없이 두무진포구로 이동, 거기서 늦은 점심을 먹고 바로 물범바위로 간다는 얘기였다. 그러고 나자 옆의 여자가 마이크를 잡더니 새 일행을 소개한다면서 그녀를 지목했다. 가는 길에 같이 가자고 한 것은 식당까지였는데, 뜬금없는 무례였다.

여러분도 보셨겠지만, 오늘 배에서 만난 분인데요. 이분도 지금 임신 중으로 우리와 같이 여행 중입니다. 불편한 몸인데도 이렇게 먼 길을 함께 오셨으니 오늘 환송회를 위해 나타난 동지 같아서 제가 깜짝 놀랐습니다. 어쩌구저쩌구저쩌구…….

잠깐이나마 호의적으로 보았던 눈알을 뽑아버리고 싶다고 그녀는 생각한다. 하여간, 말 잘하는 인간들이란 자기들 편한 대로 돌려먹는데는 하나같이 다 똑같다.

환영합니다. 이게 다 이심전심이라는 겁니다. 후원회장님의 간절하신 정성이 이래저래 다 통한 거지요. 사회자의 말에 일행들이 박수를 쳤다. 그러니까 이 여자의 신분이라는 것이, 새끼를 낳으러 어딘가로 떠나는 물범들을 환송한다고 나온, 소위 생태환경론자이거나 동물애호론자들의 후원회장인 것이다. 그래 잘들 놀아봐라, 그녀는 등받이에 머리를 붙이고선 눈을 꾹 감아버렸다.

뭐야 이거? 그네들 말처럼 '걔네들'을 보고 튀어나온 그녀의 첫 마디였다. 바위 위에 무방비로 누워 있는 그들은 영락없이 오동통하고 순진무구한 아기들이었다. 포구식당에서 일단 매운탕을 먹고 그들의 회유와 강권으로 유람선 앞에서 기념사진을 찍고 그리고 출렁출렁 파도를 타고 물범바위에까지 이른 길이었다.

날씨가 좋으면 저리로 북한 장산곶까지 환히 보입니다. 오늘은 안개에 가려져서 아쉽네요. 선장이 북쪽을 보며 말했다. 그리고 가리킨 곳이 조그만 바위였던 것이다. 농구 코트의 반밖에 되지 않을 작은 바위에 검은 가마우지까지 섞여서 날다가 내려앉기를 반복하고 있었다.

너무 가까이 가면 애들이 놀라니까 여기서 보세요. 선장이 엔진을 껐다. 좀 떨어져 있는데도 그들의 모습은 아주 생생하게 보였다. 동글동글한 물풍선처럼 늘어지고 포개진 채로 눈만 말똥말똥하니 외부의 접근자들을 바라보았다. 작은 코에 보소소하게 달린 코털은 그들을 더욱 앙증스럽게 만들었다. 어떤 녀석은 누운 채로 두꺼운 목만 뒤로 돌려서 게으르게 쳐다보는가 하면, 몇몇은 물에 뛰어들려고 몸통을 비척이고 있었고, 몇몇은 물속에 뛰어들어놓고도 도망치기는커녕 얼굴만 빼꼼 내놓고 주변을 기웃거리기에 여념이 없었다.

예쁘지요? 하나같이 카메라를 들이대고 렌즈를 맞추느라 여념이 없는 사람들 틈에서 여자가 말을 붙여왔다. 저렇게 순진한 애들이 앞으로 이천오백 리를 달려가야 한답니다. 가고 오는 길은 무척 험하지요. 살아 돌아온다는 보장은 더더욱 없구요. 여자는 더 이상 웃음을 흘리지 않았다. 대신 북녘의 그 어딘가로 눈길을 주고 있었다.

그래서요? 그녀는 고귀한 생명애로 똘똘 뭉친 후원회장님께 코웃음을 보내고 싶었다. 고상한 당신네들은 물짐승 한 마리의 안위에도 그렇게 마음을 쓰시는군요. 참으로 잘났습니다. 근데 이상하게도 가슴이 뻐근해지는 것이었다.

그런데요, 실은 저 애들이 부러워요. 바람에 날리는 머리카락을 귀 뒤로 꽂으면서 여자가 말했다. 저 작은 짐승도 생명을 품을 수 있는 어미로서의 몸을 가졌잖아요. 얼른 보면 보잘 것 없는 몸인데, 그 몸이 또 다른 우주를 탄생시키는 통로의 역할을 하고 있다고 생각하면 정말 감동스럽죠. 그것뿐이겠어요? 새끼를 낳기 위해서 먼 빙하까지 출행을 감내하는 것인데, 사실은 이 과정을 통해 이들은 바다와 하나가 되죠. 여자는 아까와는 달리 눈꼬리가 서늘해지면서 목소리도 차분해졌다.

겉으론 파도와 맞서 싸우는 것처럼 보이지만 결국은 파도를 일으킨 바다와 하나가 되려고 하는 거예요. 이들은 목숨을 걸면서까지 이 체험을 완성시키는 겁니다. 개별적인 작은 몸이 마침내 큰 대양으로 확장되는 거지요. 놀랍지 않아요?

그러면서 여자가 빙그레 웃었다. 어디선가 본 듯한 그런 웃음이었다. 세계란 어쩌면 황하의 모래알만큼 많은 사람이 있고, 또한 모래알만큼 많은 항하의 모든 모래알을 합한 것보다 더 많은 꿈으로 가득차 있을지도 모르겠다는 상념이 설핏 스쳐지나갔다.

이제 꽃다발 증정식에 들어가겠습니다.

버스에서 사회를 보던 남자가 손바닥을 치며 사람들의 시선을 모았다. 그리고 가지고 온 상자 속에서 동그란 물미역 다발을 꺼내 나눠주었다. 미역다발 중간에는 빨간 카네이션이 꽂혀 있었다. 재네들한테는 꽃 대신 고등어나 우럭 한 마리씩이 더 좋지 않을까요? 누군가의 말에 포말처럼 하얀 웃음이 터졌다.

자! 모두 이쪽 한 줄로 서세요. 뱃전에 기대어서 사진 각도가 잘 나오도록 남자가 자리를 배열시켰다. 그때 대형 카메라를 든 젊은 여자가 돌연 그녀를 가리켰다. 젤 앞에 서시면 어떨까요? 오! 맞아, 후원회장이 맞장구를 치면서 그녀의 팔을 이끌었다. 역시 김 기자 감각은 알아줘야 한다니까, 그러면서 들고 있던 미역뭉치까지 그녀한테 떠안겼다. 그녀는 손사래를 치며 뒤로 물러섰다. 제일 앞자리도, 미역 다발도 그녀한테는 그저 생소한 일일 뿐이었다. 이것 받으세요. 임신한 분들끼리의 만남, 어쩌면 우연을 가장한 필연일지도 모릅니다. 확실해요. 여자는 점점 더 사이비 선지자처럼 굴었다. 사람한테서 환영받지 못했던 임신이 별안간 저 짐승 때문에 치켜세워지고 있다니, 그녀는 차라리 온몸을 흔들어 웃음이라도 토해내고 싶었지만 사실은 웃어본 적이 별로 없었다.

난 한 번도 임신을 해본 적이 없어서……. 이건 또 뭔 뜬금없는 대사란 말인가. 후원회장이 흘리는 말에 주위가 갑자기 숙연해졌다. 뭔가에 홀리지 않고서야……. 꿈인가, 그녀는 사실 꿈속을 내내 걸어온 것 같기도 하다. 그녀의 속이 어째 한 순간 환해지는 것 같다.

죄송하지만 바바리는 잠깐 벗어주시면 좋겠습니다. 사진기자가 내쳐 닦달을 했다. 그래 모르겠다, 꿈이 아니라면 '개그콘서트'겠지. 니네들 맘대로 하셔. 그녀가 바바리를 훌떡 벗었다. 등은 등대로 불룩 솟았고 배는 배대로 남산 만하게 부풀어 올랐다. 난 개콘의 주인공이여, 그녀가 호호호, 웃음을 흘렸다. 눈에도 뭔가 찔끔 나왔다.

서기범, 아니 사기범아. 내 모습 어때? 볼만 혀?

그녀는 시퍼런 물미역 다발에 꽂힌 빨강 카네이션을 뽑아 바다로 던졌다. 물범들이 아무래도 수상하다는 듯이 첨벙첨벙 물속으로 도망쳤다.

잘 다녀와, 얘들아. 갑판 위에 나란히 선 순서대로 첫 번째 인간이 말했다. 이게 이른바, '출산여행 환송회'라는 것이었다.

부디 순산해서 꼬맹이 잘 데리고 와. 두 번째 인간이 말했다.

또 멋진 짝 만나서 연애 잘 해. 세 번째 인간이 말했다. 근데 짝이 바뀌는 거 맞어? 그가 미심쩍다는 듯이 물었고 다른 인간들은 그냥 호호호 웃었다. 아무려면 어때!

어쨌든 얘들아. 좋은 짝 만나 알콩달콩 애기 또 만들어서 와.

중국 어선들이 잡으러 오면 도망 잘 가. 잡히면 절대로 안 돼.

북한 해안을 지나갈 때는 우리 안부도 꼭 전해 줘. 사랑한다고……. 그렇게 말한 인간은 스스로 감동에 겨워 목소리 끝이 떨리기까지 했다.

중국 보하이 해海, 랴오둥 만灣 빙하가 지구온난화에도 녹지 않고 튼튼하기를 바래. 너희들 가족들이 맘대로 뛰놀 수 있도록. 북받친 인간의 다음 환송사였다.

달려가는 바닷길 장장 일천 킬로, 이천오백 리, 내내 무탈하길 기도할게……. 그 다음 인간이 말했다. 백령도로 돌아오는 이천오백 리 바닷길도 순조롭기를 우리 모두 기도할게…….

헛되고 헛된 소리를 혀끝으로 거듭 풀어야 한다면 차라리 물범을 따라 물속에 뛰어드는 게 더 나았다. 그런데도 내내 가슴이 흐느껴졌다. 그녀는 아래 위 어금니에 힘을 주었다. 이런 짓거리를 부끄럼도 없이 자행하는 족속들도 존재하는구나……. 멀쩡한 하늘 아래, 씨벌!

오르막길인데, 저기로 올라갈까요? 택시기사가 위령탑 입구의 짧은 포장도로를 가리키며 물었다. 손으로 만류하며 내리는 그녀의 등에 대고 기사가 덧붙였다. 안개가 점점 심해지고 있는데 빨리……. 그 순간 숨이 또 턱 막혔다. 입에선 악 소리도 나오지 않는데 사지가 그냥 버둥거려지는 느낌. 그의 입과 코와 두 귀 두 눈으로 사정없이 밀려들어왔을, 비명소리 하나 내지 못하도록 재갈을 물렸을, 그 순간이 시도 때도 없이 그녀에게서 재현되었다. 서둘러서 내려오시는 게 좋을 겁니다. 내려오실 때 여기로 전화하세요. 콜번호가 적힌 택시회사 명함이었다.

위령탑 공원에는 일행으로 보이는 한 무리가 단체사진을 찍고 있는 중이었다. 하나같이 노랗고 빨간 바지에다 색색의 머플러를 휘날리며 멋들어진 선글라스를 쓴 관광객들이었다. 그들은 이빨을 드러낸 채 웃음 지었고 어떤 이는 손가락 브이 자를 깜찍하게 그리기도 했다. 어느 날 사라져버린 46인의 흔적 같은 건 에미령하고도 속절없는 것이었다.

그녀는 묵묵히 위령탑을 바라보았다. 기다란 삼각뿔 세 개를 붙여 세워놓은 탑. 그 아래 유리 상자 안에서 여린 불꽃 한 줄기가 오르고 있었다. '영원히 꺼지지 않는 불꽃'이라고 적힌 그것은 방부처리된 불의 시신처럼 창백했다.

관광객들이 떠나고 나자 안개는 좀 더 친근하게 다가왔다. 그녀는 부조된 그의 얼굴 앞에 쪼그려 앉았다. 46인의 얼굴을 본뜬 동판은 하나같이 차갑고 무심했다. 그중에서도 그의 얼굴이 더 딱딱해 보인다. 그녀는 차라리 눈을 감는다. 그가 보여준 표정은 늘 다정하고 깊었다. 말없이 바라보던 그 눈이 얼마나 웅숭깊던지 어디까지 들어가야 그 깊이에 이를 수 있을지 짐작조차 할 수 없었다. 역시 서기범은 도망칠 수 없는 사기범이었다. 하긴 그의 탓만도 아닐 것이다. 모든 인간은 다 사기범일 테니. 우리 아비가 어미를 꼬실 때도 그랬고 우리 어미가 뭇 남성을 유혹할 때도 그랬으리라. 그렇다고 해도 서기범 네는 왜 나 같은 여자한테……. 나쁜 인간…….
그녀는 눈을 감은 채 운다.

보금자리가 작으면 내가 침대할게. 넌 내 위에서 자.
기왕 이고 지고 껴안고 가야 할 짐이 있다면 나는 네를 택할래.
내가 안은 무게 중 네가 가장 가벼워.
넌 새털처럼 가벼워.

이 말을 한 것이 천안함 사고 한 달 전이었다.

두 사람은 어느 늦은 밤, 연안부두 포장마차에 있었다. 갑자기 비가 쏟아졌고 안에는 두 사람 뿐이었다. 구석에 앉아 있던 그가 술잔을 들고 그녀 옆자리로 옮겨왔다. 이미 그는 취해 있어서 들고 온 술잔이 반 이상 쏟아졌다. 그는 다시 술 한 병을 시켰고 그녀는 어묵국을 더 주문했다. 이후 외출이나 휴가 때 가끔 연락을 하곤 했는데 급작스레 친해진 건 제대 날짜를 정하고 나서부터였다. 그리고 서로의 몸을 섞었다. 그때까지 홀로였다는 사실이 믿기지 않는다는 듯이, 여태 한 몸이 아니고 각자의 피부를 따로 가지고 있다는 것이 참을 수 없다는 듯이 그들은 서로의 껍질을 헤집으며 그 속에 들어가 몸부림쳤다.

이렇게 될 줄 알아서 자기의 혼이라도 남겨놓을 것처럼, 더 이상 사랑할 수 없다는 걸 예측한 것처럼 그는 그렇게 그녀의 혼을 쏙 빼놓았다. 그녀는 아직도 그의 통증을 몸에 지니고 있었다. 그가 아니었다면 몰랐을, 영원히 알지 못했을 통증.

배가 심하게 뒤틀렸다. 몸을 구부리지 말라고, 더 이상 괴롭히지 말라고 뱃속의 무엇이 명령한다. 그녀는 일어섰다. 안개가 기다렸다는 듯이 몰려들었다. 비릿한 냄새가 난다. 인간의 껍데기를 헤치고 그 속에 들어갔을 때 맡던 냄새. 생살을 비비고 핥을 때 나오던 통증의 냄새.

돈만 있으면 남자는 쌔고 쌨어. 그러니까 안 된 일이긴 하지만 이번에 확실하게 네 껄 찾아놔야 한단 말이야. 에미가 그랬다

누구한테서? 그러나 묻지 않았다. 그 없이 그녀를 증명할 방법은

없었다. 그렇다고 그를 증명할 길도 없었다. 그와 그녀는 어차피 끈 없이 흘러가다 마주친 바람 같은 인연이었다.

보상을 받아낸 사람이 엄연히 있잖니?

그녀의 에미가 애닯게 다그쳤다. 그녀처럼 그 남자한테도 집을 나간 에미가 있었고 그리고 치매 걸린 아비가 노인요양원에 입원 중이었다. 사망보상금이니 유족성금이니 하는 돈이 양쪽으로 나뉘어서 지불되었다. 살았을 땐 별로 상관없어 보이던 사람들도 죽고 나니 확실한 가족으로 되살아나왔다. 그들의 내용증명은 과연 경쾌할 만큼 분명한 것이었다. 이 생명은 무얼 믿고 온 것일까, 그녀는 잠깐 자기 배를 내려다보았다.

그녀는 점점 더 짙어지는 안개 속으로 들어갔다.

뭉쳐 있던 안개가 그녀 발걸음에 놀라서 비켜섰다. 그녀가 한 발짝 내딛으면 안개는 두 발짝 물러섰다. 그 사이에 한 평 만큼의 공간이 생겨났다. 그와 그녀는 한 평만 있어도 좋겠다고 했다. 둘이 눕기 비좁으면 이고지고 살자고 했다. 그 약속을 비웃듯이, 고것만 있어도 행복하겠다는 듯 깔깔거렸던 그들의 어설픈 소망을 되갚아 주겠다는 듯이 안개는 꼭 그만큼의 공간을 내어주었다. 이미 그 공간조차 필요 없게 된지도 모르고 음흉하게 웃으며 자꾸 그만큼의 공간을 내밀어준다. 그녀의 발걸음이 바다 쪽으로 향했다. 철책만 넘어 서면 거기가 바로 바다였다. 아늑한 해무가 그녀와 바다를 이어주고 있었다. 그의 팔처럼 길고 그의 품처럼 깊고 그의 입김처럼 진한 단내가 났다.

그녀가 짧은 다리를 힘껏 벌려 철책을 넘었다. 이윽고 날듯이 낭떠러지를 굴러 저 깊은 심해 속으로 들어갈 것이었다. 그녀에게 돌아갈 길이란 애초부터 존재하지 않았다. 짜안, 하고 나타났던 그의 출현은 그녀에게 희망이 아니라, 처음부터 부재했던 것임을 새겨주기 위한 끌이었고 그녀를 약 올리기 위한 미끼에 불과했다. 그렇다면 소모품으로 등장해야 했던 그의 존재는 또 무엇이란 말인가. 이 사실이 그녀를 견딜 수 없게 만들었다. 그녀에게도 용인되고 사용될 수 있는 분노라는 것이 있다면 땅이 무너져 내리고 하늘이 찢어지도록 격노하고 싶었다. 그러나 어쩌겠는가. 애초에 불량인형 취급을 받아 축담 아래로 휘이익, 던져진 것처럼 그녀는 위령탑의 철책을 넘어 존재 바깥의 세상으로 넘어갈밖에.

아악

아득하게 날아올라야 할, 혹은 추락해야 할 몸이 갑자기 어디엔가 부딪쳐 튕겨졌다. 후르르 갈라지고 부드럽게 무너질 유동의 공간이 아니라 철저히 밀어내고 저항하는, 딱딱하고 고집스러운, 아직도 물질의 세계였다. 살과 뼈를 날린 속도만큼 가감 없는 반작용으로 돌려주는, 옹색하기 이를 데 없는 세상이었다.

등짝이 박살난 듯 더할 수 없는 통증이 밀려왔다. 바다는 철책 안에서 보던 것보다 더 먼 곳에 있을 터였다. 그녀는 거기까지 가야했다. 그러나 불같이 일어나는 통증이 그녀를 붙잡았다. 죽음에 경도당한 뇌조차 그 순간 모든 것을 잊었다. 오로지 통증만이 그녀를 지배했다. 짐승 같은 비명이 그녀의 이빨을 밀치고 튀어나왔다. 그리고 잠잠해졌다.

언제 또 왔던가, 포구에서 헤어진 여자가 그녀를 안고 있었다. 통통한 허벅지 위에 그녀 머리를 올려놓고 하염없이 배를 쓰다듬었다. 옆에는 동그란 민머리의 애기들이 근심스레 그녀를 내려다보고 있었다. 걔네들은 어쩔 줄을 모르겠다는 듯이 연신 그 큰 눈을 끔벅거렸다.

이천오백 리라는 생각을 잊어버려. 그냥 가는 거라구. 그중의 한 녀석이 두꺼운 목을 억지로 구부려 그녀한테 말했다. 큰 파도와 싸울 때도 있지만 대부분은 물길을 타고 흘러가는 거야. 마침 같은 방향의 조류를 타면 신나기도 하는 걸. 유난히 코털을 빳빳이 세운 녀석이 먼 곳을 바라보며 중얼거렸다. 비밀 같지도 않은 비밀을 누설하고 있네, 스스로 그렇게 생각하는 것처럼 쑥스러운 표정이었다.

그 순간 그녀의 배가 구불퉁했다. 마치 지진이라도 일어난 것처럼 비좁은 뱃속의 아래 위가 비틀리면서 잠시 잊고 있던 통증이 다시 몰려왔다. 여자가 이불처럼 큼지막해진 손으로 그녀의 배를 덮었다. 주변에는 이제 아무도 없고, 대신 애처롭게 내려다보고 있는 여자의 눈 속에서 바닷길을 달려가고 있는 어린 짐승들이 보였다. 보하이핸가, 베링핸가, 빙해로의 출산을 위해 이천오백 리를 달려간다는, 눈만 멀뚱멀뚱한 맨머리 짐승들의 아득한 행렬이었다. 그 끝 어디쯤에 낯선 형상 하나도 섞여 있었는데 미역처럼 푸르고 긴 머리를 풀어헤친 짐승이었다. 자세히 보면 옆에 또 하나의 짐승이 파도를 가르고 있었고 굵은 팔뚝이 올라올 때마다 용의 문신이 언뜻 보였다가 사라지곤 하는 것이었다.

저기 푸른 섬

바다가 나타나기를 이제나저제나 기다리고 있는데 버스는 주차장 안으로 쑥 들어서고 말았다. 바둑판 위에 바둑알처럼 촘촘해진 버스 사이로 요리조리 빠져나가는 사람들을 따라 나오며 두리번거렸지만 바다는 보이지 않았다. 무심코 지나친 것일까, 지나온 버스 차창 풍경을 다시 한 번 더듬어 보아도 바다를 본 기억은 여전히 떠오르지 않았다.

남마산 터미널에서 버스를 탄 이래로 나는 계속 졸고 있었다. 내 힘으로는 제어할 수 없도록 졸음이 쏟아져내렸다. 잠이라는 최면을 통하지 않고서는 지난날의 세월 속으로 들어올 수 없는 것처럼 그렇게 잠이 쏟아졌다.

버스가 흔들리는 대로 몸을 맡기고 잠 속에 빠져 있다가 가끔씩 억지로나마 눈까풀을 밀어 올리고 바깥을 내다보려 애를 쓰곤 했다. 예전의 심하게 꼬부랑거리던 길은 어느덧 묵은 시간 속으로 사라지고 고속도로처럼 시원한 사 차선 도로로 바뀌 있었다. 지금 이 순간 모든 것들을 다시 새롭게 바라보지 않으면 안된다는 각성 같은 것이 혼몽한 중에도 끼어들어왔다. 그러나 두터운 솜이불처럼 내려누르는 잠은 그나마의 의식마저도 번번이 뭉개놓고 말았다. 그렇다고는 해도 통영을 들어서면 어김없이 오른쪽에 놓여 있던 그 바다를 못 보고 놓쳤을 리는 없었다. 고성 터미널을 지나고 나자 둔탁한 머리는 서서히 잠에서 빠져나왔다. 이제부터 닥쳐올 시간을 어떻게 할 것인지에 대한 뒤늦은 초조감이 잠을 쫓아내는데 한 몫을 했을 것이다.

이제 통영으로 들어가는구나, 하고 느끼는 순간 버스는 멈춰 서버렸고 앞사람을 쫓아 불과 몇 발짝을 옮기고 났을 때에는 이미 어디에서나 별반 다르지 않은 도시의 풍경이 나타났다. 그러나 선명한 햇살 아래 유난히 흰색이 많은 건물들과 그 사이로 불어오는 소금기 섞인 바람은 이곳이 바닷가임을 느끼게 해주었다.

나는 터미널 앞 길가에 서서 어디쯤이 바다가 될는지 가늠해 보려고 했다. 지난날 같으면 버스가 통영으로 들어서자마자 도시 한 면이 온통 바다로 펼쳐져 있어야 했다. 해변도 없이 도롯가에 곧바로 들어온 방파제 위에는 굵은 쇠줄이 쳐져 있었고 거기에는 동백이나 종려나무들이 남국의 정취를 풍기며 서 있었다. 사람들은 아무데서나 낚싯줄을 드리웠고 작은 머리꼴에 비해 배가 밥 사발만한 복어가 올라오면 침을 찍 뱉고는 길바닥에다 내동댕이쳤다. 물속에 놓아주면 미련하게 다시 그 미끼를 물고 올라오기 때문이라고 했다.

아이들은 살아 있는 고기 입에다 자기들의 입을 맞추어 바람을 불어넣고는 그걸 시멘트 바닥에 문질러서 팡팡 소리를 내며 터뜨렸다.

터미널에 도착하는 대로 해수한테 전화를 하기로 했지만 나는 먼저 바다가 보고 싶었다. 이쪽 사람들을 만나기 전에 뭔가 준비를 해야 될 것 같은 기분이 들었기 때문이었다. 버스에서 건너편에 앉은 여자가 분첩으로 얼굴을 두드리는 것을 보고 나도 가방을 열었다. 그러나 바를 만한 것이라고는 어떤 것도 들어 있지 않았다. 움직이는 대로 다 땀이 되어 흘러내리는 더위에 얼룩진 화장을 하느니 차라리 깨끗한 편으로 있겠다고 맨 얼굴로 나온 다음이었다. 그러나 냉방된 차 속에서 피부는 알맞게 식어 있었고 내리고 나서도 땀이 쏟아질 만큼 바쁘게 허둥댈 일은 없었다. 터미널 가까운 찻집에 들어가 얌전하게 해수를 기다리면 될 것이고 해수는 차를 가지고 데리러 올 것이었다.

여기로 오기 전에 먼저 오빠 집에 들른 나는 내내 마음이 무거웠다. 대구처럼 내륙지방인 고향은 숨이 턱턱 막혀서 움직이기조차 힘이 들었다. 뜨겁게 부풀어 오른 공기는 열 뭉치가 되어 얼굴을 향해 돌진해 오는 것 같았다. 이 더위를 헤치고 거제도를 갈 수 있을 것인지, 여태까지 거기로 돌아가지 못한 이유가 마치 더위에 있었던 것처럼 강하게 나를 가로막아 왔다. 서울에서 내려오기 전에 먼저 해수한테 전화를 해 버린 것에 대해서 뒤늦은 후회를 하기도 했다.

병원에서 돌아온 나는 막연히 앉아 있다가 무심코 탁자 옆에 있던 여행안내 팸플릿을 펼쳤다. 카드 청구서 안에서 내역만 살피고는 던져두었던 봉투에서 나온 것이었다. 거기에는 미역 줄기같이 생긴 거제도의 지도가 나와 있었고 갈곶섬, 몽돌밭, 노자산, 산양리, 사곡 삼거리 등의 낯설지 않은 이름들이 적혀 있었다. '그 섬에 가고 싶다 3' 이라는 소제목을 달고 있는 것으로 보아 아마도 시리즈로 연재되고 있는 기획물인 것 같았다.

아무렇게 던져놓았던 처음과는 달리 나는 교통란의 작은 글씨까지 꼼꼼하게 읽어 내려갔다. 부산 서부 터미널이나 마산, 충무 시외버스 터미널에서 직행버스가 각각 30분, 20분, 15분 간격으로 있으며, 부산에서 장승포 간의 배편을 이용하면 50분밖에 걸리지 않는다.

그때까지만 해도 나는 아무 생각도 없었다. 그곳과 상관이 없어진 지는 이미 오래되었다.

"유감스럽게도 이제 자연적으로 임신하기는 어려울 것 같습니다."

의사의 진중한 말과는 달리 나로서는 아무런 느낌도 없었다. 벌써 두 번째의 유산이었다. 임신되었다는 말에 그토록 좋아하던 남편의 얼굴이 다만 스팟 광고처럼 스치고 지나갔을 뿐이었다.

남편은 우리 두 사람 사이에 아이가 있어야 한다는 생각을 어떤 결심처럼 가지고 있었고 나 역시 그 뜻을 따르고 있었다. 그러나 둘 다 마흔이 넘어서 시작한 결혼 생활이었다. 젊은 사람들처럼 서로에 대한 특별한 기대나 장래에 대한 희망을 가진 것도 아니었다. 그러나 아이가 있어 주었으면 싶었다. 솜털이 보드레하고 손목이 야들야들한 아이가 있으면 우리들 세상에도 콩닥콩닥 발짝소리가 음악처럼 울려 퍼질 것 같았다.

저녁에 직장에서 돌아온 남편은 의사의 말을 전해 듣고서 말문을 닫았다. 한참 시간이 흐르고 난 다음에야 그는 천천히 휠체어 바퀴를 굴려 식탁 앞으로 왔다.

"괜찮아. 우리 두 사람만으로도 충분해. 또 우리가 원한다면 다른 방법이 없는 것도 아닐 거야."

애절해진 그의 심정은 눈동자 안에다 뜨거운 열과 축축해진 물기를 한꺼번에 담고서 나의 눈 속으로 들어왔다. 그리고 건조하게 비어 있는 나의 눈길을 끌어안으려고 그의 동공을 커다랗게 벌렸다. 그러나 나의 눈은 그를 피해서 달아났다.

아이를 원하는 그의 소망에 동조하긴 했지만 내 소망이기도 했을까에 대한 대답은 자신이 없었다. 두 사람이야 어떻게든 꾸려 나갈 수 있겠지만 우리 삶에 이미 깊숙이 들어와버린 한계점의 커트라인을 어린 생명에게까지 넘겨주고 싶지는 않다는 것이 솔직한 심정이었다.

다음 날 나는 탁자 옆에 밀어 두었던 팸플릿을 다시 찾아 들었다.

거기에는 미역 이파리 같은 거제도가 온통 푸른 물감으로 채색되어 있었다. 거기에서 쫓겨나기 전까지만 해도 마음껏 꿀 수 있었던 나의 꿈들처럼.

그리고 그곳에 관한 기억들을 하나 둘씩 들춰보기 시작했다. 나를 둘러싸고 있는 무기력의 뿌리가 혹시 그곳에 있는 것은 아니었는지, 한참 동안 노려보기도 했다. 그때 해수의 모습이 뇌리 속에 떠올라왔다. 칠 년 전인가, 팔 년 전쯤에 우리는 서울에서 한 번 만난 적도 있었다.

그는 일 년 반만에 원양어선에서 돌아온 다음이라면서 갑자기 을지로 뒷골목에 있는 직장으로 불쑥 찾아 왔다.

"선생님."

그때쯤에는 이미 누구도 나를 그렇게 호칭하지 않았다. 나는 그날 중으로 끝내야 하는 교정원고를 붙잡고 씨름하고 있는 중이었다. 조그만 인쇄소에서 불리는 나의 명칭은 미스 신이었다.

"선생님."

나와 상관없는 이 명칭은 내 머리맡에서 다시 한 번 더 불리어졌다. 그런데 그 억양이 아무래도 이상했다. 매끄럽게 이어지는 서울말이 아닌, 한 자 한 자가 분절되는 것처럼 어색하고 우직한 소리였다. 나는 고개를 들어 소리나는 쪽으로 바라보았다. 거기에는 유난히 검붉은 얼굴의 청년이 서 있었다. 머리는 칠십 년대의 장발처럼 귀 아래까지 텁수룩하게 내려와 있었고 마치 태양과 드잡이를 한 것처럼 온몸이 시뻘겋게 물들어 있었다.

"선생님."

청년은 음절 뒤에 강한 악센트를 실어 한 번 더 호명했다.

아, 나는 들고 있던 교정 펜을 떨어뜨릴 뻔했다.

"선생님이 여기 계신 줄도 모르고……. 찾아 헤맸다아입니꺼."

놀라서 다물어지지 않는 내 입을 보고 그가 변명하듯이 말했다.

이렇게 만나 버리다니, 이런 모습으로 만나려고 했던 것은 아니었는데……. 그토록 그리워하면서도 차마 돌아가지 못한 것은 이렇게 허물어진 모습으로 만날 수는 없었기 때문이었다. 나는 그를 데리고 사무실 앞에 있는 분식집으로 들어갔다. 저녁을 먹기에는 이른 시간이어서 식당 안에는 우리 두 사람뿐이었다.

"바다에 떠 있으면서 늘 선생님을 생각했습니더."

나는 당혹스러울 뿐 아니라 난감하기까지 했다.

"육지에 올라오면 제일 먼저 하고 싶었던 일이 선생님을 만나 보는 일이었습니더."

해수는 어색한 듯 길게 자란 머리카락을 자기 손가락으로 빗어 내렸다. 다섯 손가락 끝에 박힌 손톱이 검게 탄 피부에 대비되어 반달처럼 새하얀 빛을 냈다. 나는 점점 더 당혹스러운 기분이었다. 아직도 순진함을 잃지 않은 그가 한달음에 만나러 올만큼의 값어치가 남아 있을지 몸이 점점 더 오그라붙는 것 같았다.

"원양어선 나가면 몇 달이고 계에속 바다만 바라보고 안 있습니꺼? 답답해서 못 살겠다 싶다가도 선생님 웃는 얼굴 생각하면 참아진다 아입니꺼."

그랬다. 학생들 앞에서 나는 세상 모든 어려움을 결별했다는 듯이 그렇게 환하게 웃었다. 그러나 그렇게 웃어서는 안 되었다. 결국은 책임지지 못할 행동이 되어 허공중에 걸렸을 뿐이었다.

"아직 애인이 없나 보네."

그의 말을 농담으로 받아넘기며 나는 쓴웃음을 지었다. 어쩌면 울고 싶었는지도 모른다. 그의 두 눈에 비친 옹색한 어깨가 도로 내 안으로 들어왔다. 지난날 그들 앞에 섰을 때에는 얼마나 당당한 모습이었던가.

'내가 고난당한 것이 유익이라, 그로 인해 신의 율례를 배우게 되었나이다.' 크리스천도 아니면서 시편에 나오는 이 구절을 아이들 앞에서 외우고 다녔다. 고난이란 결국 인간의 내면을 풍성하게 하기 위한 일종의 통과의례 같은 것이라고, 나의 신체적인 핸디캡을 자랑하기조차 했다. 그리고 그 열매가 바로 얼굴에 있다는 듯이 풍선처럼 다채로운 웃음을 매달고 아이들 앞에 섰던 것이다.

점심일지, 저녁일지 해수와 나는 어정쩡하게 비빔밥을 시켜 먹고 주차장 겸 쉼터이기도 한 근처의 공원에서 자판기 커피를 꺼내 마셨다. 공원 한켠에 간이로 만들어 놓은 철조망 안에서 원숭이 두 마리가 쇠창살을 요란하게 흔들어 재낄 때마다 우리는 눈을 맞추고 웃는 듯, 찡그리는 듯 어색한 웃음을 나누다가 그렇게 헤어졌던 것이다.

그만큼의 세월을 뛰어넘은 통화였는데 놀랍게도 그가 거기에 있었다.

"이 소장님 말입니꺼."

음성이 맑은 아가씨가 전화를 받아서 수화기를 넘겨주었다. 여보세요, 그 다음에 나온 침착한 목소리에 나는 단번에 그가 해수임을 알 수 있었다.

"네 음성이 하나도 바뀌지 않았구나."

내 목소리는 긴장과 조바심으로 떨리고 있었다.

"선생님 목소리도 하나도 변하지 않았는데예."

"나야 이제 폭삭 늙었지."

늙음이야말로 이제 내가 앞세울 수 있는 유일한 유머가 된 것처럼 나는 큰 소리로 말했다. 그 순간 해수는 잠깐 동안 침묵했다. 어려운 말을 하고 말았구나, 늙고 병들고 이별하며 죽어 가는 인간의 으레적인 과정도 아직 살아 있는 사람들 간에서는 말하기 어려운 문제였다. 하물며 오랜만에 만난 사이임에야, 낭패해 하는 순간 그의 목소리가 수화기를 타고 천천히 흘러나왔다.

"나는 많이 젊어졌읍니더."

그래, 그렇고 말고. 어색하던 분위기를 깨준 그의 말이 고마워서 나는 크게 웃음을 터뜨렸다. 늙음 앞에 젊음을 앞세운 그의 말이 더할 수 없이 친근했다. 그리고 대견했다.

통화를 하기 전만 해도 과연 거기로 갈 수 있을 건지에 대한 확신이 서지 않았다. 아픔인 채로, 침묵인 채로 방치되어 있던 그곳을 새롭게 통과해 내지 않으면 안된다는 각성 같은 것이 두텁게 깔린 무기력의 장판을 뚫고 올라오긴 했지만 한 번 닫혀졌던 그곳의 문을 다시 연다는 것은 새삼스러울 뿐이었다. 이제는 너무 낯설기조차 해서 오히려 치기처럼 여겨졌다.

그러나 해수와 통화를 하는 중에 나는 마음을 굳혔다. 일단 내려가서 연락하겠다는 내 말에도 그는 구태여 이쪽 전화번호와 고향집까지도 일일이 확인을 하고 난 다음에야 비로소 전화를 끊었다.

그러고 난 다음이었다. 이제 와서 더위 때문에 못 가겠다고 발뺌할 수는 없는 노릇이었다. 그렇더라도 십삼 년만의 귀향 아닌 귀향에 땀을 뻘뻘 흘려 가며, 검붉게 홍분된 얼굴로 가고 싶지는 않았다. 젊음의 신기루처럼 사랑했던 그곳을 쫓기듯이 떠나 와야 했던 그날만으로도 충분히 치욕을 치루고도 남았다.

그러나 아무리 가방을 뒤집어도 화장품은 없었다. 하루나 이틀을 머무르기 위해 준비한 속옷과 면 셔츠, 접을 수 있는 모자와 손수건, 그리고 필기구와 지갑이 가방의 전부였다. 견본품인 로션과 화운데이션, 립스틱을 조그만 비닐 팩에 챙긴 것까지는 분명히 기억이 나는데 어찌된 셈인지 가방에서 빠져 있었다. 심지어 손거울 하나조차도 들어 있지 않았다.

나는 오늘 점심때까지도 오빠 집의 방바닥에 눌어붙어 빈둥거리고 있었다. 올케가 차려 준 점심을 먹고서야 목욕탕으로 들어가 느릿느릿 샤워를 하기 시작했다. 수도꼭지를 틀고 수건에 비누칠을 하면서도 몸에 힘이 실리지 않도록 최대한 숨을 낮추었다. 자칫 신경을 잘못 건드리기라도 하면 온몸이 한꺼번에 폭삭 무너질 것 같았다. 화장대 앞에 앉았을 때는 어쩔 수 없이 초조해질 대로 초조해져 있었다. 시간이 벌써 두 시를 지나고 있어서 다섯 시까지 맞추어 가려면 서둘러야 했다. 그러나 머릿속에서만 한없이 팽창되어 돌아다니고 있던 그곳을 향해 막상 발을 옮기려니까 오랫동안 나를 잡아끌던 그리움과 애틋함은 오히려 감쪽같이 사라져 버렸다. 대신 구체적인 시간과 행선지에 관한 현실적인 문제들이 머릿속을 채워 오기 시작하면서 그곳에 가야 할 목적이 더욱 애매해졌다. 심지어는 거제도를 향해 가고 있는 것이 아니라 해수라는 한 인간을 만나기 위해 가는 것이 아닐까 하는 의문까지 들어 새롭게 나를 혼동 시켰다.

나는 거제도의 순수한 땅덩어리를 떠올리기 위해 그쪽 풍경을 그려보았다. 수업을 하다가 교실 창가를 내다보면 시간마다 바뀌어 가던 바다, 그것은 녹색이거나 푸른색, 때로는 보랏빛까지 자유자

재로 몸을 뒤집었다. 거침없이 날아다니던 바람과 그때마다 양떼처럼 흰구름을 뭉텅뭉텅 쏟아내던 하늘, 그리고 감정을 가리거나 꾸밀 줄 모르던 그저 순박하고도 뜨겁던 얼굴들. 어제 일처럼 떠오르는 이 모든 선명함에도 불구하고 구체적으로 따지고 드는 이유와 목적 앞에서는 그저 무기력할 뿐이었다. 가서 만나야 할 사람이 있거나 용무가 남아 있기에는 너무 많은 시간이 흘러가 버렸다. 그런데도 그쪽을 향해 미적미적 가고 있다는 것이 아무래도 이상했다. 실리 지향적인 서울의 삶이 그렇게 만들었고 한 해 두 해 어깨 위에 얹힌 나이라는 것이 현실을 현실로만 받아들이도록 만들었다고 변명을 늘어놓아도 명분 없는 여행에 대한 회의를 뿌리치기는 힘들었다. 한 번 그런 식으로 빠져들고 나자 거기를 그리워했다는 자체까지 무의미하게 여겨졌다. 그리움은 그저 그리움일 뿐이었다. 거기 가서 더듬고 만져야 할 실체는 아무것도 없었다. 단지 확실한 것은 해수를 만날 수 있다는 일 뿐이었다. 오랫동안 그리움의 대상이었던 그곳에 대한 갈증을 해수가 대신 풀어줄 수 있느냐는 것보다 그만큼의 무거운 중량을 안고 그를 만날 수밖에 없다는 부담감이 더욱 나를 괴롭혔다. 그가 도대체 누구란 말인가, 세월의 부피를 가늠해 보면 그도 어느새 서른이 넘어 있었지만 그래도 나에게는 여전히 학생인 채로였다.

그런 저런 생각으로 허둥거리면서 가방을 싸고 있을 때 오빠가 걱정스러운 투로 물었다.

"상당히 더운 날씨인데, 포기할 수 없도록 대단한 볼일이야?"

"예."

나는 짧게 대답할 수밖에 없었다.

"무슨 일인데?"

"그냥……."

딱히 무슨 일이라고 말할 수가 없었다. 설명할 수 있는 일이라면 가거나 가지 않거나 간에 오히려 편할 것이었다.

"거기 가면 누가 나오기로 약속은 되어 있어?"

어린아이 대하듯 염려스러워 하는 오빠의 눈을 옆으로 슬쩍 피했다. 마치 부정한 일을 저지르기 위해 가는 것처럼 몸을 사리고 있는 나의 태도도 마음에 들지 않기로는 마찬가지였다. 그 와중에 화장품 케이스를 올케의 경대 앞에 빠뜨려 놓고 나온 것이 분명했다.

전부터 알고 있던 어떤 여자는, 나이 든 여자가 맨 얼굴을 쳐들고 사람들 앞에 서는 것을 보면 어딘지 모르게 뻔뻔해 보인다고 그랬다. 그녀의 말에 의하면 모처럼 돌아온 땅 앞에서 나는 뻔뻔한 얼굴을 들고 있는 셈이 되었다.

나는 아직도 바다로 나갈 만한 통로를 찾기 위해 주위를 두리번거리고 있었다. 그러나 시내로 연결되는 듯 한 직선 도로 외에 다른 길은 보이지 않았다. 길가에는 전국적인 체인망의 베이커리, 옷 대리점, 슈퍼마켓, 편의점들이 빼곡히 들어 차 있어서 주변을 돌아볼 여지가 없었다. 막연히 옛날의 기억을 의지해 보면 서 있는 뒤쪽이 바다가 될 것 같은 느낌이었다. 근거 없는 짐작이나마 붙들고 거기로 나가 보기 위해서는 도로 터미널 안으로 들어가 버스 주차장을 지나가지 않으면 안되었다. 버스들은 좁은 어항 안에 포획된 대어처럼 가쁜 숨을 내쉬었고 그때마다 열기가 훅훅 뿜어져 나왔다. 나는 그 길을 포기하고 대신 편의점으로 들어갔다. 바깥의 대형 간판과는 달리 실내는 구멍가게처럼 작은 곳이었다. 눈으로 한 바퀴를 돌아보고 음료수 냉장고에서 생수 한 병을 꺼냈다. 그동안 젊은 주인 여자는 바깥에 진열된 포도송이의 마른 가지를 가위로 잘라 내고 있었다. 나는 천 원짜리를 내밀면서 혹시 화장품점이 가까운 데 있느냐고 물었다.

"있긴 하는데예. 그것이 좀……뭐 사실 건데예?"

그 말로 보아서는 신통찮긴 하지만 자기 가게 안에도 몇 가지 물건이 있다는 뜻 같았지만 여자는 의외로 자기 몸을 일으켜 밖으로 뛰어나갈 태세였다.

"잠깐 계셔 보이소. 내가 가서 알아보끼예."

미처 만류할 사이도 없이 여자는 윗길로 뛰어가더니 진주 양품점이라고 씌어진 유리문 안에서 손짓을 했다.

"그러믄, 사 가지고 가시이소."

오랜만에 본 자매처럼 친근하면서도 수줍은 미소의 여자는 금방 자기 가게로 쪼르르 뛰어가 버렸다. 바깥에 비해 그늘이 짙은 양품점에는 나이가 좀 들어 보이는 여자가 서 있었다. 유난히 붉은 기운이 많은 피부색과 낯가림을 하는 듯한 미소는 이쪽 사람들의 공통적인 특색이었다. 그녀는 속옷이 진열된 유리 상자 앞에 서서 립스틱이 꽂힌 둥근 원판을 보여주었다. 속옷 진열대 안에는 몇 가지 기초 화장품도 있었다. 그러나 숙녀복을 팔면서 거기에 소용되는 화장품을 덧붙어 파는 형편이고 보니 소소한 휴대품이 있을 리 없었다. 몇 개 되지 않는 립스틱도 색깔이 너무 진하거나 기름기가 많은 것들이어서 나는 그냥 나오고 말았다.

바다로 나가는 길이라도 물어볼 걸, 멀리 고개로 올라가는 비탈길 끝에는 푸른 하늘에 새하얀 구름이 떠 있어서 시원해 보였지만 서 있는 길은 복잡해서 숨이 막혔다.

이렇게 맥없이 돌아올 것을…….

뻔대며 돌아오지 못했던 지난 세월이 마치 한여름 밤에 잠시 꾸다가 만 꿈처럼 하릴없게 여겨진다. 그러나 이 길은 맥없이 돌아와서는 결코 안 될 길이었다. 더구나 맥없이 돌아서서는 더더욱 안 될 일이었다.

아침에 집안을 치워놓고 간단하게 가방을 챙긴 나는 남편의 사무실로 전화를 했다.

"친정에 좀 다녀오려고 해요. 그리고 시간이 되면 거제도에도……."

남편은 한동안 가만히 있었다. 자신의 계획과 다르게 돌아가고 있는 상황을 받아들이기 위해서는 언제나 약간의 침묵이 필요했다.

"거제도는 왜?"

극도로 억제된 그의 음성이 두꺼운 종이를 잘라 내는 것처럼 뻣뻣하게 들렸다.

"……."

거기서부터 다시 시작해 보려구요, 그러나 나는 우물쭈물하고 있었다. 거제도와 연결된 지난날을 남편한테 이야기한 적이 있었는지도 확실치 않았다.

"여행하기엔 아직 몸도 무리잖아."

남편의 목소리가 다시 부드러워졌다. 그러나 거기에는 그의 특유의 강압적인 의지가 실려 있다.

"아무것도 문제될 것 없어. 우리는 우리만으로도 잘해 나갈 수 있어. 어때? 당신, 내 말 믿어?"

다른 사람의 시선이나 어려움에 노출될 때마다 남편은 이렇게 말했다. 그럴 때마다 모질게 힘을 쓰고 있는 그의 애씀이 애처로우면서도 한편으론 공허하게 들렸다.

명함이나 광고 전단 같이 소소한 인쇄물을 만들어 내는 남편의 사무실은 그런 대로 잘 돌아가는 편이었다. 직접 처리하는 일 뿐 아니라 몇몇 직원을 활용하는 일에도 그는 비교적 능숙했다. 그렇게 되기까지 어려움이 없었던 것은 아닐 테지만 그런 과정을 잘 넘겨온 것이다. 결혼했다가 한 번 실패한 적이 있는 그는 누구보다도 좋은 가정을 꾸리고 싶어했다. 그는 시간이 날 때마다 얼마나 치밀한 계획에 따라 우리의 일이 잘 진행되어 가고 있는지에 대해서 설명하곤 했다. 아이 문제에 있어서도, 자연 임신이 되지 않는다면 인공수정을 시도해 볼 것이고 그것도 여의치 않다면 입양하는 절차까지 이미 그의 머릿속에 파일로 정리되어 있었다.

더 이상 방관자적인 자세로 어영부영 시간을 채워 나갈 수는 없었다. 할 수만 있다면 이곳에서 다시 시작하고 싶었다.

그러나 아무것도 보이지 않았다. 출렁이는 바다도, 풍선처럼 부풀어오른 복어도, 밝은 청색 교복을 입고 유일한 여자 선생을 향해 힐끔거리며 지나가는 남학생들도 이미 이 거리에는 남아 있지 않았다. 더위에 지쳐서 팔을 축 늘어뜨리고 걸어가고 있는 사람들의 모습도 한결같이 무표정하여 서울이나 대도시의 사람들과 하등 다를 것이 없었다.

나는 터미널 앞에 있는 공중전화 부스를 바라보다가 돌아가고 싶은 충동에 또 휩싸인다. 그냥 들러본 것이라고 변명하기에는 나라는 존재가 너무 무거웠고, 지난날의 그 무엇과 화해를 도모하기에는 너무 늦어버린 세월이었다.

"선생님, 이번에는 약속 어기지 말고 꼭 오시야 됩니더."

몇 번이나 다짐하던 해수의 목소리가 떠올랐다. 나는 페트병에 남아 있던 물을 마저 마시고 전화번호를 눌렀다.

벨이 두 번 울리기도 전에 해수가 나왔다.

"여기 관광 호텔 있지? 거기 커피숍에서 만날까?"

제대로 격식을 갖춘 자리에서 보는 게 그나마 부담이 덜 될 것 같았다.

"잠깐만예, 선생님. 지금 터미널 앞이지예? 거기 조금만 계시이소. 제가 십 분 안에 그리로 가겠습니더."

그는 서두르지 않고도 내 말을 막아내며 침착하게 말했다.

"여기로? 그런데, 내가 서 있는 곳이 터미널 앞이 아닌 것 같은데. 뒤쪽인가, 샛길로 빠져 나왔거든. 여기 길 건너편에 고려당 빵집이 보여. 그리고 큰 간판이……."

"선생님."

서 있는 위치를 정확하게 일러주기 위해서 더듬거리고 있을 때 그가 나를 불러 세웠다. 낮게 웃는 소리가 잠깐 스치고 지나간 것도 같았다.

"설명 안 하셔도 다 압니다. 거기가 다 빤한 거긴데예, 뭐."

나는 전화를 끊으면서 무언지 다르게 돌아가고 있다는 기분이 든다. 뭔가 편했다. 전혀 어렵지가 않다. 이런 느낌이 얼마 만인가? 서울에서의 지난 세월 동안, 더구나 결혼이라는 것을 하고 나서부터는 단 한 번이라도 이렇게 쾌한 기분으로 다른 사람을 맞이하거나 다가가 본 적이 없었다. 타인이 선 자리와 내가 서 있는 자리는 엄격하게 구분되어 있었고 그 중간에는 결코 뛰어 넘을 수 없는 긴장이 언제나 가로놓여 있었다.

청회색 소나타가 내가 서 있는 발 앞에서 멈췄다. 운전석 문이 열리고 체격이 좋은 남자가 내렸다. 회색 체크 바지에 하얀 면 티셔츠를 입은 몸이 전체적으로 두릿두릿하여 안정된 느낌을 주었다. 그러나 검붉게 탄 얼굴에는 아직 앳된 구석이 남아 있다. 악수는커녕 손을 뒤로 모아 어깨를 약간 비튼 채 웃고 있는 모습이 그런 느낌을 더 자아냈다.

아, 순간적으로 나는 감탄사를 뱉었다. 원래 눈이 크고 이목구비가 뚜렷하긴 했지만 체구는 자그마한 학생이었다. 그리고 팔 년 전에 서울에서 다시 만났을 때만 해도 옛날 학생 때의 모습이 많이 남아 있었다. 그런데 이제는 완전히 독립되고 중후하기까지 한 남자가 거기에 서 있는 것이다.

"선생님 안 오실까 봐 계속 조마조마 했습니더."

그때서야 두툼한 손을 내밀어 내 손을 맞잡은 그는 일부러 어리광 섞인 투로 말했다.

"온다고 했는데 어련히 안 올까 봐?"

나는 조금 전의 돌아가고 싶어했던 충동을 떠올리며 계면쩍게 말했다.

"오신다고 해 놓고 한 번이라도 약속 지킨 적이 있습니꺼?"

어디까지나 농담이지만 그래도 해수는 무게를 실어 반문했다.

학교를 떠나던 날, 몇 가지 물건만 손에 챙겨 들고 나머지 것들은 해수한테 맡겨 놓았었다. 맡길 때에는 뒤에 와서 가져가리라고 했지만 영영 돌아오지 못했다. 그 뒤로 해수가 몇 번이나 전화를 걸어 언제 올 거냐고 물어 왔다.

"가야지."

매번 그래 놓고는 한 번도 오지 못했던 것이다. 가야지, 할 때부터 오는 일이 쉽지 않으리라는 것을 알고 있었다. 다만 올 수 없었던 이유를 설명할 수 없어서 그렇게 대답했을 뿐이었다.

쫓기다시피 그곳을 떠나야 했던 한 인간의 초라한 뒷모습을 그들에게 또 보여줄 수가 없었다.

"학생들에게 정식으로 인사나 하고 떠나게 해 주셔요."

이미 모든 것을 체념한 뒤였다. 그렇다고 해도 아이들에게 보여지는 뒷모습만이라도 비굴한 것이 아닌, 당당하게 정리하고 싶었다.

"신 선생이 지금 다른 학교로 전출을 가는 것도 아니니까, 그냥 조용히 떠나시는 편이 더 좋을 거요."

교장은 한 마디로 거절했다. 평소의 고상한 인격의 상징처럼 보이던 그의 완벽하게 벗겨진 대머리가 이제는 그만큼 더 고집스러움으로 다가왔다. 그래도 나는 아침 조례 시간에 운동장으로 나갔다. 겨울 방학이 끝난 지 얼마 되지 않는 학생들의 몸짓은 산만하고 들떠 있었다. 학교와 방파제 하나를 사이에 두고 있는 바다에서 바람이 불어와 머리카락을 날렸다. 자잘한 규율에 얽매이지 않는 자유스럽고 방만한 바람이었다. 나는 늘 이 바람을 사랑했다.

교장은 끝내 나에게 인사할 시간을 주지 않고 조례를 끝냈다. 아이들은 행진곡에 맞추어 교실로 들어가 버리고 나는 교무실로 들어와 가방을 챙겼다. 눈에는 오기도 없이 눈물이 삐져나왔다. 선생들은 나보다 더 민망한 표정으로 출석부를 챙겨서는 슬금슬금 뒷걸음질치듯 교무실을 빠져나갔다. 나는 이미 정리를 끝낸 서랍 속에 다시 확인해야 할 일이 남은 것처럼 머리를 구부려 넣고 눈가 근육에 다 힘을 주었다.

마지막으로 서랍 열쇠를 책상 위에 올려놓고 나왔을 때 첫 시간 수업이 없는 채 선생이 따라 나왔다.

“놀면서 사는 것도 재미있을 거예요.”

네, 나는 가볍게 웃으려고 했다. 그럼요, 이 따위 학교에 무슨 미련이 있겠어요. 가능하면 호기라도 부려 보고 싶었다. 그러나 한 마디의 말도 꺼내지 못한 채, 앞으로 내미는 윤리 선생의 손을 잠시 맞잡고는 돌아서서 나왔다. 혼자 걸어나가는 뒷모습이 교실 창가의 아이들 눈에 비칠세라 나는 담에 몸을 바싹 붙였다.

이 년 전 처음 왔을 때에는 개암나무에 열매 달리듯 학생들의 머리가 사 층 전체 유리창마다 총총 매달려 있던 학교였다. 막 커다란 행사를 치른 것 같은 흥분과 열기가 창문마다 풍겨져 나왔다. 바다를 눈앞에 두고 오른쪽으로 꼬부라져 교문 안으로 들어서자마자 아이들은 벌써 나의 모습을 포획했던 것 같다. 청색 교복의 하얀 얼굴들이 일제히 내쪽을 향해 쏟아져 나왔으니까 말이다. 팔손이나무가 줄지어 서 있는 실험실 앞의 좁다란 길을 지나 교무실에 갈 때까지 나는 후들거리려는 다리에 힘을 주기 위해 이를 악물었다.

첫 부임지였던 것이다. 그것도 몇 차례의 난관과 실패를 치른 후에 가까스로 얻어낸 내 인생의 첫 발자국이었다.

학생들의 열렬했던 시선의 집중이 커다란 행사 뒤에 자연스럽게 일어났던 것이 아니라 바로 나 때문이었다는 것을 알게 된 것은 바로 그 다음 날이었다.

실업계 남자 고등학교의 유일한 여교사, 그것도 다리가 불편한 여자 교사를 맞아들이기로 한 교장의 결정은 학교 내에서 차라리 센세이션이었다. 그러나 국어 교사를 쉽게 얻을 수 없었던 그때의 지리적 환경적 여건상, 부실한 여자라도 받아들일 수밖에 없었던 것이 또한 그들의 당면한 현실이기도 했다. 교장은 무모하게 비쳐지는 자신의 결정을 성공적으로 이끌기 위해 많은 시간을 투입하여 학생들에게 사전 교육을 시켰던 것이다. 여자라고 얕보아서는 안된다. 더구나 장애인이라고 놀려서는 더더욱 안된다. 누구보다도 예의를 갖추어 대해 주어야 한다. 나는 학생 제군들의 건전한 양식을 믿는다.

나에 대한 교장의 배려가 깊었다는 것을 총무부 직원이 은근슬쩍 일러주었을 때, 이런 식의 교육이 있었음을 짐작해 내기란 그다지 어려운 일이 아니었다.

그 교육의 힘은 완강했다. 바닷가에서 자라나 영악하거나 세련된 것과는 거리가 멀었던 학생들은 혹시라도 나에게 가해질지 모르는 편견을 피하기 위해 나름의 방편을 만들어 냈는데 그건 다름 아닌 무관심으로 대하는 것이었다. 즉흥적인 십 대의 나이와 바닷가에서 잔뼈를 키운 우직한 기술학교 학생으로서의 그들에게 교장의 훈화는 너무 복잡했을 것이다. 그들은 철저히 무관심으로 일관했다. 개인적으로는 쳐다보지도 않고 말을 걸지도 않았으며 예, 아니오, 외의 대답은 하려고도 하지 않았다. 그것이야말로 나의 특수성에 대한 그들의 위험부담을 줄일 수 있는 최상의 전략이 되었던 것이다. 어떤 아이들은 그 이중성에 대한 부담이 싫어서 노골적인 혐오감을 드러내기도 했다.

그러나 나는 그들의 눈 속으로 직접 뚫고 들어갔다. 드러난 무관심에도 불구하고 숨겨지지 않는 그들의 속마음을 나는 읽을 수 있었다. 그만큼 그들의 눈과 표정은 순수했다. 어떤 것으로도 표백하거나 가릴 수 없는 인간 본래의 감정이 그들의 몸에서 순간순간 튀어나왔다.

뒤에서나 옆에서 유심히 보고 있다가 불현듯 시선이 마주치면 그들의 눈은 화다닥 놀라서 도망치곤 했다. 그러나 냉정한 눈이거나 비하하는 호기심이 느껴질 때는 한 번도 없었다. 오히려 순수한 호기심과 기대감이 춤추는 파도처럼 일렁이고 있었다. 때로는 어머니나 누이를 대하는 듯한 너그러움조차 느껴지기도 했다.

우리는 점점 눈을 맞추고 서로 웃음을 나눌 줄 알게 되었다. 때로는 권위적으로 수업 시간을 움켜쥘 때에도 그들은 슬그머니 분위기를 맞춰서 기죽은 척 할 줄도 알게 되었고 그러면서도 책상 아래로 웃음을 흘리곤 했다. 우리는 늘 공모하는 기분으로 살았다. 그들과 내가 합작하여 이 세상에 그 누구도 눈치 채지 못한 비밀 모의를 주고받는 듯한 그런 합일감을 우리는 몸으로 느꼈던 것이다.

그러나 그런 비밀 결사를 맹세한 동료들을 뒤에 남겨 두고서 나 혼자 반역자처럼 담에 몸을 붙이고 도망 나오지 않으면 안 되는 신세가 되어버린 것이다.

집으로 돌아온 나는 자폐증처럼 방 안에만 박혀 지냈다. 길거리에서 만나는 교복 입은 학생들은 모두 다 그들의 모습이었고, 그들은 곧 내 몸을 헤집고 들어와 버린 연인 중의 연인이었다.

해수와 손을 잡고 서 있는 사이 길 가던 사람 몇몇이 우리를 쳐다보았다. 혹시라도 지난날의 내 모습을 기억하는 이가 아닐까, 나는 체념 속에서도 그들의 눈을 떨쳐 버리지 못했다.

"선생님, 많이 늙으셨다카더마는 별로 안 늙었네예."

커다란 몸집과 달리 해수는 수줍게 눈을 내려깔면서 말했다. 눈썹 아래 진하게 드리우는 그림자가 옛날 모습을 떠올리게 했다. 그는 단순한 학생이라기보다는 외지에서 만난 육친 같은 사이였다.

학교 측에서 집을 떠나 있는 선생들을 위해 교사 전용으로 정해 놓은 밥집이 있었는데 해수는 학생으로서는 유일하게 그 집에서 밥을 시켜 먹는 아이였다. 가게가 따로 있는 밥집이 아니라 그냥 집에서 밥을 해대고 있던 아줌마는 큰방에다 남자 교사들을 위한 길다란 상을 준비했고 해수와 나를 위해서는 작은 방에다 따로 밥상을 차려 주었다.

"아아도 안 낳았는데 맨날 미역국만 끓여 주고……씨!"

거제도 토박이인 아줌마는 맑은 간장국물에다 미역만을 풀어서 자주 국을 끓여 주었는데 그때마다 해수는 눈을 내려깔고 투덜거렸다. 남자아이의 길다란 속눈썹이 예쁘기도 하려니와 악의 없이 중얼거리는 말투가 귀여워서 나는 자주 웃음을 터뜨리곤 했다.

그러고 나면 해수는 자취집까지 항상 나를 데려다 주었다. 때로는 길게 이어진 둑길로 산책을 나가기도 했다. 그럴 때마다 배를 타고 나가는 밤낚시나 배 위에서 바로 떠먹는 회에 대해서 이야기했다.

"갈치는 특히 올라오자마자 바로 죽어뿌린다 아입니꺼. 억수로 성질 급한 놈이라예. 그런데도 회로 묵으믄 그 살이 달달합니더. 칼칼한 성질하고는 전혀 딴판이라예."

"갈치도 회를 먹어?"

"억수로 맛있습니더. 언제 같이 밤낚시 한 번 가입시더."

해수는 늘 딴 세상 얘기를 하는 것 같았다. 때로는 둑방 아래로 내려가 돌멩이로 툭툭 쳐서 자연굴을 따오기도 했다. 그때는 달빛까지도 환했다.

"선생님, 어디부터 가면 좋겠습니꺼?"

해수가 승용차 에어컨을 켜면서 물었다.

글쎄, 나는 아직도 보지 못한 바다를 떠올렸다.

"매립이 많이 되어 갖고 해안선이 전과는 많이 달라져뿌렸습니더."

해수는 새로 생겼다는 도남해상공원으로 달려갔다.

한려해상공원과 연결된 유람선이 명물이라는 이곳에서는 원색의 윈더스핑들이 날씬한 날개로 수면을 가르고 있었다. 방파제로 쌓아 올린 넓은 광장을 지나 오른쪽으로 꺾어지는 계단 몇 개를 올라가자마자 갑자기 바다가 한눈에 들어왔다. 거대한 호수처럼 잔잔한 바다를 사이에 두고 멀리 떠 있는 섬들이 보였다. 텅 빈 하늘을 배경으로 하여 둥근 능선으로 이어지는 섬들은 푸른 융단을 깐 것처럼 평화롭고 아름다웠다.

"저기 보이는 곳이 한산돕니더."

해수가 능선 사이에서 비교적 편편한 쪽을 향해 손가락을 가르켰다. 나는 그의 손끝을 좇으며 마치 내 고향을 더듬는 것 같았다. 백일홍이 곱게 피어 있던 제승당의 하얀 마당이 눈에 선했다.

1981년. 그때만 해도 단체 관광객이 드물어서 한적한 누각 위에 올라가 앉으면 바다와 닿아 있는 하늘이 거짓말처럼 가슴에 안겨왔고 바로 발밑에는 대나무가 짙푸르게 자라고 있었다.

나는 언제까지나 그렇게 살아가고 싶었다. 내 몸에 새겨진 장애라는 것도 그 순간의 향내를 더하게 만드는 각성제처럼 감미롭게 여겨졌다.

지난날 생각으로 한참을 서 있다가 몸을 돌이켰다. 해변에서나 입을 만한 짧은 옷을 입은 사람들과 알록달록한 튜브를 든 아이들이 맞은편의 콘도 샛길로 걸어가고 있었다. 그 좁은 길은 인공적이긴 했지만 나무들 사이로 묘하게 굽어져 있어서 제법 운치가 있었다.

"그쪽으로 가면 콘도 수영장이 나오는데예, 디기 더럽습니더. 거기 말고 선생님이 좋아하실 만한 길이 있습니더. 거기로 가입시더."

차를 타고 나오는 길에 차창을 내리고 에어컨을 껐다. 시원한 바닷바람이 머리카락을 날리는 걸 느끼면서 설풋 잠이 들었다. 눈을 떴을 때는 바다가 내려다보이는 산길을 달리고 있는 중이었다.

"선생님, 많이 피곤하신갑네예."

"아니, 내가 너무 편한가 봐."

처음 이곳을 향해 들어올 때 마치 어두운 터널을 통과하듯이 쏟아지던 잠과는 달리 산들바람처럼 산뜻하게 지나가는 잠이었다.

아직도 잠이 채 벗겨지지 않은 눈꺼풀 아래로 바라다 보이는 바다 풍경은 차라리 꿈속의 한 장면이었다. 푸르게 점점이 펴져 있는 작은 섬들은 드넓은 정원의 송이 꽃들처럼 아름다웠고 그 사이에 청록빛으로 미끄러지는 수면은 저녁의 햇빛을 받아 황금실 비단처럼 반짝였으며 가까운 곳에 봉곳하게 올라온 섬에서는 백로가 선계인 양 춤을 추고 있었다. 지상의 곳이 아닌 듯했다. 아득한 곳에서 스스로 존재하고 빛나는 그 모습은 삶의 공간이 결코 아니었다. 외롭고 지쳐서 살아가기 마련인 삶의 공간에 덤으로 주어진 보너스였다.

젊은 날 이곳에서 보냈던 짧은 생활이란 어쩌면 보너스 같은 것이었는지도 모른다. 긴 세월 동안 그 흔적을 붙들고서 그리워하고, 애태우고, 상처를 내며 살아온 것이 결국 어리광처럼 여겨졌다.

학교 측에서는 건강한 남자 교사를 구하자마자 나한테는 바로 퇴직을 요구해 왔다. 어차피 공무원 신체검사에서 탈락되었던 몸이니만큼 그 요구는 전혀 무리가 아니라는 것이 그들의 생각이었다. 되려 지난 이 년간 기회를 베풀어줄 수 있었던 그들의 관용에 대해서 스스로 흡족했는지도 모른다.

나는 거기에 반발하여 행정소송을 제기했다. 나는 여전히 교사로

남고 싶어했고 장애가 그 일을 가로막지 않을 것이라는 확신을 가지고 있었다.

그런 나의 행동에 가장 충격을 받은 사람이 교장이었다. 정년퇴직을 불과 이 년 앞두고 있던 그는 재직 생활 동안 어떤 불미한 일도 일어나지 않기를 진심으로 바랐고 또한 그것을 실천할 수 있는 사람이었다. 물에 빠진 사람 건져 놓으니 보따리 내놓으라는 식이 아니냐고, 나를 강하게 문책해온 일은 당연한 일이었다. 이 소송은 교장이나 학교 측에 관한 것이 아니라 장애인이라는 이유로 교사 임용의 문을 아예 가로막고 있는 문교부(지금 교육과학기술부)의 공무원법에 대한 것이라고 설명을 해봐도 결과는 마찬가지였다.

그때까지만 해도 그건 극복해 나가야 할 장애로 여겼다. 그러나 교장 부인이 찾아와 읍소하듯이 하소연할 때는 차마 더 뻗댈 수가 없었다.

"처음부터 신 선생님을 위임한 것은 우리 교장 선생님이었어요. 그분의 모험적인 결단이 없었더라면 지난 이 년 동안의 기회도 없었을 거예요. 제발 우리 교장 선생님의 명예로운 정년퇴임이 되도록 도와주세요. 신 선생님도 아시잖아요? 우리나라 공무원 관행이 어떻다는 것을요."

회색 한복을 입고 어린 내 앞에 다소곳이 앉아 있는 예순 노인의 부탁에 무릎이 꺾였다. 그녀의 말처럼 장애인이라는 이유로 그 누구도 받아 주지 않던 나를 이 년 동안이나 받아 준 사람이었다. 어려울 때에는 나름대로 격려의 손길을 줄 때도 많았다. 그랬던 사람한테 내가 짊어지고 갈 수밖에 없는 무거운 짐을 끝까지 책임지라고 할 수는 없는 일이었다.

그러나 그렇더라도 나로서는 끝까지 밀고 나갔어야 했다.

한 번 자리를 비켜 주기 시작하자 내가 설자리는 점점 더 줄어들었다. 마침내는 사회뿐 아니라 스스로한테조차 나라는 존재는 없어도 좋을 만큼 희미해져버린 것이다.

"선생님, 사실은, 오늘 학교 앞에서 모두 모이기로 했습니더. 선생님께서 오신다카이 디기 좋아합디더."

해수가 커브가 심한 산길을 돌아 나가느라고 눈을 앞으로 꽂은 채 말했다. 공해에 찌들지 않은 맑은 소나무들이 산길을 돌 때마다 무리지어 나타났다. 외로운 노송이 아니라 하늘을 향해 쭉쭉 뻗은 그야말로 싱싱하기 그지없는 청솔 군락이었다.

나는 심장이 쿵 내려앉는 것 같았다.

그러지 않아도 해수한테 부탁하여 거제도 방파제 아래 있던 그 학교로 곧장 달려가 볼 심산이었다. 언제나 활달하게 불어오던 바람과 구리처럼 검붉게 익어 있던 사내아이들을 다시 한 번 내 눈으로 보고 싶었던 것이다. 그리고 방파제에 앉아 바다와 출렁이는 달빛을 언제까지나 바라보고 싶었다. 그런데 그들이 나를 기다리고 있다니, 그들은 이제 추억 속에서만 그리워하는 까까머리 아이들이 아니라 해수처럼 의연한 어른이 되어 있을 것이다. 그래서 어디에도 뿌리내리지 못한 채, 겉돌고 있는 내 모습을 꿰뚫어 볼 것이다.

"이제부터는 자주 오시이소. 그리고 푹 쉬시다가 가이소. 저희들이 여기에 있는 한 선생님 집이나 마찬가지 아이겠습니꺼?"

나지막하게 젖어오는 해수의 말을 듣는 순간, 한때나마 내가 그들을 가르친 것이 아니라 그들이 큰 가슴을 열어 나를 안아 들인 것이라는 생각이 들었다. 늘 불안하고 위태롭게 이 세상을 향해 곁눈질하고 있을 때 그들이 넓은 바다가 되고 햇볕이 되고, 그리고 떠들썩한 사내아이들이 되어 나를 받아준 것이었다.

"몇 명이나 모이는데?"

나는 떨리는 목구멍을 가까스로 진정시키며 물었다. 옛날 연인을 만나는 것처럼 가슴이 후닥거렸다.

"여기에도 외지로 나간 친구들이 많아서 많이는 못 오고예, 연락이 되는 녀석들만, 한 열 명 될 낍니더."

당장이라도 그들을 보고 싶은 마음과 여기에서 도망가고 싶은 마음이 엇갈려서 숨이 불규칙하게 높아졌다. 그러나 십 년도 넘어서 돌아온 길이었다. 더 이상 내버려둘 수 없는 멀고도 먼 길이었다.

나는 의자에 기대어진 어깨를 펴고 심호흡을 했다. 유령처럼 그리움 속에서만 떠돌고 있던 바다 냄새가 폐부를 찌르며 깊숙이 들어왔다. 그리고 갈매기들인가, 하얀 새들이 미끈한 날개를 펴고 점차 낮아지고 있는 저녁하늘 속에서 빙글빙글 맴을 돌고 있는 것이 보였다.

차는 어느새 거제대교 위를 달리는 중이었다.

붉은 길이 보이는 창

"최시현 소위? 야! 이런 사람 너희 중대에 있냐?"

부대 입구 검문소에서 서류를 들여다보고 있던 병장이 내가 내민 주소를 흘낏 보고 던진 말이었다.

"예, 10중대에 있습니다."

쇠난로 밑에 붙은 사각문을 열고 재를 치우던 일병이 허리를 펴며 대답했다. 임산부의 배처럼 볼록한 난로 몸체에서는 조개탄이 뜨거운 열기를 뿜으며 타고 있었다. 그 열기를 피하느라 일병은 한 걸음 떨어져서 엉거주춤 삽질을 했다. 그 바람에 양철통에 담기지 못한 재들이 펄펄 날아올랐는데 마치 막 날기 시작한 어린 새들의 깃털 같았다.

"야, 이 새끼야. 깨끗하게 못 치우겠나? 더러운 석탄가루가 고운 아가씨 얼굴에 붙으면 되겠어?"

병장이 고함을 버럭 질렀다. 나에 대한 배려로 보기엔 그의 표정이 너무 싸늘했다. 아까 양구에서 여기까지 온 택시기사의 능글능글한 웃음과 어딘지 모르게 비슷한 느낌이다. 약간의 호기심과 그리고 경멸. 기사는 백미러를 통해 뒷자리를 흘끔거리며, 오늘 또 한 사람 죽이겠는데요, 했다. 그럴 수만 있다면……, 나는 끈적끈적한 그 눈을 피하며 한편으론 그렇게 생각했다.

"주민등록번호는요? 이리 주시죠. 주소도 기입해야 하니까."

어정쩡하게 서 있는 내가 답답했던지 가방에서 주민등록증을 꺼내자마자 낚아채듯 가져갔다. 그리고 빈칸을 적더니 다시 물었다.

"어떤 관계입니까?"

병장은 얼굴의 각진 모서리를 보이며 건조한 음성을 냈다. 그 옆에서 통신기계의 알록달록한 전선을 연결시키고 있던 또 한 사람의 병장이 나를 흘낏 돌아보았다. 그의 눈이 재빠르게 한쪽으로 기울어진 내 다리를 훑었다.

관계? 나는 막연해졌다.

"댁의 생년월일을 보면 나이가 상당히 있으신데, 여기는 기껏 스물두셋 정도거든요."

문서상의 큰 착오라도 발견한 듯, 병장은 자기 나름의 논리를 가지고 말했다. 그러고는 볼펜을 엄지와 검지 끝에 올려 연신 동그라미를 만들어냈다. 그러나 눈길만은 먹이를 낚아채기 직전의 매 눈처럼 날카로웠다.

ROTC 장교로 임관한 최시현은 스물두셋이 아니라 스물다섯 살이었지만 그래도 나보다 세 살 아래였다. 오누이 간이라 보기에는 성이 달랐고 그냥 아는 정도로 찾아오기에는 남녘 끄트머리에 붙은 내 주소지가 너무 멀었다. 나는 갑자기 동생의 불룩한 배가 떠올랐다. 참으로 밑도 끝도 없는 연상이었다. 임신 칠 개월째로 접어든 동생은 결혼 날짜를 받기 위해서 애면글면하고 있었다. 관계라는 말이 남녀 간의 통정만을 말하는 건 분명 아닐 텐데 어쩌자고 그런 생각이 불쑥 튀어나온 것일까? 그런 둥싯한 배처럼 확실한 결과를 가지고 있다면 무료한 이들의 눈길에 무연히 채이지는 않을 거라는 생각이 무심중 들었던 것일까, 아니면 그래보고 싶은 욕망이 한순간 그물망을 헤치고 푸르륵 뛰쳐나온 것일까? 그러나 유감스럽게도 최시현과 나와의 사이에는 어떤 결과물도 남아 있지 않았다. 그러나, 그렇지만 말이다. 우리 사이에는 정말 아무 일도 없었던 것일까.

"관계 란을 명시해놓아야 하는데요. 말씀하시기 곤란하시다면 애인이라고 써놓죠."

연상의 여자와 연하의 남자 간에 이루어지는 멜로드라마쯤이야 이미 통달했다는 듯, 병장은 상체를 심하게 건들거리며 글씨를 갈겨썼다. 나는 친구 간이라고 정정하기 위해 그쪽으로 고개를 구부정하니 내밀다가 그냥 관두고 말았다.

면회실은 검문소와의 문 하나 건너편에 있었다. 기다란 나무의자가 두 개 있었고 그 앞에 촛대 같은 알루미늄 재떨이가 하나 서 있는 것이 전부였다. 하긴 재생용 고무의 벽돌색 쓰레기통이 기물보다 더 큰 덩치로 버티고 있긴 했다. 뚜껑도 없는 거기에는 기름 묻은 치킨 포장지와 귤 상자, 그리고 과자와 콜라병 같은 것들로 이미 가득했다.

나는 나무의자 끝에 엉거주춤 몸을 붙이고 손바닥 두 개만한 창문에 눈을 주었다. 텅 빈 창 너머로 가느다란 선 하나가 어디론가 기어가고 있었다. 선혈처럼 붉은 황톳길이었다.

하염없이 거기를 바라보고 있다가 나는 문득 아무것도 들고 오지 않았다는 데에 생각이 미쳤다. 어떤 충동 같은 것에 떠밀려 밤차를 탈 때까지는 아무 생각도 나지 않았다. 그냥 가고 보자는 생각만이 몰아치고 있어서 단지 외투만을 걸치고 뛰쳐나온 참이었다. 그러나 서울행 기차를 타고, 의자에 몸을 깊숙이 밀어 넣고 나자 그때서야 아뿔싸 싶었다. 무엇을 들고 가나, 상대방보다도 동료들을 위해서 무엇인가 가져가야 한다는 이야기를 어디서 들은 것 같았다. 그러나 그의 소대원만 해도 마흔 명이나 된다는데 무얼 어떻게 가져가야 할지 막연하기만 했다. ROTC시절, 그가 부대 안으로 훈련을 갔다 나오는 날에는 나는 자취방에다 백숙 한 마리씩을 삶아놓곤 했다. 방학 한 달을 사회에서 격리되어 꼬박 훈련에 바치고 나오는 날이면, 빨리 뛰어나가고 싶어 안달을 하면서도 그래도 뜨거운 한 그릇을 달게 비우곤 했다.

영등포역에 내렸을 때는 아직 이른 새벽이었다. 성북으로 가는 전철을 바꾸어 타고 그리고 또 한 차례의 경춘선. 춘천에 내렸을 때도 그 문제는 해결할 수 없는 숙제처럼 남아 있었다. 나는 시외버스 정류장 앞에 늘어선 좌판들과 가게의 허름한 진열대들을 둘러보았다. 보이는 거라곤 겨우내 좌판대 위에서 시들어가는 밀감들과 플라스틱처럼 매끄럽고 딱딱해 보이는 제과점 빵, 그리고 아직 불조차 피우지 않은 기름통 위에 말라비틀어진 채 놓여 있는 통닭뿐이었다. 나는 선택을 또다시 다음 행선지로 미루었다. 대합실에서 보온물통을 들고 다니는 젊은 여자한테 커피 한 잔을 사마시고 버스에 올랐다. 지겹도록 계속되고 있는 이 여정이 견딜 수 없으면서도 한편으로는 영원히 끝나지 말았으면 싶었다. 그를 향해 출발하긴 했지만 나 스스로도 무엇 하나 결정된 것이 없었다. 아니, 이 말은 정확한 것이 아닐 것이다. 내가 원하고 있는 것은 단 하나, 명확한 것이다. 그러나 이 원함에는 어쩐지 불순함이 섞여 있는 것 같다. 지난날, 한 점의 티조차 없었던 우리의 관계를 이 시점에 와서 흐려놓고 말 것 같은 아슬아슬함 위에서 나는 현기증을 느낀다. 우리는 애초부터 현실적인 발판 같은 건 준비되어 있지 않았다.

어느 날 밤이었다. 그와 함께 보낸 수많은 밤들 중에서 제비뽑기로 한 밤만을 뽑아낸 것 같은 평범한 밤이다. 네모로 각진 방에는 작은 스탠드가 부착된 호마이카 상床이 하나 있다. 그 위로 책들이 가지런히 쌓여 있고 그리고 비키니 옷장 한 개, 부엌으로 난 문에 잇대어 간이찬장이 있다. 마치 캄보디아로 귀양 간 전직 경찰관의 방 같다. 그러나 조금만 더 유심히 살펴본다면 그와는 전혀 다른, 온난하고도 풍부한 한 기류가 흐르는 것을 알 수 있을 것이다. 비키니 옷장 아래 한 남자가 기다란 골격으로 반듯이 누워 있다. 그리고 그 옆에 한 여자가 엎드려 책을 읽고 있다. 그녀는 책을 보다가 자주 남자를 쳐다본다. 그러나 많이 보면 닳아버릴까 염려하는 것처럼 얼른 눈을 다시 책에다 박는다. 그녀의 얼굴에 번져나는 풋풋한 화색. 책의 내용이 흡족한 것일까, 아니면 옆에 누운 존재에 충일된 것일까. 이윽고 남자가 잠에서 깨어난다. 한 그루의 싱싱한 나무가 뻗어나듯 마음껏 기지개를 켠다.

"통행금지 시간이야. 무슨 잠을 그렇게 오래……."

역시 반짝거리며 쪼르르 일어서는 시간에 후줄근한 일상성을 덧입히려는 듯 그녀는 잔소리 섞인 한 마디를 던진다. 그러나 으레 하는 말이란 것 그 남자도 알고 있다.

"상관없어, 골목 하나 건너면 그만인걸 뭐." 그도 하나마나한 말을 불쑥 던진다. 아마 수십 번은 했을 말이었다. 그리고 남자가 일어나 구겨진 옷을 수습한다. 그녀 앞에서 허리띠를 끄르고 헝클어진 와이셔츠 자락을 바지 속에 집어넣는다. 어디 한 군데 구부러지거나 흐트러진데 없이 뻗어 내린 두 다리 위로 ROTC의 감색 바지 자락이 오로지 천의 질량에 의해 아래로 착 늘어진다. 섬세하면서도 힘에 차 있는 젊은 청년의 두 발은 로댕의 연인 끌레앙이 빚어놓은 조각품 같다. 이러한 일련의 과정이 일상 외에는 다름 아니라는 듯 그녀는 덤덤히 받아 넘기려고 애를 쓴다. 그러나 그녀의 두 눈에 일렁이고 있는 눈부신 연모의 빛을 읽어내기란 그다지 어려운 일이 아니다.

그 많은 밤을 함께 하고도 우리는 단 한 번 안아본 적도 없었다. 그를 바라보고 그의 옆에 있는 것만으로도 나는 차고 넘쳤다. 그래서 더 우리의 만남에 의미를 부여했는지도 모른다. 누구도 대신할 수 없는 그런 유일한 관계. 그러나 애석하게도 나는 변해버렸다. 아니, 변하지 않으면 안 되는 시점으로 오고 말았다. 동생의 불룩한 배가 나를 떠밀었고 그것보다 이제 한 달 후면 그나마 임시교사 생활마저 끝이 날 것이다.

결국 양구에서도 무엇을 살 것인지 결정하지 못했다. 사실은 부실한 몸에다 짐까지 보태서 애쓰는 모습을 보이고 싶지 않은 것이 가장 큰 이유일지도 모른다. 나는 맨몸으로 택시를 탔다.

창문이 갑자기 붉은 물감을 뿌린 듯 피어났다. 버스 한 대가 비포장도로로 털털거리며 지나가고 있었다. 다져진 길바닥은 겨울의 엷은 햇살 아래 곱게 이어지고 있었지만 난폭한 바퀴 아래서는 비명을 지르듯 우르르 일어섰다.

최시현, 그는 푸른색 야전점퍼에다 하얀 털이 삐져나온 까만 귀마개를 두른 채 나타났다. 뽀얀 입김이 그의 입에서 주전자 김처럼 새어나왔다. 검게 탄 피부 탓인가, 필터로 걸러낸 것처럼 정제된 그의 이목구비는 전보다 더 깊숙해보였다. 차가운 공기에 닦인 서늘한 표정은 어딘지 모르게 엄격함을 내비치고 있었다. 어쨌든 일 년 반만의 해후였다. 추상적인 단어로 나열된 편지가 몇 차례 오가긴 했지만 이렇듯 오랜만의 만남을 우리는 하고 있었다. 그러나 우리는 달리 할 짓이 없어서 두 손을 잡고 흔들며 악수를 했다. 연인이건 친구건 무조건 입맞춤을 하는 코 큰 사람들 같으면 얼마나 덜 어색할까 싶었지만 어쩔 수 없이 서로의 손바닥만 스쳐 보냈을 뿐이었다. 그러면서 나는 그에게, 그는 나에게 누구인가, 잠시 생각했다.

우리는 늘 다니던 길을 다시 걷는 것처럼 묵묵히 검문소를 빠져나와 길옆의 다방으로 갔다. 좁은 황톳길의 노변에는 여인숙, 식당, 다방 등의 조악한 간판들이 먼지를 뽀얗게 뒤집어쓰고 닥지닥지 붙어 있었다. 그중에서 최시현은 만남의 다방이라고 붉은 글씨로 쓰인, 가장 가까운 다방 문을 밀고 들어갔다. 문을 열자마자 어서 오세요, 라는 레지의 탁한 음성과 함께 난로 옆에 앉아 있던 군인이 벌떡 일어나 경례를 붙였다. 옆에는 도시의 기름이 반드르르 도는 아가씨가 의자 끝에 가볍게 앉아 있었다. 가지런히 포개진 그녀의 싱싱한 다리가 을씨년스런 이곳의 분위기를 더욱 초라하고 쓸쓸한 것으로 만들었다. 최시현은 가볍게 답례를 하고 그들의 옆 의자에 앉았다. 같은 소위지만 그쪽의 연차年次가 아래인 것 같았다. 그가 최시현에게 여자의 이름을 소개시키자 이미 알고 있다는 듯 아는 척을 했고, 그런 확인을 통해 커플은 더욱 단단히 결속되었다는 듯 서로의 눈을 맞추며 웃었다. 최시현이 그쪽의 화제에 끼어들어 뭐라고 묻고 대꾸를 하는 동안 나는 그의 옆에 말없이 앉아 있었다. 끊임없는 생각들이 회오리치다가 어느 순간 뚝 끊기고, 또 다른 열정에 휩싸이곤 했던 그의 존재를 말없이 지켜보던 나를 그는 좋아했다. 그의 변덕스러움에 다른 친구들이 곤혹스러워 하거나 의심의 눈으로 바라볼 때에도 나는 왜, 라고 물은 적이 단 한 번도 없었다. 그의 영혼에 몰아치는 바람 한 줄기, 티끌 한 터럭까지도 내 것처럼 받아들이고 그리고 이해했었다. 그런 것도 소위 사랑이라고 이름붙일 수 있을 것인가. 옆의 커플이 차 올 시간이 되었다고 자리에서 일어섰다. 디스코텍을 찾아 춘천으로 나가는 길이라고 했다. 우리도 일어나 다방에서 나왔다. 그들이 길가 종점에서 버스를 기다리는 동안 우리는 반대편 골목으로 들어갔다.

나지막한 시골집들 사이로 난 꼬불꼬불한 흙길을 몇 번이고 돌아가자 갑자기 앞이 툭 트여 왔다. 작은 나루터였다. 여기에서 과연 배를 띄운 적이 있었을까 싶게 강은 추위와 바람에 메말라 있었다.

그러나 그런 회의를 반증이나 하려는 듯 조그만 나룻배 두 척이 헐벗은 아이 배처럼 동그랗게 뒤집어져 얼음에 꽁꽁 묶여 있었다. 목재는 이미 희끄무레하게 죽은 검정색이었다. 그 위로 차가운 바람이 휘파람 소리를 내며 지나가고 겨울 햇볕이 멀리서 인색하게 자기 몸을 감추었다.

그보다 조금 높은 곳에 낙엽송 두어 그루가 서 있었고 아래에는 비닐장판이 깔린 평상이 놓였다. 겨울 동안에 사용하지 않는 빈 의자들이 녹슨 다리를 내놓고 허연 비닐로 덮인 채 평상 위의 손님이 되어 있었다.

거기에서 넓은 마당 같은 길을 사이에 두고 빨간 슬레이트를 얹은 허름한 집이 바로 민물 매운탕 집이었다. 근대식 지붕과는 달리 실내 벽면이 아직 흙으로 남아 있는 가게는 나무 판때기 탁자와 긴 의자 서너 개가 실내의 전부였다. 한중간에 연탄난로가 하나 있긴 했지만 사람이 없어 썰렁하기로는 매일반이었다. 그나마 온기를 만들어내던 주인여자조차 부엌으로 가버리고 나자, 최시현은 나무젓가락을 둘로 쪼개며 이 집의 매운탕이 일품이라고 말했다. 서울과 부산의 매운탕 집을 다 뒤져도 이 집같이 제대로 하는 집이 없을 거라고도 했다. 나는 그가 찌개 맛 하나까지도 이토록 예민하게 반응하리라는 사실을 미처 알지 못했다. 우리는 둘 다 자취생으로, 정부미 혼식에다 없는 반찬의 밑바닥까지 긁어가며 먹었더랬다. 가난한 자취생이던 나는 최시현 그까지도 끼워서 '우리'라고 말하며, 그것도 '우리'에게는 늘 맛있고 과분하다고 믿었다. 그러나 졸업이 다가오면서 최시현이 내가 생각했던 것처럼 없는 집안의 고집 있는 아들이 아니라는 사실을 어렴풋이 짐작했을 뿐이었다.

따뜻한 김이 오르는 찌개가 우리 앞에 놓이고 나서야 나는 비로소 물었다.

"왜 왔는지 안 물어?"

그는 대답 대신 다른 말을 했다.

"우리는 골짜기에 있는 이 부대를 감옥이라고 불러. 사회에서 많은 여자들의 눈물을 흘리게 한 죄인들이 수감되는 감옥. 나한테는 의미심장한 곳이지."

그는 약간의 입술을 비뚤어뜨리고 희미하게 웃었다.

그럼 삼 년 형량을 채우고는 그냥 훨훨 날아가 버리려고? 그러나 차마 입 밖에 낼 수는 없었다. 그렇게까지 깎아지른 듯 확인해야 한다면 우리 사이는 이미 참람함을 드러내고도 남았다.

"요새도 일주일마다 두세 통의 편지를 꼭꼭 보내오는 여자가 셋이나 돼. 한 여자는 얼마 전에 새로 만났어. 춘천에 새를 사러 나가는 길이었어. 내무반에 석탄난로를 쓰기 때문에 가스가 샐까봐 십자매를 키우거든. 버스 옆자리에 어떤 아가씨가 앉았는데 집이 춘천이라는 거야. 나는 시간이 촉박했고 그쪽 지리를 모르니까 안내를 부탁했더니 쾌히 승낙을 했어. 두 시간 정도의 거리였으니까 그동안에 내가 지은 시도 설명해주고, 뭐 이런저런 이야기를 했겠지. 춘천에 내려서는 새집을 찾아가는데 그 아가씨 걸음이 자꾸 쳐지더라구. 내가 원래 걸음이 빠르잖아. 더구나 시간도 바빴으니까. 그래서 내가 어깨를 붙잡고 걸었던 모양이야. 그리고 새집에 가서 십자매 두 쌍을 사가지고 돌아오려는데 그 아가씨가 정색을 하고 말하는 거야. 자기는 생전 처음 한 남자한테 어깨를 허락해주었다라고. 그 순간 나는 또 실패했구나 싶었어. 그렇지만 이미……."

"처음부터 사심이 있었던 건 아니고?"

나는 그야말로 사심 없이 웃으려고 애쓰며 반문했다. 농담처럼, 그러나 한편으론 사정없이 그를 질책하며.

"나 역시 알 수 없는 일이야. 일이 벌어지고 나면 나한테 사심이 있었던가, 없었던가, 혼동이 일어나곤 해."

그가 흔들리는 눈으로 웃었다. 객쩍은 미소 뒤에는 어떤 슬픔 같은 것이 고여 있는 것도 같았다. 그는 나한테까지 질책 받고 추궁당하리라고는 한 번도 생각해보지 않았을 것이다. 그가 늘 새로운 여자들을 만날 때마다 나는 그것이 그의 정신적 방랑으로 믿었다. 그의 번뜩이는 머리가 늘 새로운 가치관을 찾아 헤매는 것처럼 여자 역시 거기에 맞물려 있다고 여겼다. 그래서 한 번이라도 그를 의심하거나 그의 행적에 윤리를 결부시켜본 적이 없었다. 불면과 고뇌로 지쳤거나, 어느 날 문득 새로운 발견에 눈떴을 때에도 그는 어김없이 나에게 돌아왔던 것처럼 언젠가는 그런 편력을 마치고 나한테로 돌아올 것임을 믿었다. 그러나 현재의 그도 지난날처럼 문득 나에게로 돌아올 것인가? 지금 나는 그가 어떤 새로운 경험을 시작하고 있는지조차 알지 못했다. 그의 편지는 날로 더 관념적이고 형이상학적으로 변해가고 나는 정체 모를 불안함에 허덕이고 있었다.

나는 밑도 끝도 없이 눈앞에 떠올라오는 동생의 둥싯한 배를 다시 한 번 보아내야 했다. 동생은 시부모가 될 어른들의 반대에 도전장이라도 내는 양, 덜렁 아이를 갖고 말았다. 거기에 남자의 사전

동의가 있었는지에 대해서는 알 수 없다. 물론 여자 혼자 만드는 것이 아닌 이상 동의가 없었던 건 아니겠지만 남녀의 관계라는 것이 반드시 아이로 귀결되는 것은 아니겠기에 말이다. 그리고 전해 듣기로는 남자 집의 입장도 별반 바뀌지 않았다는 것이었다. 바뀐 것이 있다면 동생의 태도가 턱없이 당당해졌다는 것이 될 것이다. 동생은 요즈음 매일같이 남자를 끌고서 살림집을 보러 다니고 있었다. 그러고선 집에 돌아와 부려놓은 밀가루 푸대처럼 쓰러졌다. 그 모습이 처음에는 싫었지만 사실 내심으로는 부러워하고 있는지도 모른다. 그녀는 그렇게 생활이라는 것을 두 손으로 꽉 움켜쥐고 살았다. 적어도 나처럼 보이지 않는 환상을 좇아 현재를 뜨뜻미지근하게 날리고 있지는 않는 것이다.

별 말이 없는 분위기를 밀어내보려는 듯 그는 또 한 번 매운탕 맛에 감탄을 늘어놓았다. 보기보다 뼈가 단단한 쏘가리 몇 마리에 덤벅덤벅 잘라진 무와 굵은 파, 그리고 고춧가루로 범벅이 된 국물이 내 입에는 그저 짜고 맵기만 했다. 어제 밤차를 탄 이래 먹은 거라곤 커피 두 잔이 전부였으나 입맛은 전혀 움직여주지 않았다. 들었다가 놓았다가 건성 숟가락질을 하고 있는 내 손 위에 그의 우울한 눈길이 엉겨 붙었다. 그리고 잠시 주춤하다가 눈길을 거두어버렸다. 순간적으로 눈빛이 번쩍하는 것도 같았다.

그곳을 나온 우리는 춘천 나가는 커플과는 반대 방향의 버스를 탔다. 모난 어조라고는 없이 둥글게 돌아가는 강원도 말씨 속에 둘러싸여 나는 좌석에 얌전히 앉았고 그는 긴 다리로 서서 창문 밖으로 흩어져 가는 황토 먼지만 바라보았다.

양구에 내리자마자 거기에서 몇 발짝밖에 안 되는 서점을 찾아 그가 문을 드르륵 열고 들어갔다. 옹색하긴 하지만 서울서점이라고 쓴 네모난 간판이 붙어 있고 유리 진열대에는 샘터니, 학원이니, 월간지들과 문학지까지 진열되어 있었다.

그리고 서고 사이로 겨우 이루어진 둥근 공간 안에 난로가 있었고 거기서 한 여자가 책을 읽고 있었다. 그녀는 문 소리에 고개를 들다가 최시현임을 알아보자 금방 웃음이 활짝 펼쳐졌다. 적당히 희고 펑펑한 얼굴형과 선한 눈매의 그녀는 나이가 좀 들어 보이는 데도 어딘지 모르게 내 여동생과 비슷한 느낌을 주었다. 최시현은 그녀에게 언니라고 부르며 격의 없이 나를 소개시켰고 그녀 역시 오래전부터 알고 있었던 것처럼 스스럼없이 대해주었다. 웃을 때마다 양 볼 사이로 진하게 골이 파이는 여자를 보면서 나는 지난 한 시점으로 미끄러져 들어갔다.

그는 자정이 다 되어서 자취방의 문을 두드렸다. 자정이 넘어서야 주섬주섬 옷을 챙겨 입고 돌아가는 일만 흔했던 것이 아니라, 이렇게 늦은 밤에 들이닥치는 일도 비일비재했다. 처음에는 주인집의 눈치가 보여 싫은 소리를 하거나 문 한쪽을 열어두기도 했으나 곧 그런 것들을 그만두었다. 치기나 무례함으로 치기에는 그가 너무 당당했고 천진난만하기까지 했던 것이다. 그의 앞에서는 본질적이고 내면적이지 않은 것들은 사정없이 내팽개쳐졌다. 하긴 이런 말처럼 애매모호하고 자기합리화로 위장되는 말이 없을 거라는 사실에 심한 부끄러움을 느끼면서도 그때의 마음을 달리 표현할 방법을 찾지 못하겠다. 하여튼 그는 밤 열두 시가 다 되어 내 자취방으로 쑥 들어왔는데 그의 등 뒤에는 긴 머리의 어린 여자가 서 있었다. 갸름한 얼굴과 빈약해 보이는 몸매와는 달리 두 눈만은 영악하도록 빛나고 있어 차라리 도전적일 정도였다. 그녀는 간단한 눈인사도 없이 상반신을 뒤로 발딱 제친 채 내 앞에 서 있었다.

"기차에서 만난 아가씬데 갈 데가 없다고 나를 따라왔어. 그렇다고 이 총각이 양심 없이 데리고 잘 수는 없는 일이잖아. 네가 한 밤만 재워주라."

그는 긴 다리로 일어나 어둠 속으로 성큼성큼 사라져버렸다. 그러고 나서도 경계를 풀지 않는 암고양이처럼 손톱을 세우고 있던 어린 아가씨가 처음으로 던진 말이 이것이었다. '최시현 씨와 어떤 사이죠?' 그때 나는 이렇게 대답했던가, 아가씨처럼 최시현을 따라와 가지 않겠다고 떼를 쓰는 수많은 여자들을 재워주는 사이라고 말이다.

그는 양구라는 이 깊은 골짜기에서 '서점여자'라는 또 하나의 휴게실을 만들어놓고 여자들을 갖다버리는 짓을 반복하고 있는 것은 아닐까. 지난날 그가 나한테 여자들을 갖다 맡길 때 나는 그걸 은근히 즐겼었다. 나만이 오직 유일하고도 특별하게 그의 공인을 받은 여자인 것처럼 혼자서 소리죽여 오래오래 웃음을 곱씹기도 했었다. 그러고 보니 아까 처음 볼 때 어딘지 모르게 동생을 닮은 것 같던 그녀의 얼굴은 동생이 아니라 바로 내 얼굴을 닮았던 것이다. 우리가 앉을 수 있도록 자리를 넓혀주고 먹을 것을 사다 나르느라 바삐 움직이는 그녀의 옆얼굴은 과연 혼자만의 자족감에 잠겨 있는 것처럼 보였다.

일찌감치 서점 문을 닫아 걸은 그녀는 우리를 자기 집으로 데려 갔다. 버스 정류장이 있고 서점이 있고 술집이 있는 상가를 지나 골목 안으로 몇 발짝만 들여놓자 그야말로 불빛 하나 새나오지 않는 어둠의 세상이었다. 어디선가 여러 마리의 개들이 서로를 찾아 애타게, 혹은 무심하게 컹컹 짖고 있었고 얼굴 바로 앞에서 나뭇가지가 튀어나오기도 했다. 울퉁불퉁한 흙길에 자꾸만 헛디뎌지는 발을 조심하느라 손을 옆으로 뻗어보면 우툴두툴한 돌담이 만져져 왔다. 그것은 순식간에 온몸의 뼈를 훑는 듯한 냉기를 내뿜었다. 앞서 가는 그녀가 뭐라고 이야기하고 있었지만 발밑에 온통 정신이 팔린 나로선 무슨 말인지 알 수 없었다. 말은 입에서 나오는 수증기처럼 뿌옇게 맴을 돌다가 어둠 속에 빨려 들어가 버렸다. 흐흠, 그래, 음, 뭐, 그렇지, 험험, 이런 간헐적인 음들만 우리 사이에서 떠돌아 다녔다.

도착한 그녀의 집도 캄캄하기로는 마찬가지였다. 오히려 집안에 고여 있던 어둠의 입자들이 문을 열자 한꺼번에 쏟아져 나왔다. 어떤 축축한 점액질의 냄새까지 풍겨났다. 그래도 그녀는 능숙하게 어둠을 헤치고 두 발로 밟으며 마루 위로 올라가 전등불을 켰다. 반짝 알전구가 드러나는 마루 위에는 허연 광목천이 드리워져 있었는데 그것은 뜻밖에도 상청喪廳이었다.

"어머니 빈소예요."

그녀는 제대祭臺 위의 촛대에다 불을 붙이며 밝은 음성으로 말했다. 최시현도 금시초문인 듯 얼떨떨해 했다. 허물없이 대해주는 그녀를 따라오긴 했지만 갑자기 대면한 상황에 당황한 것 같았다. 빨리 올라오라고 재촉하는 그녀 앞에 우리는 잠깐 머뭇거리다가 발견한 것이 부엌 앞의 우물이었다. 첨벙, 그가 던진 두레박이 밤공기를 갈랐고 우리는 말없이 손을 씻었다.

"얼마 전에 돌아가셨어요. 내일이 사십구제되는 날이에요."

그녀는 재빨리 방 안에 자리를 만들며 문 옆에 서 있는 우리한테 아무렇지 않은 투로 말했다. 마치 이쪽이 동쪽이고 저쪽이 서쪽이에요, 하는 식이었다. 나는 어떤 의지도 없이 그를 따라 오긴 했지만 그래도 몸을 두기가 거북해졌다. 그의 얼굴에도 여러 가지 표정이 소낙비 구름처럼 지나갔지만 그중에 의젓함을 하나 택하는 것으로 난처함을 이겨나가고 있었다. 그러나 그녀는 손을 홰홰 내저으며 말했다.

"어차피 올 사람 하나 없는 걸요. 혼자서 밤을 새워야 할 판이었는데, 저에게는 동무가 생겨서 좋고, 우리 어머니도 덜 외롭다고 좋아하실 거예요."

그 말 역시 최상의 밝은 음성으로 톡톡 튀어 나왔다. 하지만 화려한 종이꽃처럼 처연했다. 슬픔조차도 마음 놓고 드러낼 수 없었던 세월이 그 종이꽃에 어룽져 있는 듯했다. 진한 어둠에서 갑자기 빛 아래로 들어오자 눈을 찌를 것 같이 달려들던 밝음도 차츰 침침한 어둠 속으로 환원되어갔다. 그나마 어슴푸레 빛을 발하고 있던 형광등이 갑자기 깜박거리며 빛을 거두기 시작했다. 그때마다 얇은 눈시울이 빛과 어둠을 따라 떨어졌다가 붙었다 하는 것 같았다.

"등을 갈아야 하는데 귀찮아서 그냥 두었더니 이러네요. 어머니의 오랜 병치레가 어찌나 지겹던지 얼른 돌아가 주시기만 한다면

나 혼자 훨훨 날아갈 것 같더니만 막상 소원이 이루어지고 나니까 등 하나도 제대로 못 갈아 끼우고 그냥 늘어져 있는 거예요."

"사다놓은 형광등이 있으면……." 최시현이 웃옷을 벗고 일어났지만 그녀는 대신 쑥스럽게 웃었다. 그는 꺼멓게 변색된 등을 되살려보려고 이리저리 돌려보고 다시 끼워보기를 여러 차례 했다. 그러나 이미 가버린 불빛은 돌아오지 않았다. 그녀는 상청에 있던 초를 여러 자루 갖고 들어와 촛불을 켜고는 형광등을 아예 꺼버렸다.

"어머닌 평생을 혼자서 살았죠. 내가 당신의 유일한 혈육이자 식구였어요."

그렇게 시작된 이야기를 돌림노래 한 곡조 부르듯이 바쁘게 끝내버렸다. 그녀의 어머니는 부대에 있던 중령과 사랑에 빠져 그녀를 낳았고, 중령은 이곳에서의 복무가 끝나자마자 떠나버렸다는 것. 그래도 그녀의 어머니는 언젠가 그 남자가 돌아와 모녀를 보살펴줄 것임을 믿고 있었다는 것. 그런 끝에 그녀는 이런 말을 덧붙였다.

"그 사람은 우리 어머니를 사랑했을 거예요. 진심으로 말입니다. 어머니가 돌아가실 때까지 끝끝내 그 사람을 믿었다는 것이 그 증거라고 생각해요. 그렇지만 그 사랑은 여기 있을 동안만 이루어진 한시적인 사랑이었을 거예요. 여기를 떠나자 우리 어머니도 잊었죠. 밤낮없이 붉은 먼지만 날리는 이곳, 시베리아 유배지처럼 추위와 외로움에 갇혀 꼼짝없이 살았던 이곳을 기억하고 싶은 사람은 없을 테니까요."

우리는 묵묵히 텔레비전을 보고 있다가 그것도 끝이 나고 애국가가 울려 퍼지자 잠자리에 들었다. 최시현은 방문 옆의 윗목에 자리를 깔았고 그녀와 나는 한 이불 속에 들었다. 바람소리가 창호지를 뚫고 우리들의 찬 이마로 다가와 맴을 돌았다. 나는 한 여자의 슬픈 사랑이 어둠 속을 서성이며 떠돌고 있는 꿈을 꾸었다. 분명한 형체는 없는데 움직임은 있고, 소리는 없는데 끊임없이 어떤 외침이 들려오는 이상한 꿈이었다.

"우리 어머니 산소에 같이 가주지 않을래요?"

식빵과 커피로 아침을 먹는 자리에서 그녀가 말했다.

글쎄, 최시현은 난처한 듯 나를 쳐다보았다. 그 표정에는 일찌감치 귀대해야 한다는 조바심이 실려 있었다. 아니면 나한테 돌아갈 길이 멀지 않느냐고 재촉하는 것처럼도 보였다. 나는 그의 시선을 무시하고 그녀한테 기꺼이 같이 가겠다고 말했다. 한평생 버림받고 살았던 그녀 어머니에게 애도의 묵념을 바치는 것이야말로 그에 대한 최대의 질책이 될 것 같은 울컥함이 불쑥 나를 쳤기 때문이었다. 그에게로 향하는 원망을 나는 돌아가신 분에 대한 예의로 가장시켰다. 지난날 혈육처럼, 동기同氣처럼 붙어 다니던 날에도 우리는 별말이 없는 편이었다. 대화란 으레 철학적 관념론인 이성이니 신앙이니 하는 것에 한정되어 있었고 나머지는 서로의 눈짓으로 통했다. 어쩌다 여럿이 모인 자리에서라도 우리는 한 사람만의 의견을 말하는 것으로 두 사람이 슬쩍 넘어가곤 했다. 구태여 같은 말을 두 번 할 필요가 있겠는가, 그것이 그때의 내 생각이었다. 그런 식으로 우리는 늘 마음이 통했다고 믿었지만 실제로는 나 스스로 자진하여 그에게 의존되어 있었을 뿐이었다.

그녀 어머니의 산소는 가까운 곳에 있었다. 서점에서 좀 더 위로 올라가자 조그만 학교가 나왔고 그 앞 문방구점에서 그녀는 노란 국화 다발을 샀다. 비닐로 만든 모조 꽃을 어루만지며, 여기는 생화 같은 건 안 팔아요, 낮은 소리로 말했다. 워낙 추운 곳이니까, 나는 입 속으로 중얼거리며 고개를 끄덕였다. 그리고 학교 옆으로 난 좁은 길로 접어들어 한 오백 미터 올라가자 가파른 산비탈이 시작되는 어귀에 산소가 있었다. 작고 초라한 무덤이었다. 다져지지 않은 황토 덩어리가 봉분 위로 비죽비죽 솟아올라 있었고 크고 작은 흙덩어리들이 얼음에 박혀 딱딱하게 발바닥에 밟혔다. 비라도 한 번 쏟아지면 금방이라도 떠내려갈 것 같았다. 그녀는 국화다발을 무덤 앞에다 놓았고 그리고 반코트 주머니에서 이 홉들이 소주 한 병과 작은 유리잔을 꺼냈다. 역시 그녀의 주머니에서 병따개가 나와 철철 넘치도록 잔이 채워졌다. 마지막으로 그녀는 주머니에서 신탄진 한 갑을 꺼냈다.

"어머니가 그렇게 좋아하시던 담배 여기 가지고 왔어요."

새 갑을 뜯어 담배 한 개비를 꺼내면서 그녀는 비로소 성냥을 가져오지 않았음을 알았다. 최시현을 향해 눈짓을 건넸지만 그는 두 어깨만 움찔할 뿐이었다. 그는 담배 같은 건 피우지 않는 독실한 크리스찬이었다.

그가 성냥을 사기 위해 산비탈 아래로 뛰어 내려갔다. 한 마리 노루처럼 뛰어가고 있는 청색 야전잠바가 멀어지고 나자 멀리 뻗어 있는 붉은 길이 시야 속으로 살아났다. 장난감처럼 조그만 차가 지나갈 때마다 붉은 먼지가 한바탕 피어났다. 마치 증기기관차가 검붉은 연기를 모락모락 피어 올리는 것 같았다. 가만히 귀 기울여보면 빼액 빽, 기적소리가 들리는 것도 같았다.

"최시현 씨를 사랑하시는 거죠?"

그녀의 급작스런 물음에 순간 나는 다리가 꺾이는 것 같았다. 나이 많은 여자가 어린 남자아이한테 사랑을 구걸하다가 들킨 것처럼 고개를 들 수가 없었다. 두 그루의 상수리나무처럼 떨어져서 우뚝 서 있을 때는 전혀 문제되지 않던 두 사람의 관계가 이제 한 여자의 눈으로 바라보게 되자 모든 것이 뒤엉키고 말았다.

"나도……. 끝난 지 얼마 안됐어요. 최 소위와 같은 부대에 있던 장교였죠. 그 남자의 속옷을 하얗게 빨아 네모 반듯하게 접어놓는 일을 그렇게 좋아했어요."

그녀는 소주잔을 봉분 위에 뿌리고 다시 잔을 채웠다. 그동안에 최시현은 숨을 훽훽 몰아쉬며 올라왔다. 그녀가 성냥을 받아 쥐고 자주색 성냥바닥에 개비를 긋자 불씨가 올라왔다. 그러나 반짝하고 피어나던 불꽃은 바람에 부딪쳐 이내 꺼지고 말았다. 우리는 둥글게 마주 서서 바람을 막으며 성냥을 그어댔지만 번번이 실패하고 말았다. 산기슭을 따라 불어오는 바람은 엉거주춤한 세 사람의 몸으로 쉽게 막아지지 않았다. 어쩌다 개비 끝에 간신히 올라앉은 불씨도 집요한 바람 앞에서 금방 힘을 잃고 말았다. 바람의 횡포를 막을 방법은 한 가지 뿐이었다. 누구 한 사람 입 속에 담배를 물고 성냥불이 닿자마자 힘차게 안으로 빨아 당기는 일이다. 따뜻한 불씨를 몸 안에 품고자 하면 그까짓 바람쯤은 거뜬히 피해내고도 남을 것이었다. 성냥을 찾아 산 아래까지 기꺼이 달려갔던 최시현이 이 문제에서만큼은 결코 동참하지 않겠다고 굳게 결심한 사람처럼 뻣뻣하게 서 있었다. 그것이 나에 대한 완강한 거부로 여겨진다. 나는 바람을 향해 어쩔 수 없이 호흡이 거칠어졌다. 네 이상? 네 신앙? 네 자유? 그래, 좋다. 모두 잘난 너 품에 끌어안고 하늘에라도 올라가려무나. 빌어먹을!

나는 담배를 노려보았다. 이 까짓 일은 내가 하리라, 내 입에 넣고, 내 몸에 담아 달게 빨고 또 빨리라, 나는 수없이 다짐했다. 그러면서도 몸이 제 혼자 멈칫거리는 사이, 마침내 담배 끝에 불이 붙고 말았다.

"어머니 좋아하시는 담배예요. 이제 기다림도 원망도 없는 하늘나라로 가셨으니깐, 담배를 빡빡 태우듯이 그렇게 마음 태우지 말고 편안하게 사세요."

그녀가 마지막으로 삼배三拜를 올리고 우리는 돌아섰다. 소주 역시 누구 하나 음복할 사람이 없었으므로 산소 둘레에 빙 돌아가며 쏟았다. 내려오면서 그녀가 혼잣말처럼 말했다.

"나는 이제 이곳에서 나갈 거예요. 이곳에서 나가면 연락할게요."

그녀는 이곳을 떠난다고 한 것이 아니라 나간다고 말했다. 그 말 속에 웅크린 쓸쓸함이 코트에 가려진 그녀의 가느다란 어깨를 드러나게 했다. 그러나 나는 고개를 흔들어 그 느낌을 지웠다. 그래, 우리는 나갈 것이다. 그곳이 어디가 될지는 모르지만 한 가지 분명한 것은 이제 우리가 나가는 길목에 서 있다는 사실이었다. 산비탈에서 내려다본 길에는 여전히 붉은 먼지가 풀풀 날리고 있었다.

낙타 가족

시곗바늘 돌아가는 것까지 한 땀 한 땀 세고 있으면서도 그녀의 몸은 그냥 방바닥에서 뭉그적거리고 있었다. 마냥 게으름을 부리는 것만이 어깨를 누르는 중압감에서 벗어날 수 있다는 듯이 손발을 축 늘어뜨려놓고 움직임을 최대한 미루고 있는 것이다.

이때만큼 자신의 삶이 고적하게 여겨질 수가 없었다. 어느덧 나이 마흔을 바라보는 동안, 그녀가 한 일이라곤 오직 버리고 떠나는 일로만 채워져 있는 듯했다.

며칠 전에는 오랜만에 친정집 다이얼을 돌렸다. 아이 일로 학교에 나갈 일이 생길 때마다 전화번호부 수첩을 갖다놓고 처음부터 끝까지 몇 번씩이나 훑어 내리곤 하는 버릇은 어제오늘의 일이 아니었다. 그렇다고 친정 쪽에 새삼스런 기대를 가졌던 것도 아니었다. 떠났느니, 남았느니 하는 원망이 아니더라도 그들은 이제 일상에서 너무 멀리 떨어져 있었다.

남쪽과 북쪽 끝으로 떨어져버린 거리도 거리려니와 서로가 생활에 매여 틈을 내기가 어려웠다. 언니와 여동생은 아직도 어린아이들과 직장 사이에서 동동걸음치고 있었고 올케마저 얼마 전에 인수한 슈퍼마켓으로 정신없이 바빴다.

일하다가 받았는지 숨이 턱까지 찬 올케는 당장 어머니 근황부터 늘어놓았다.

"자꾸 아래로 내려오던 눈꺼풀이 더 심해지시가지고 인자는 아무것도 안 보이신다 안카나. 병원에서는 처진 살을 잘라서 제거하면 된다카는데 워낙 연세가 있으시고 또 몸도 약하신 편이라서 우애야 될지 모르겠다. 고모 생각을 어떻노?"

커튼을 치켜 올리듯이 손으로 눈꺼풀을 들어 올려야만 간신히 세상을 볼 수 있다는 이야기였다. 늙고 주름이 생기기 그 이전부터도 어머니의 눈은 장막처럼 안으로 가려져 있었다. 밖을 향해 눈을 주고는 있었지만 정작 바라보는 것은 그 어디에도 없는 듯, 언제나 어둡게 닫힌 눈이었다. 어릴 때는 그것이 자기 탓이려니 싶어 슬펐고 어느 때인가부터는 그런 눈빛을 볼 때마다 견딜 수 없이 화가 치솟곤 했다.

잘 됐네 뭐. 보고 싶지 않은 세상, 보지 않게 되었으니.

문득 튀어나오려는 말을 막기 위해 경애는 침을 꿀꺽 삼키다가 스스로 화다닥 놀라고 말았다. 아직도 삭지 않은 원망이 남았던가.

그날 저녁, 동물 다큐멘터리에서 낙타가 나왔다. 곤핍하게 주름진 길다란 목을 빼고 언제나처럼 빠르지도, 느리지도 않게 묵묵히 사막을 횡단하고 있는 모습이었다. 폭풍 같은 바람이 불 때마다 차일 같은 긴 눈썹을 아래로 드리워 모래가 안으로 들어오는 것을 막았다.

마지막 시간이 다 닳아빠지도록 여유를 부리고 있던 그녀는 막상 움직이기 시작하자 마음이 한없이 바빠졌다.

아침 일찍 싸놓았던 김밥 도시락과 포크 댄스용의 검은 바지와 물병이 든 가방을 들고 그녀는 혼자서 허둥거렸다. 아이와의 약속 시간이 몇 분 남지 않았다.

아파트 앞에 늘 진을 치고서 기다리고 있던 택시도 오늘따라 보이지 않았다. 어쩌다 나타난 택시조차도 학교 쪽으로는 들어가려 하지 않았다. 어떤 기사는 노골적으로, 운동회요? 하고는 그냥 달아나 버렸다.

사 차선 도로는 학교가 채 보이기도 전에 주차장으로 변해 있었다. 양쪽 길가 빽빽이 들어선 승용차들은 서로의 몸을 묶어놓은 체인처럼 연결되어 거대한 방어벽처럼 보였다. 통행하는 차들은 그 사이를 비집고 겨우 조금씩 움직이고 있을 뿐이었다.

"모두 운동회에 온 차들인가요?"

경애는 알고 있는 사실을 새삼스레 택시기사에게 물었다. 복잡한 데로 들어오자고 한 미안함 때문이었다.

"예."

그도 이미 알고 있었다는 투로 간결하게 대답했다.

"휘우, 대단하네요."

다시 한 번 더 미안함과 고마움이 전달되기를 바라면서 그녀는 과장된 감탄사를 사용했다. 그는 웃는 표정을 보이기 위해서 입가의 근육을 잠깐 올렸다가 내렸다. 그 순간 그녀는 팁까지 합한 요금을 먼저 주고 싶어진다. 그러나 크지도 않은 생색의 느낌을 지울 수가 없어서 손을 거두고 말았다.

기사는 학교 운동장이 보이는 공터에 차를 세웠다. 학교 공사 때문에 임시로 담을 철거한 곳으로 사람들이 모두 그곳으로 몰려들고 있는 중이었다. 그러나 정식 교문은 이백 미터쯤 더 위로 올라가야 했다.

"나는 저 위에 교문에서 내려야 하는데……."

그러나 택시는 복잡하게 엉킨 차들의 홍수 속에서도 용케 왔던 길을 되돌아나갈 틈을 찾아 세워졌다. 이미 돌아서기 어려운 자리였다.

"여기가 교문이에요. 사람들이 모두 이곳으로 들어가고 있지 않습니까?"

사람들 사이에서 억지로 차문을 고정시켜놓고 먼저 목발을 내려서 몸을 추스른 다음에 짐을 내리고 있는 그녀를 바라보던 기사가 그랬다. 그래서 경애는 그를 향해 네, 하면서 수긍의 웃음을 지어 보였다.

거대한 냄비처럼 달아오른 운동장은 마이크 소리와 아이들의 함성으로 웅웅거렸다. 아이들과 어른들이 뒤섞여서 파도처럼 흐르고 은박풍선과 색색의 솜사탕을 양손에 든 장사꾼들이 그 사이를 아슬아슬하게 비집고 다녔다.

입구 쪽 간이 의자에 앉아 있던 사람들이 이제 막 운동장으로 들어서는 경애를 쳐다보았다. 소음과 먼지에 지쳐 바깥으로 밀려난, 비교적 나이가 많은 그네들은 무료하던 차에 문득 나타난 경애의 색다른 모습을 결코 놓치려고 하지 않았다. 그러면 그럴수록 그녀의 고개는 더 빳빳하게 위로 세워지고 한 발짝, 한 발짝 내딛을 때마다 그녀 나름의 절도와 경쾌함이 실리도록 온 힘을 다 쏟아 부었다.

아이와 만나기로 약속한 장소까지는 이백 미터 남아 있었다.

"엄마, 열두 시에 수돗가로 와. 내가 거기로 찾아갈 테니까."

아이가 씩씩하게 말한 수돗가는 교문 바로 옆에 있었다. 택시에서 내릴 엄마를 배려하여 가장 가까운 장소를 정해주었던 것이다.

덩어리진 아이들에게 가려 보이지도 않는, 저쪽의 수도간에 가기 위해서는 운동장의 반이 넘는 거리를 통과해내지 않으면 안되었다. 그러나 발이 빠지는 모래밭을 뚫고 지나가기에는 도시락과 가방이 너무 무거웠다. 간신히 한 발짝을 옮겨 목발을 들어올릴 때마다 양손에 매달린 찬합과 가방이 거대한 추처럼 그녀 어깨를 아래로 끌어당겼다.

그녀는 아득해 보이는 길을 앞에 두고서 찬합을 바닥에 내려놓았다.

눈으로 아이를 찾아보려 했지만 자유롭고 분방한 아이들 틈에서 어디가 백군이고 청군인지, 학년 구분조차도 가늠이 되지 않았다. 벌써 매스게임 때 입을 검은 바지와 체육복이 뒤섞여 있어서 시야는 더욱 복잡해졌다.

그러나 다른 엄마들은 그중에서도 용케 자기만의 아이를 찾아내고, 끊임없이 음료수와 간식을 갖다 먹이고 그리고 사진을 찍어댈 것이다. 경애는 지난 오 년 동안 다섯 번의 운동회를 치르면서 그 엄마들의 발빠른 민첩함과 활동성에 대해 어쩔 수 없는 부러움과 절망의 시간을 보내야 했다.

경애는 운동회가 시작하는 아침부터 끝나는 시간까지 교사校舍 뒤 그늘진 자리에 내내 붙박이로 앉아 있었다. 몇 번이나 다른 엄마들처럼 음료수를 들었다 놨다 했지만 아이 앞에 나갈 자신이 없었다. 다행히 아이는 남다른 엄마의 모습을 의연하게 받아들인다고 해도, 어쨌거나 아이 친구들의 앞에까지 구태여 자신의 모습을 드러내야 할지에 대한 확신이 서지 않았던 것이다.

운동장으로 뛰어나가는 엄마 못지 않게 아이들도 자주 엄마가 있는 곳으로 들락거렸다. 아이들은 엄마가 깔아놓은 돗자리에서 닭튀김이나 피자를 먹기도 하고 저학년 아이들은 엄마 무릎에 기대어 드러누워 있기도 했다. 그러나 경애의 아들 웅이는 한 번도 오지 않았다. 엄마가 응달 뒷자리에 붙박혀 추위를 견디는 것처럼 아이는 운동장의 쏟아지는 땡볕을 혼자서 감내해내야만 하는 것으로 알고 있었다.

아이들 틈으로 들어가 육학년의 자리를 알아보려고 해도 도시락을 놓아둘 곳이 없었다. 서 있는 곳은 온통 모래밭이었고 그나마 사람들이 오가는 통로여서 잠시도 세워둘 곳이 되지 않았다. 경애는 다시 도시락을 들고 걷기 시작했다. 아이와 만나기로 한 열두 시까지는 십 분밖에 남지 않았다. 어쩌면 아이가 먼저 와서 기다리고 있을지도 모른다.

사람들과 눈이 마주칠 때마다 경애는 몸을 똑바로 세우기 위해서 다리와 팔목에 힘을 주었다. 그러나 목발에 매달린 몸은 점점 더 아래로 쳐져내렸고 발은 땅바닥에서 질질 끌리려고 했다.

몇 발짝 걷다가 그녀는 다시 도시락을 내려놓았다. 그런 중에도 그녀는 결코 힘들어서 쉬는 것이 아니라는 것을 만방에 알리려는 듯 호기롭게 허리를 쭉 폈다. 낡은 영화에 나오는 건달같이 두 손바닥을 펴서 청바지 뒷주머니에 찔러 넣기까지 했다.

그때 경애는 본능적으로 자신의 몸에 들러붙어 오는 시선을 느꼈다. 그것은 좀 떨어진 곳에 있었기 때문에 이쪽에서 마주 보리라고는 생각지도 않은, 아주 방심한 눈이었다. 그래서 한껏 자기 감정에 빠져버린 그 얼굴은 오버 액션된 영화 장면처럼 지극한 안타까움과 동정심으로 범벅이 되어 있었다. 그걸 본 경애는 자동적으로 얼굴을 돌렸다. 그러나 일, 이 초도 지나지 않아 그녀는 고개를 들어 그쪽을 마주보았다. 의연하고 오만한 눈길이었다. 그때서야 눈이 마주친 것을 안 그 여자는 황급히 아래로 눈을 깔았다. 그리고 곁눈으로 그녀를 살펴보았다. 경애는 기다리고 있었다는 듯이 미소를 지으며 아는 척을 했다. 지극히 행복한 인간이나 지을 만한 환하디 환한 웃음이었다. 아파트 슈퍼 매장의 정육점 여자인 그녀는 의외라는 듯이 잠깐 머뭇거리다가 곧 고개를 숙여 보였다. 의례적인 인사를 그럴 듯하게 치루어낸 경애는 찬합을 들고 그 자리에서 돌아섰다. 마음 같아선 씰룩씰룩 엉덩이라도 흔들며 멋드러지게 그 자리를 벗어나고 싶었다.

제기럴!

몇 발짝을 떼어놓던 그녀가 가래침을 뱉듯이 짧은 욕설을 내뱉었다. 표정도 없이 핸들 앞에 앉아 있던 남편의 모습이 떠올랐다.

그녀는 아이의 행사가 있을 때마다 남편에게 차를 내줄 것을 요구했다. 아이에게 있어서 차를 다룰 수 있는 엄마란, 단순한 편의를 넘어서서 자존심의 문제라고 생각했던 것이다. 비록 목발에 매달린 처지라고 하나 아이 친구들 앞에까지 지지부진해 보이고 싶지는 않았다. 아이와 동행하는 모습을 상상할 때면 언제나 승용차도 함께 존재했다. 아이 친구와 사람들 앞에서 그들 모자는 항상 차를 타고 유유히, 그리고 가볍게 그 자리를 빠져나와야 했던 것이다.

그러나 그녀와 마찬가지로 몸이 불편한 그녀의 남편은 언제나 그 그림을 구겨버리고 말았다.

유치원 때부터 지금까지 아이가 소풍을 가거나 운동회를 할 때, 그리고 캠핑이나 야외학습을 나갈 때면 끊임없이 차가 필요했다. 그녀는 출근하는 남편을 하루쯤 태워줄 만한 이웃을 찾거나, 아니면 택시를 이용하도록 종용했다. 그러나 그는 어떤 경우에도 자기 차를 포기하려 하지 않았다. 아이를 위한 명분까지도 그의 다리를 대신하는 차를 내놓게 할 수는 없었다.

장애인이어서 이 사회에 통하지 않는 것이 있다면, 장애인이어서 장애인에게 통하지 않는 것도 있었다. 전자가 분노라면 후자는 캄캄한 절벽이었다.

"아줌마"

경애는 모래밭을 피해 담 쪽으로 바싹 붙어서 발을 옮기고 있는 중이었다. 그때 철봉에 매달려 있던 은혜가 그녀를 발견하고는 뛰어왔다.

"아줌마아아—"

은혜는 두 팔을 벌린 채 우르르 달려들더니 경애의 품 안에 바싹 안겨들었다. 그러나 실지로는 또래들에 비해 두 배도 넘을 체구를 가진 아이의 품에 그녀가 안긴 꼴이 되고 말았다. 아이는 통통하게 부풀어오른 두 팔로 경애를 꼭 껴안았다. 차갑게 움츠러들어 있던 아랫배에 불룩하게 와 닿는 아이의 비만한 배가 그토록 따뜻할지 몰랐다.

남편과는 언제 안아 보았는지 기억도 나지 않았다. 출퇴근 일이 힘들어서 언제나 끙끙거리는 그는 하루 동안의 빨랫감을 내놓듯이 그의 몸을 내려놓았다. 메마르게 널부러진 등과 허리를 쓸어 내리면서 그녀는 자신의 몸이 점점 빈 대처럼 비워져감을 느낀다.

한 프로그램이 끝나고 다른 것이 시작되는 모양으로 마이크 소리가 한층 더 숨가빠졌다. 수돗가에서 초조하게 기다리고 있을 웅이 생각에 그녀는 아직도 품 안에 안겨 있는 아이를 밀어냈다.

"아줌마아아—"

은혜는 즈이 엄마한테 하는 것처럼 경애의 손을 붙잡고는 떨어지려 하지 않았다.

"웅이 오빠 못 봤니?"

아아니, 아이는 머리를 흔들었다. 정수리 끝에 묶인, 숱이 많은 머리 타래가 북채처럼 흔들렸다.

"육학년들은 어디에 앉아 있니?"

아이는 그냥 순하게 풀린 눈으로 고개를 흔들 뿐이었다.

"한 번 찾아봐 줄래? 육학년 자리에 없으면 수돗가에 가 봐. 거기에 있기로 했거든."

그녀는 자신도 모르게 목소리가 높아지고 있었다.

"몰라, 난 싫어."

아이는 갑작스러운 책임감에 짓눌리는 듯 배를 앞으로 쑥 내밀고 고개를 움츠렸다. 그리고는 운동장을 한 번 바라보다가 자신 없는 표정을 지었다. 어릴 때부터 응석이라고는 부리지 못하고 자란 웅이를 둔 그녀로서는 아이의 이런 행동에 어떻게 대처해야 할지 알 수 없었다. 더구나 어른 머리보다 더 웃자라고 있는 아이의 키와 덩치가 그런 혼돈을 더욱 부채질했다.

"오빠랑 열두 시에 만나기로 약속했는데, 아줌마가 찾아가려니까 너무 힘이 들어서 그래. 그러니까 은혜가 한 번 뛰어가 보고 와."

경애는 아이가 더 이상 거부하지 못하도록 목소리에 힘을 주었다. 회색빛으로 가라앉은 아이의 눈이 불안하게 흔들렸다. 뒤꿈치를 끌면서 뒤로 물러서는 듯하다가 마침내 운동장의 오른쪽으로 뛰어가기 시작했다. 한눈에 보아도 그쪽에는 상대적으로 키가 작은아이들이 밀집되어 있었다. 그러나 엉거주춤 엉덩이를 빼고 그쪽으로만 돌진하여 가던 아이는 금방 다른 아이들 속에 파묻혀버리고 말았다.

차라리 도시락을 지키고 있으라고 할 걸, 그녀는 금방 후회가 되었다. 사실은 다혜의 손에 짐을 들려서 수돗가로 가고 싶었다. 그러나 그 말이 선뜻 나오지가 않았다. 왜 나한테 무거운 걸 들라고 그래요? 천진난만하기 그지없는 아이는 꼭 그렇게 물어올 것만 같았다.

어제 전화 통화에서도 그랬다.

오후 내내, 전화를 해야 할 텐데 그러면서도 미적거리고 있을 때 은혜의 엄마가 먼저 전화를 해왔다. 어릴 적부터 친한 사이로 어떤 인연에서인지 같은 시기에 고향을 떠나 내내 같은 곳으로 옮겨 살고 있던 친구였다. 더구나 몇 달 전에는 가까운 아파트로 이사를 오는 바람에 은혜는 처음으로 이 학교에서 운동회를 맞게 된 것이다. 그러나 다혜 엄마는 병무청 공무원이어서 아이의 뒷바라지는 마땅히 경애가 맡아주어야 할 형편이었다. 그러나 그녀는 엄두가 나지 않았다. 지난 오 년 동안 전전긍긍하던 아이의 운동회에서 벗어나 이제는 점심만 챙겨 먹일 배짱으로 마음을 놓아버리고 있던 참이었다.

"도시락은 싸서 보낼 테니까, 웅이 밥 먹일 때 은혜도 같이 데리고 먹어."

그러나 경애는 은혜 김밥을 쌀 준비까지는 해놓은 다음이었다. 그건 결코 어려운 일이 아니었다. 그런데 옆에서 전화를 듣고 있던 은혜가 반대를 하고 나섰다.

"아줌마, 난 김밥보다 엄마가 해주는 볶음밥이 더 좋아요."

경애가 특별히 맛있는 김밥을 준비해가겠다고 해도 아이는 막무가내로 볶음밥을 우겼다.

"그런데 따로 밥을 가지고 오게 되면 문제가 있어. 도시락을 어디에 놔두어야 될지……."

난감하게 중얼거리는 소리를 듣고 은혜가 그랬다.

"그래서 아줌마한테 맡기려고 하는 거예요."

"그런데……, 난 점심시간이 다 되어서 갈꺼거든."

그 말에 아이가 냉큼 반문했다.

"왜요? 왜 그때 와요?"

아이의 즉각적인 반문에 그녀는 당혹스러웠다. 은혜 엄마는 내 일과 남의 일을 가리지 않고 언제나 앞장서서 궂은 일을 해치우는 사람이었다. 딱히 급한 일도 없으면서 아이 운동회에 늦게 나오는 일이란 상상도 할 수 없는 일일 것이다.

"으응, 아줌마는 일찍 가서 앉아 있으려면 힘이 들어."

경애는 어쩐지 비굴한 느낌이 드는 이 대답이 싫었다. 그러나 달리 설명할 말이 떠오르지 않았다.

"왜요?"

전화 속의 아이 목소리는 한 점의 의혹도 없이 맑고 투명하게 다그쳤다.

결국 은혜 엄마는 이웃에 있는 다른 엄마한테 볶음밥 도시락을 맡기기로 했다. 직장 때문에 아이 운동회에 참석하지 못하는 친구의 입장이나, 엄마 없이 혼자서 운동회를 치러야 하는 아이를 위해서라도 경애는 마땅히 일찍 나서야 했다.

그러나 모래 먼지 풀풀 날리는 운동장 한 구석에 앉아 있고 싶지 않았다. 그것도 혼자서 우두커니 앉아 있는 모습을 다른 사람의 눈에 띄게 하고 싶지 않았다. 그건 누구보다도 웅이한테 보이고 싶지 않은 모습이었다.

첫 운동회 때는 아이 등에 도시락 배낭을 둘러매게 하고 아침 일찍 집을 나섰다. 빈 몸으로 가볍게 등교하는 아이들 틈에서 혼자 배낭을 매고 엄마까지 대동한 것이 쑥스러워 엉거주춤하던 아이는 막상 운동장에 나갈 시간이 되자 오히려 혼자 남을 엄마 걱정을 하기 시작했다.

"엄마는?"

어린 눈을 찌푸리며 작은 이마가 비좁도록 들어찬 근심의 표정을 보면서 그녀는 큰 죄를 짓는 것 같았다.

그러고부터는 학교에 갈 일이 생길 때마다 그녀는 전화번호부를 뒤적거리기 시작했다. 그 누군가가 있어서, 천사처럼 빛나는 황금 날개로 불구인 자기 몸과 아이의 애처로움을 덮어줄 수 있기를 바라면서.

"웅이 엄마 아니셔요?"

뒤에서 찬합을 선뜻 받아들며 나선 사람은 웅이와 같은 학년인 정호의 엄마였다. 같은 아파트의 통장이기도 한 그녀는 활달하고 붙임성이 좋았다.

"아이 운동회가 무슨 잔치인 줄 아는지, 왠 사람들이 이렇게 많이 와요?"

그러면서 정호 엄마는 앉을 자리가 모자라 돗자리를 더 사오는 길이라고 양쪽 어깨에 맨 은박 두루말이를 보여주었다. 그녀가 짐을 들어주었기 때문에 경애는 바쁘게 수돗가를 향해 걸어갔다. 그때 얼굴이 벌겋게 달아오른 웅이가 뛰어오더니 인사도 없이 가방을 낚아채서는 포크댄스 바지를 꺼내 뛰어가버렸다. 아이의 거친 동작에 오히려 무안해진 정호 엄마가 눈을 찡긋거리며 웃었다.

"비가 올 것 같다고 그러더니, 오후에 할 프로그램이 앞으로 당겨졌나 봐요. 정호도 벌써 바지를 갈아입고 갔어요."

경애는 늦어도 열한 시까지는 도착할 참이었다. 그런데 은혜와의 통화를 옆에서 듣고 있던 웅이가 어린 은혜의 철없음을 나무라는 것처럼 더욱 관대해져서 열두 시로 미루어준 것이었다.

"점심시간은 열두 시 반부터니까, 열두 시까지만 와도 충분해. 엄마 서두르지 말고 천천히 와요."

복도 안에 깔아놓은 자리로 같이 가자고 그러는 정호 엄마와 떨어져서 경애는 수돗간 옆의 계단에 짐을 내려놓았다. 사람들의 비좁은 발치께였지만 어차피 점심만 해결하면 될 일이었다. 더구나 외딴 자리에 뚝 떨어져서 먹는 것보다는 복잡한 사람들 속에 파묻혀버리는 것이 심리적으로는 더 편했다. 먼저 자리를 확보해놓았던 사람들이 불편하게 끼어드는 그녀를 곱지 않게 보긴 했지만 그래도 조금씩 자리를 당겨 주었다.

그러고 바로 포크댄스가 시작되었다. 하얀 윗도리에 검은색 바지와 치마를 입은 아이들이 서로 파트너를 바꾸어가며 돌고 있었다. 어디쯤에 웅이가 있을 것인지, 연신 카메라를 들이대는 엄마들 틈에서 경애도 눈으로나마 열심히 두리번거려보았지만 열 반이 넘는 아이들 속에서 어디가 어디인지 구별도 되지 않았다. 동물이 자기들만의 독특한 방법으로 서로를 찾아내듯이 인간에게도 육감 같은 것이 없잖아 있을 터인데 그것조차 발휘되지 않는 자신이 한스러울 뿐이었다.

사실은 그녀의 눈 속에 아이가 들어오지 않아도 좋았다. 많은 아이들 속에 웅이가 어울려 있다는 것만으로도 경애는 뿌듯했다. 어릴 적의 그녀는 늘 어머니 곁에 앉아 있었다. 아이들이 달리기와 매스게임을 하고, 응원을 할 때에도 그녀는 어머니 옆에 붙어 있었다. 그리고 오징어채 무침이나 볶은 오뎅, 윤나게 졸인 연근으로 싸온 찬합 밥을 먹고는 집으로 돌아왔다. 그때부터도 어머니는 말이 없는 편이었지만 그래도 그때는 어머니 옆에 있는 것이 좋았다.

재들 좀 봐, 어머, 어머, 아이가 아니라 처녀야, 처녀. 옆의 여자들이 손가락으로 아이들을 가르켰다. 일찍 조숙하여 가슴이 나오고 엉덩이가 펑퍼짐해진 여자애들에 비해서 파트너로 기대어진 남자아이들은 한결같이 남동생처럼 보였다. 옆에 있는 여자들이 저걸 좀 봐, 저걸 좀 봐, 웃음을 터뜨리는 동안 경애도 빙그레 웃음지었다.

그리고 바로 점심시간이었다.

변변하게 앉을 자리도 없었지만 웅이는 계단 가의 비좁은 끄트머리에 발을 걸치고 선 채로 찬합 하나를 다 비웠다. 한꺼번에 김밥 몇 개씩이 들어간 아이의 볼이 옆으로 불룩불룩 솟았다.

"저 형 좀 봐라. 저렇게 먹어야 저 형처럼 커지는 거야."

젓가락으로 께적거리고 있는 남자아이한테 옆에 앉은 여자가 그랬다. 웅이는 더 빠른 속도로 마른 김밥을 입 속으로 밀어 넣었다. 어릴땐 소심한 편이던 아이가 어느 결부터 우악스럽고 큰 동작으로 바뀌기 시작했다.

잠깐만, 물 컵을 내미는 경애에게 두 손을 내밀어 저지시켜놓고 아이는 바쁘게 운동장 쪽으로 뛰어내려갔다. 조금 있다가 친구 하나를 데리고 와 꾸벅 인사를 시켰다. 웅이처럼 어깨가 벌어지고 웬만한 어른 키만큼 훤출한 아이였다. 경애는 대견스럽게 두 아이를 바라보았다. 병아리처럼 파닥거리는 생명을 세상 속에 내어놓고 어쩔 줄 몰라 가슴 졸이던 것이 엊그제 일이었다. 어떻게 갈무리하여 키워주어야 할지 경애는 늘 무섭고 불안했다. 그러나 이제 그런 시기는 거의 다 지나간 것 같았다. 아이는 혼자 발로 뛰어다니고 자기 몫의 짐을 거뜬히 지게 될 줄도 알게 되었다.

"엄마."

웅이는 자기 친구와 엄마 앞에 교대로 익살스러운 표정을 지어 보이며 넙적한 손바닥을 내밀었다.

"뭐하게?"

경애는 과장되게 눈을 흘겼다. 그러나 세포 갈피마다 단물 고이듯이 올라오는 웃음을 더 이상 감추지 못한다. 이천 원을 받아 쥔 아이 둘은 장사꾼들이 모여 있는 교문 쪽으로 뛰어갔다. 짧은 체육복 바지 아래 드러난 두 아이의 단단한 다리가 햇볕에 검붉게 그을려 있다.

그때였다.

뛰어 달아난 아이들의 다리를 유심히 바라보고 있는 그녀의 눈에 갑자기 다른 풍경이 나타났다.

노란 먼지가 풀풀풀 날아오르는 길을 가느다랗게 생긴 한 여자아이가 걸어가고 있었다. 새 다리처럼 가늘고 연약한, 그나마 한 다리는 공중에서 흐느적거리며 떠다녔다. 그 뒤에는 하얀 고무신을 신은 여자가 따라가고 있다. 어디서 많이 본 듯한 얼굴.

엄마, 경애는 나지막하게 불러보았다. 그러나 꿈속에서처럼 마음만 간절할 뿐, 소리는 나오지 않았다.

노란 먼지 속을 걸어가고 있는 두 사람 역시 어떤 소리도 만들어

내지 않았다. 어린 딸에 대한 근심과 장래에 대한 두려움으로 짓눌린 하얀 고무신 바닥에는 진득한 땀이 고여 든다.

아침부터 흐려져 있던 하늘에서 한두 방울 비가 내리기 시작했다. 아이는 종이컵에 담긴 번데기를 경애 앞에 내밀었다. 그녀는 손가락 끝으로 몇 개를 집고는 도로 아이한테 건네주었다.

"엄마, 비 더 쏟아지기 전에 얼른 집에 가."

아이는 동생을 돌보듯이 엄마를 챙기려들었다. 그러나 경애는 이제 막 시작될 사백 미터 달리기를 보고 가려고 앉아 있는 중이었다.

비가 제법 내리기 시작할 때쯤에야 달리기가 시작되었다. 여덟 명이 한 조가 되어 출발을 하고, 조금 떨어졌다 싶으면 또 다른 한 조의 출발 신호탄이 떨어졌다. 빨리 끝내려고 서두르고 있는 운동장 라인에는 거의 서른 명에 가까운 아이들이 줄을 지어 달리고 있었다. 주의해서 지켜보지 않으면 어디까지가 한 조인지 식별하기도 어려울 지경이었다.

경애는 한 반이면 여섯 조 정도 될 것임을 어림짐작으로 계산해 내고 아이들을 짚어나가고 있었다. 과연 오 반이 시작되고 나서 다섯 번째의 줄에 아이 모습이 보였다. 멀리서 차례를 기다리고 있던 웅이가 옆으로 고개를 돌려서 엄마 쪽을 바라보았다. 그녀는 갑자기 북받쳐 올라오는 뜨거움을 털어버리기라도 할 것처럼 강하게 팔을 흔들어재꼈다.

"연습 때는 이등밖에 못했지만 오늘 잘하면 일등할 수도 있어."

아이는 아침 식탁에서 그렇게 말했다.

드디어 출발 신호탄이 터졌다. 그런데 무슨 일이었을까, 스타트 라인에서 잽싸게 뛰어나가는 아이들 틈에서 웅이 혼자 출발이 늦어져버렸다. 멀리서 보기에도 한 박자 이상 늦어 있었다. 뒤늦게 나온 아이가 앞으로 튀어나가려고 전속력을 냈지만 이미 앞자리를 가로막고 있는 아이들을 뚫어내기가 쉽지 않은 것 같았다. 그때, 웅이가 앞에 있는 아이를 옆으로 확 밀쳐냈다. 경애는 숨을 쉴 수가 없었다. 다급하게 승부수에 쫓기고 있는 아이의 마음이 그대로 전달되어 심장이 오그라붙는 것 같았다. 그리고는 눈을 감아버렸던 것일까, 갑자기 바닥에 나동그라져 있는 웅이의 모습이 보였다. 아이들은 한 떼의 말처럼 한꺼번에 뒤엉켜서 질주해나가고 그때서야 일어난 웅이는 한쪽 다리를 절뚝거리면서 그 뒤를 쫓고 있었다. 그 순간에도 아이의 눈은 스탠드에 앉아 있는 엄마의 모습을 더듬고 지나갔다. 미안함과 참담함으로 일그러진 얼굴이었다.

경애는 점심만 먹고 돌아서서 가버리지 않았음을 후회했다. 잘 해야지, 잘 하는 모습을 보여 주어야지, 어린 그녀는 슬픈 엄마를 늘 그렇게 위로해주고 싶었다. 하지만 그럴수록 몸에 쥐가 난 것처럼 뻣뻣해지고 더 절뚝거리다가 낮은 턱에도 나동그라지곤 했다.

경애는 스탠드를 내려와서 운동장을 빠져나왔다. 운동장을 가득 메우고 있는 마이크와 함성 소리가 빗소리에 젖어 음울하게 떨렸다.

철이 들면서 그녀는 어머니에게서 점점 멀어지고 싶어 했다. 어머니의 슬픈 침묵과 그리고 이어지는 한숨소리…….

기어이 결혼을 우긴 것도 그 때문인지 모른다. 그러나 어머니는 그들의 결혼도 찬성하지 않았다. 차라리 혼자 살아라, 어머니는 돌아앉아서 무겁게 내뱉었다. 그녀는 마지막으로 남아 있던 어머니와의 지지부진한 애증까지도 끊어버렸다.

비는 더욱 세차게 쏟아졌다.

우산을 들고 마중을 가는 일 따위란 그녀에게는 상상도 할 수 없는 일이었다. 사나운 빗속에 갇혔을까, 아니면 자신의 마음속에 갇힌 것일까, 아이는 늦도록 돌아오지 않았다.

딸이 엄마를 떠나고, 엄마는 딸을 떠나고, 아들은 또다시 엄마를 떠나고, 엄마는 엄마를 떠나고…….

모래바람처럼 흩날리는 빗속으로 긴 눈썹을 드리운 낙타 몇 마리가 묵묵히 걸어가고 있는 것이 창밖으로 보였다.

눈물똥

아이쿠, 어머니!

저기 어머니가 오시네.

그녀는 베란다 난간에 지린내 밴 이불을 걸치다 나직히 신음했다. 아침이 다 눅어지도록 해가 오는지도 모르게 덮여 있던 안개가 게으르게 들리면서 큰길 신호등이 민얼굴을 내밀었다. 마침 파란불을 따라 어머니가 이쪽으로 건너오고 있는 중이었다. 다리 아래 바닥을 드러낸 개천에는 왜가리 두 마리가 건듯건듯 뛰듯이 날고 있었다. 희고 우아한 날갯짓을 펼치기에는 그야말로 보잘 것 없는, 물길 같지도 않는 물길이었다. 거기를 지나오는 어머니의 발길은 여전히 바빴다. 언제나처럼 등에는 무거운 배낭을 울러 메고 양손엔 짐보퉁이를 든 채로였다. 그래도 내딛는 발걸음이 어찌 그리 정확한지, 게다가 운동화같이 투박한 신발은 거들떠보지도 않는 성미였다. 그녀는 이불에 잡힌 주름을 손바닥으로 밀어내다가 긴 숨을 내쉬었다. 참, 숨이라는 것이 있었지, 문득 큰 깨달음이라도 온 것처럼 화들짝 내쉬는 호흡이었다. 아직도 안개가 희뜩하니 남아 있다. 이불을 널어봤자 뽀송하게 마르기는 그른 날이다.

어머니, 또 그러시네.

그녀가 바깥으로 향했던 눈을 방으로 돌리며 말했다. 백발 갓난아기가 몸을 비틀어 다리를 요 아래로 밀어내고 있었다.

오줌 누고 싶으시면 반듯하게 그냥 보세요. 요 적실까봐 자꾸 내려오시면 옆으로 새서 더 버린다니까요. 얼마나 용을 써서 비비적거렸길레 머리가 가슴에 콕 박힌 노인을 그녀가 요 위에 반듯하게 뉘었다. 마른풀보다 더 해깝은, 몸이랄 것도 없는 몸이다. 눈 뜨자마자 밤새 축축해진 기저귀와 옷, 이불과 깔개까지 다 갈아치운 다음이지만 그녀는 다시 기저귀를 살폈다. 젖은 건 아니라도 그렇다고 부숭하지도 않다. 공기층과 단절된 종이기저귀란 살에 닿기만 해도 그 자체로 금방 꿉꿉해지는 물건이었다. 기저귀를 연 김에 그녀는 어머니 엉치를 손바닥으로 쓱쓱 쓰다듬는다. 졸아든 몸에 엉치뼈는 그나마 제법 넓적하다고 할 만했다. 그렇다고는 해도 미농지보다 얇은 살이 이리저리 밀려난다. 그랬거나 말았거나 그녀의 손은 엉치를 계속 쓰다듬으며 고개를 길게 빼고 베란다 문밖을 쳐다보았다. 앉아서 그래봤자 기린 모가지가 아닌 다음에야 보이는 게 있을 리 만무지만 괜한 수선을 부려보는 것이다.

이쪽으로 오던 분이 안보이네요. 처음에는 정말 어머니가 걸어오시는 줄 알았다니까요. 아직도 저는 어머니가 문을 훌떡 열고 들어오실 것만 같아요. 은이야아아아아. 은이어엄마야아아……. 소리지르면서요. 어머니가 오실 때면 언제나 계단에서부터 소리를 내셨잖아요. 저는 그 소리에 가슴이 철렁하면서도 또한 언제나 두근거렸어요. 혼자서 사설을 풀어내던 그녀는 노인 입가에 흘러내리는 말간 침을 티슈로 닦아냈다.

왜냐고요? 어머니가 부려놓는 일 때문이지 뭐겠어요? 그녀는 멀쩡한 사람한테 투정이라도 부리듯이 입매까지 샐쭉 휘돌렸다.

여기는 김칫거리도 안 나는 모래밭, 생선도 고기도 나지 않는 돌팍 오지인 것처럼 어머닌 언제나 바리바리 먹을 것을 싸안고 오셨잖아요. 벽돌처럼 꽝꽝 얼었던 것이 녹아 핏물이 질금질금 배어나오는 고깃덩어리를 내놓으시면서 이건 애비가 좋아하는 것, 재래시장 수입가게에서 필경 사 오셨을 덩어리 햄을 자랑스럽게 내놓으시며 이건 우리 은이 것, 이것은 은이 엄마가 좋아할 것 같아서, 그러시며 겸연쩍은 듯 밀어주시는 것은 화초처럼 다듬은 열무나 깻잎, 그리고 텃밭 두둑에서 모았을 비름나물, 질경이들. 그러고도 화수분처럼 쏟아져 나오는 깜장 봉다리, 노란 봉다리, 하얀 봉다리……. 이제사 말이지만 그게 얼마나 무서웠게요. 냄비 두 개 나란히 놓기도 비좁은 부엌에서 뒷감당할 걸 생각하니 일을 시작하기도 전에 발목이 저리고 목이 뻣뻣해 오잖아요. 물론 어머니 손으로 절이고 무치고 볶으시겠지만, 어머니 솜씨에 맞춰서 움직이다보면 또 얼마나 앉고 서고 구부리며 척추 스물여섯 마디를 다 가동시켜야 할지, 딸이라면 혹시라도 나 죽었소, 하고 받아먹을 수도 있겠지만 명색이 며느린데 어째 어머니 손만 기다리겠어요. 하지만 어쩌겠어요. 그러자고 한 결혼인데.

집 앞 손바닥만한 공터에 꽃밭처럼 키워낸 푸성귀를 보고는, 아이코, 이 이쁜 걸 어떻게 먹어요, 지청구를 날리고 연안부두까지 우정 가서 사온 박대기나 조기를 보고는, 마늘 실파 쫑쫑 썰어 양념장 자작하게 쪄내면 정말 맛나겠네요. 침 삼키는 소리까지 과장되게 장단을 맞추노라면 어린 은이가 옆에서 풀쩍풀쩍 뛰기 시작했다. 오얏씨 만한 은이의 두 발이 당당거리는 소리 말고는 늘상 우물처럼 고여 있던 집에 갑자기 한 소대의 군인들이 들이닥친 것처럼 온 집이 쿵쿵 울리기 시작했다. 그러면 은이는 그 부풀려진 공기를 타고 위로 더 뛰어올랐다. 방방이라는 트램펄린을 할머니 주머니에 차곡차곡 접어 와서 펼치기라도 한 것 마냥 은이는 자꾸만 위로 팡팡 뛰어올랐다. 이러자고 한 결혼이었다.

어머니 금방 또 점심이네요. 그녀는 TV소리를 죽이고 금강경 테이프를 카세트에 넣고 일어섰다. 아침에 끓인 미음을 다시 데우는데 속이 울컥 뒤틀린다. 멀건 미음만 먹고 어쩌랴 싶어 표고버섯이니 다시마와 무, 멸치들을 넣고 끓인 물에 쑚은 미음을 만들어냈다. 처음에는 그녀한테도 구수하고 만족스러웠는데 어느 결부터 냄새가 차츰 역겨워지기 시작했다. 시나브로 속병이 도지고난 다음부터는 더 심해졌다.

그녀는 쟁반에다 미음과 야쿠르트, 물컵을 챙겼다. 유리구슬처럼 텅빈 노인의 눈은 TV화면을 향하고 있다. 예전에 즐겨 듣던 불경도

관심 밖으로 밀려난 지 오래였고 오로지 번쩍이는 TV화면만 번연히 쳐다볼 뿐이었다. 그리도 엽엽하고 재바르고 눈치가 번개 같던 어머니가 무슨 마음으로, 아니 무슨 무의식으로 저리도 해말간 무방비로 누워있을까. 은이 아빠는 어머니가 저래 보여도 알 건 다 알고 있다고, 그저 표현만 못할 뿐이라고 강조를 하는데 과연 그런지, 잘 하라는 다짐인지, 아님 스스로도 그렇게 믿고 싶을 뿐인지, 알 수 없는 일이었다. 그러면서도 아들 눈에만 보이는 그 무엇이 있을 것 같았다. 아니, 특별한 그 무엇이 있어야 했다. 아주 각별한 아들에 자별한 그 어머니가 아닌가.

아들은 어머니가 이리 되고 난 다음부터 잠을 이루지 못했다. 그녀가 밤마다 그의 발치에 쭈그리고 앉아 발을 주무르고 두피 마사지를 해주어도 그때만 산들바람이 선듯 지나갈 뿐 금방 또 깨곤 했다. 하긴 잠 못 드는 버릇은 어제 오늘의 일이 아니었다. 그는 언제나 깊은 잠을 이루지 못했다. 설핏 자다가 깨는 그의 쪽잠 버릇은 본격적인 새벽 출근을 시작하면서부터 더 심해졌다. 새로 시작한 일이 바윗돌처럼 그를 압박하는데 그럴수록 잠은 실뱀처럼 그의 몸에서 빠져나가 버리는 것이다.

일단一段, 미음 쟁반을 식탁 끝에 갖다놓고 이단二段, 털푸덕 바닥에 몸을 부리고 삼단三段, 미음 쟁반을 바닥으로 내려 방 안으로 밀고 들어가는데 누가 현관문을 두드렸다.

앞집 할멈 여기 왔소? 비주룩하게 고개를 들이민 이는 4층에 사는 안성댁 할머니였다. 금방 이리로 들어왔는데 이늠의 할망구가 어딜 간 거지?

그가 도로 문을 닫고 나가자 그녀는 참고 있던 침을 꼴깍 삼켰다. 그도 앞집 할머니만큼은 아니어도 어머니가 오실 때마다 자주 어울리던 담배친구였다. 어머니는 지고 온 짐을 집 안에 쭈욱 풀어놓고는, 담배를 한 대 피워 물고 밖으로 쓰윽 나갔다. 그리고 이 세 양반이 연립주택의 좁은 화단 돌멩이 위에 나란히 앉아 마치 경쟁이라도 하듯 담배 연기를 내뿜는 것이었다. 자그마한 체수에서 나온 목소리라고는 믿어지지 않는 크고 짱짱한 어머니와 앞니가 없어 흥흥거리긴 해도 결코 기죽지 않는 앞집 할머니의 소리, 그리고 통통한 체격과는 달리 챙챙거리는 안성댁의 소리가 담배 연기와 섞여 창문으로 날라들곤 했다. 그런데 어쩐 일인지 어머니가 여기 와 있다는 것을 알면서도 그들은 알은 체도 하지 않았다. 금방도 안 방 쪽을 슬쩍 보는 듯 하다가 금방 얼굴을 빼고 나가버렸다.

아무래도 어머니를 모시고 와야 할까 봐요.

남편 출근 차에 도시락을 내다주러 갔다가 새벽기도회에 다녀오는 앞집 할머니와 현관 입구에서 마주친 날이었다. 그날도 충혈된 눈으로 운전석에 올라앉는 남편의 얼굴은 부기가 터지기 일보직전이었다.

아이구, 은이 엄마, 그런 소릴랑 마우. 앞집 할머니는 가뜩이나 우렁우렁 울리는 소리에 기다란 손가락을 막무가내로 휘저어댔다. 한 양반만 그런 것도 아니구, 내외가 다 몸이 그런 처진데 뭔 그런 소리를 허시우? 풍은 석 달 안에 못 일어나면 짧아도 삼 년 간다는 거유. 삼 년이 뭐유? 삼 년이 지나면 삼십 년도 간다는 게 그 병인데 아예 그런 소릴랑 입 밖에 내지도 말아요. 마치 사위스런 말이라도 들은 것처럼 구부정한 키로 풀쩍 뛰다시피 했다.

그러나 며칠 지나지 않아 기어이 어머니를 모시고 왔다. 그 전에는 그녀 집에 쌓인 신문지도 가져가고 성당에서 나온 회보들도 갖다 주러 자주 들락거리던 할머니였다. 나이가 깊어질수록 삶의 그림자에서는 더 피하고 싶어지는 것일까, 짐작만 해볼 뿐이었다.

미음 쟁반을 밀고 들어간 그녀는 노인의 턱밑에 수건을 두르고 물 적신 숟가락으로 입술부터 축였다. 그러고 나서 한두 방울의 물을 조심스레 입가로 흘려 넣었다. 자칫하면 사래 걸리기 십상인데다 걸렸다하면 얼굴이 홍시처럼 새빨개졌다. 충분한 준비를 시킨 다음 미음을 입가에 조금씩 흘려 넣었다. 음식을 받기 위해 입을 벌리고 다무는 것조차 의지대로 되지 않았다. 숨을 내쉬는 것처럼 휴, 할 때 얼른 미음을 밀어 넣고 흡, 하고 다물면 일부는 넘어가고 일부는 입 밖으로 도로 나와 버린다. 입가로 흘린 미음을 숟가락으로 훑쳐 넣고 다시 나와 버리고, 또 넣고, 이렇게 반 공기라도 삼키자면 반 시간으로도 모자랐다. 그것도 환자에겐 부치는 일이라 번번이 삼분의 일도 먹지 못하고 그만두고 만다. 그래도 오늘은 반 공기 이상을 먹었다. 상태가 좋은 날이다. 더구나 요구르트 한 병까지 깨끗하게 비웠다.

아이쿠, 잘 하셨네. 이제 한 숨 주무세요. 그릇을 뒤로 밀어내며 그녀는 기저귀까지 갈았다. 사막 지도 마냥 노랗게 그려진 기저귀에는 다시물 냄새가 섞여 있다. 그녀의 위가 꿈틀하니 흔들린다. 뭔가로 달래긴 해얄텐데 먼저 눕고 싶어진다. 그러나 빈속에 누웠다가 다시 일어나기는 힘들 것이다.

아침에 먹다 남은 누룽지에다 물을 더 붓고는 가스불 위에 올렸다. 그리고 열무김치 국물만 한 종지 떠서 식탁 앞에 앉았다. 누가 오늘 한 번 만이라도 부드럽고 따뜻한 식탁을 차려주었으면 싶었다. 이 세상에서 그녀를 대신해 줄 수 있는 유일한 손이 어머니였다. 그리고 가장 큰 짐을 부려준 이도 또한 어머니였다.

그녀는 납작하게 누워 있는 노인네를 본다. 노인은 가끔 얼굴을 찡그리며 용을 썼다. 갓난애가 강보 안에서 크느라고 몸을 버팅길 때처럼 맥없는 백발의 아기도 그렇게 용을 쓰고 있었다.

사람들이 다 그녀의 결혼을 반대할 때 혼자 발벗고 나선 이가 바로 이 노인이었다. 어머니, 특별한 아들을 품속에 끝까지 안고 계시지, 왜 저를 붙잡으셨어요? 그녀는 혼자 자문자답했다. 붙들긴 누가 붙들어? 따로 갈 데나 있었구? 자신을 빵빵 둘러싸고 있는 철조망으로부터 도망간다고 가봐야 결국 그 자리에 돌아왔음을 확인할 뿐이었다. 더 나아갈 곳도 돌아갈 곳도 없던 그녀가 선택한 것이 결혼이었다. 그래서 막막한 시간과 적막한 공간을 메꿔 나가려고 했다. 남자랑 부둥켜안아 벽돌 하나 찍고, 밥상 한 상 차리면서 벽돌 두 장 찍고, 세탁기 덜덜 돌려 하얘진 빨래 말리면서 또 몇 장 찍어, 마침내 아이 하나 만들고 기찻길 옆 오막살이라도 세우려고 했던 것이 그게 그녀의 결혼이었다.

그랬기 때문이었을까, 아님 그런데도 불구하고 그랬을까? 사람들은 기를 쓰고 그녀를 말렸다. 친정어머니는 그녀가 첫돌 지나고 소

아마비에 걸렸을 때보다 더 충격을 받고 드러누웠다. 장애인 더하기 또 하나의 장애인은 아마 장애인 천 명, 만 명, 떼거리로 계산되어지는 듯했다. 그런 와중에 시작되는 결혼이라 그녀는 어머니한테 택일을 봐달라고 부탁했다. 그래도 명색이 혼례가 아닌가 말이다. 그때 어머니의 답은 이랬다.

너희들은 이미 이 세상의 큰 풍파와 난관을 거치고 만난 사람들이다. 그 따위 것들이 다 뭐겠냐? 너희들 앞에서 감히.

이 말을 듣는데 갑자기 눈물샘이 폭포로 뚫린 것 같았다. 그러면서도 뱃속 저 깊은 곳에서 검붉은 덩어리 하나가 움틀거리며 올라왔다. 그때부터 어머니를 가장 용기 있고 힘 있는 여성으로 그녀의 마음에 심었다.

그 순간 어머니의 짐이 나한테로 옮겨온 것이었어요. 은이 아빠가 들으면 펄쩍 뛰겠지만 남자들이란 여자 앞에서 평생의 아이 아니에요? 특히 은이 아빠는 각별히 고고하고 깨끗한 사람이지만 자기 손으로 다 지켜낼 수는 없잖아요. 자별하신 어머니의 손이 그렇게 만든 거구요.

전 은이 아빠를 처음 봤을 때, 이 남자가 정말 사람인가 싶었어요. 언제나 하얀 운동화와 하얀 양말, 주름하나 없이 매끈한 바지에 눈이 부실만큼 흰 셔츠, 흰 점퍼의 모습에 눈이 부실 지경이었다니까요. 저렇게 무너진 몸을 하고도 저렇듯 아름다울 수 있다면 저 속에 깃들인 영혼이란 얼마나 빛나는 것일까, 하구요.

그러기 위해 뒤에서 종종걸음치셨던 어머니의 손길은 모르고요.

그 부지런하고 맵찬 손길이 고스라니 제 숙제가 될 줄 모르고요. 저야말로 천치에요. 바보천치.

똑같은 너거끼리 우예 살겠노? 한 쪽이라도 성해야 도움이 안 되겠나? 정신을 차린 친정어머니가 그렇게 말할 때도 저는 의연했어요. 서로 믿고 말이 통하면 되는 거지 뭐, 생활이야 어째 살아지겠지요. 이게 혼자만의 생각인 줄도 모르고, 불편하니 서로 이해해가면서 우짜든동 살아지겠지, 이 생각이 제 목을 졸랐어요. 이해요? 같은 형편이라구요? 사람은 이해와 사고보다 습관이 먼저 앞서는 동물이라는 것을 몰랐던 거죠. 자기가 움직일 때마다 미처 말하기도 전에 대령되는 손길에 익숙해진 이 남자가 뭘 하나 할라치면 일단, 이단, 삼단으로 분절되는 저를 못견뎌하는 건 당연한 일이었죠. 뒤에는 저도 어머니 흉내를 내느라 숨이 턱, 턱, 차오르는데도 그저 흉내에 불과했어요.

아무튼 이렇게 해서 우리는 엄마가 되었어요. 열 달 품어 낳은 제 아기는 어머니께 드리고 어머니께서 삼십 년 이상 품었던 셋째 아들을 제 아들로 입양했어요.

서른이 지나서야 처음 세상에 나온 남자. 아아, 아이란 호기심이라도 있죠. 눈에 보이는 건 다 건드려보고, 꺼내보고, 헤집어보고…… 어머니의 아기가 된 내 아들은 그랬어요. 어머니 화장품이란 화장품은 다 열어서 칠갑을 해놓고 서랍도 책상도 남아나는 게 없이, 닫힌 거라면 그냥 지나가는 법이 없었으니까요.

저의 갓난아기, 서른하나에 소년처럼 고운 얼굴로 저에게로 온 이 아이는 어땠을까요? 이 아이는 뭐든지 닫으려고만 했어요. 먼저 우리집 문을 꼭꼭 닫고, 누가 우리한테로 오는 그 길을 막아버리고, 무엇보다도 내가 나가는 출구를 폐쇄시키려 했지요. 문을 연다는 건 외부로부터 오염이었고 방어하지 못하는 위험상황이었고 그리고 우리 걸 잃어버리는 상실을 의미했으니까요. 방 한 칸, 거실 겸 부엌 한 칸인 그 좁은 공간에서 말입니다.

내가 나가려고 할 때마다 이 남자가 그랬어요. 지난밤 꿈이 안 좋았어. 지금은 잠잠할 때야. 과연 이 남자가 사용하는 말이란 속세의 때 묻은 언어와는 다른 결이더군요. 이슬처럼 맑은 남자가 순정한 눈을 뜨고 고요하게 말하는 것이라면 기꺼이 따를 준비가 되어 있었어요. 근데 그 주문은 다음 날도 그 다음 날도 계속되었어요. 그리고 알게 되지요. 우리에게 아무 일도 일어나지 않으리라는 보장의 날이란 결코 오지 않는다는 것을요. 그래서 입던 옷 개켜두고 나갈 때처럼 그의 말을 등 뒤에 고스라니 놓아두고 나가기 시작합니다. 그러자 이 남자의 레퍼토리는 좀 더 다양해졌습니다. 비가 올 것 같아. 혹은 눈이 올 것 같은데…… 뭔가 예감이 안 좋아. 어린 날 목발로 뒤뚱거리며 뛰쳐나갈 때 나를 붙들던 우리 엄마의 말이 그에게서 반복되고 있었어요. 인생에 한 번 사용되었던 올가미는 녹슬지도 않고 모양새를 바꾸어가며 끈질기게 따라붙는 거더군요. 그래도 안 되니까 내놓은 마지막 카드는 이거였어요.

나 아퍼.

허리가 끊어질 것 같아.

더 이상은 못 견디겠어.

말이 달라져도 실린 뜻은 하나였어요. 나에겐 돌봄이 필요해.

어머니. 그 즈음에 그이가 출근을 시작했잖아요. 막 일어서기 시작한 중소 기획업체의 가리지 않는 업무와 서울의 지긋지긋한 교통체증. 새벽에 나갔다가 밤늦게 들어오는 일상이 연이어졌죠. 지금도 격무에서 놓여난 것 아니지만 그때는 정말 숨이 목 끝에서 가랑거렸어요.

근데 오늘은 웬 방구를 그렇게 뿡뿡 끼세요? 가만있자…… 지난번 볼일 보신 게 8일이네요. 오늘까지 엿새째. 볼일 볼 날짜가 되긴 되었네요. 근데 어머니, 화장실가려면 은이가 와야 되잖아요. 조금만 더 기다리세요.

그녀는 불어터진 누룽지를 입 안에 가득 밀어 넣는다. 노인의 용쓰는 소리가 점점 더 간절해진다. 그 길이와 폭만큼 그녀 뱃속의 통증도 더 깊어지고 길어진다. 그녀는 먹던 그릇을 들고 은이 방에 들어가 버렸다. 그리고 문을 밀어버린다. 으으으엉, 용쓰는 소리가 문틈으로 들어와 그녀 귓바퀴를 친친 감는다.

노인을 모시고 온 것은 온전히 그녀의 자발적인 선택이었다. 자별난 어머니를 그냥 보내드렸다간 각별난 아들의 가슴에 패일 그 큰 웅덩이를 감당해낼 자신이 없었다. 걸핏하면 상실의 늪에서 허우적거릴 그를 지켜봐야 하는 것도 고스란히 그녀의 몫으로 남을 터였다. 그러니 자기 눈으로 확인하고 더 이상 붙들 수 없음을 자인하고, 그래도 미련이 남는다면 물고 빨고 핥아서라도 어머니와의 탯줄을 끊어내야 했다. 그래서 갈 사람은 가고 남을 사람은 남아야 했다. 이른바 이별 의식을 푸짐하게 치러내야 할 것이었다. 그러니 무슨 다른 갈등이 있겠는가. 하지만 몸이 따라주지 않았다. 언제나 무뚝뚝하게, 그것도 마지못해 끌려와서는 한켠에 불퉁하게 서 있는 몸, 그것보다 잦은 건 무책임한 방기였다. 정신은 푯대를 따라 전진하고 있는데 몸뗑이는 저 혼자 퍼져버리고, 멈추고, 망설이고, 후회를 거듭했다.

어머니, 우리 또 한 번 씨름을 해봅시다. 그녀는 밥숟가락을 팽개치고 일어났다.

으어어엉. 노인의 용쓰는 소리가 더 잦아졌다. 그녀는 쭈그리고 앉아 기저귀를 들춰보았다. 다 펼치기도 전에 냄새가 진동을 한다. 그래도 정작 볼일을 보기까지는 긴 시간이 남아 있다. 제일 좋은 방법은 일으켜 세워서 서성대는 거지만 그러자면 은이가 돌아와야 한다. 대신 그녀는 누운 노인의 등을 모로 세웠다.

등 긁어 드릴 테니 옆으로 누우세요. 이렇게요. 어이차!

참, 사람한테 이런 소리 내는 거 아니라고 하시면서 싫어하셨죠? 아기였던 은이를 안아 올릴 때, 어이차, 이렇게 기합을 넣으면 어머니가 혀를 차시면서 그러셨어요. 사람한테 그런 소리 내는 거 아니다. 저는 자리에서 일어날 때나 물건을 들 때면 꼭 나한테 먼저 주문을 거는 버릇이 있거든요. 어이차! 이건 움직이려 하지 않는 내 몸뗑이한테 하는 부탁과 이제는 움직여줘야 한다는 통보이기도 했어요. 생각은 저 앞에 달려 나가고 있는데 몸이 움직이지 않는 것…… 뭐 이것도 오래되다 보니까 그러려니 하지만, 어쨌든 은이를 안아 올릴 때면 저도 모르게 긴장이 되어서 이 말이 불쑥 나오곤 했지요.

그때마다 얼마나 야멸차게 그러시던지, 말이 나왔으니 말이지, 어머니 냉정한 거 얼마나 얼음장 같은데요.

제가 은이 기저귀 빨아서 널어놨을 때 빨래통에 도로 던져 버린 거 기억나세요? 빨랫줄에 제가 걸쳐놓은 쭈글쭈글한 기저귀를 보시자마자 어머니의 표정은 세상의 가장 큰 불의와 맞닥뜨린 듯 순간적으로 빨래보다 더 심하게 우그러졌어요. 비틀어 짜느라 생긴 주름을 일단, 탁탁 털어서 이단, 두 손으로 쫙쫙 당기고 삼단, 빨랫줄에 팽팽하게 걸어 사단, 이등분 된 끝을 반듯하게 맞추어 마치 다림질이라도 한 듯이 매끈해져야 비로소 빨래가 완성되는 거였죠. 그런 걸 저는 한 손으론 지팡이를 짚고, 나머지 한 손으로 겨우 털어서 걸쳐만 놓았으니 그때의 차갑고 냉랭한 표정이란 어머니 얼굴에 뿌려진 쉿물 같았어요.

이럴 때 느껴지는 어머니의 이중성과 이로 인한 배신감, 똑같이 부실한데도 아들은 아깝고 안타까워 품 안에서 내놓지도 못하시면서 저한테는 용서하지 못할 불촉천민처럼 대했던 거……. 하지만 이해가 안 되는 건 아니었어요. 어머니 마당에 깃발처럼 널려 있던 그 운동화를 본 사람이라면 어머니가 어떤 냉혹한 짓을 한다고 해도 용서했을 거예요.

어머니 집에 처음 가던 날.

똑같은 운동화 열 몇 켤레가 빨래줄 가득 널려 있던 그 장면이라니, 그게 얼룩 한 점 없이 분필로 문질러놓은 것처럼 새하얗다는 것까지 놀랍다 못해 충격이었어요. 그때 진실의 전말을 알아채야 했는데 말이죠. 그리고 저는 더 놀라운 사실을 알게 됩니다. 이 남자가 외출할 때마다 어머니는 작은 의자와 신문지, 그리고 새하얗게 표백된 운동화 한 켤레를 들고 따라나선다는 것을요. 지팡이에 의지하여 발끝을 끌며 간신히 찻길까지 나오면 어머니는 아들을 의자에 앉히고 흙 묻은 신발을 벗겨내고 새 신발을 신겨 세상으로 내보냈다는 것을요. 그가 집 밖을 나설 때면 어머니는 집에서 한 번, 그리고 찻길에서 또 한 번, 언제나 두 번의 무릎을 꿇어야 했던 겁니다. 자랑스러운 어머니상이라도 받으셔야 했는데 말이죠. 그러나 어머니는 스스로 그 상을 이미 받으셨어요. 부실한 아들을 누구보다 잘난 아들로 지켜내고 있다는 자부심이 어머니를 빛나게 하셨죠. 아들은 어머니의 빛을 되비춘 반사체였구요.

저 역시 어머니처럼 그러기를 바라셨던 거죠. 아니 기대까지는 아니었을지도 몰라요. 어머닌 현실을 모르는 분이 결코 아니었으니까요. 그런데도 불구하고 어머니 아들과 어머니 손자의 빛을 가릴 그 어떤 주름도 용납할 수 없었던 거죠. 그게 쭈글쭈글한 기저귀를 물통에 처박았던 이유라는 것을 제가 어찌 모르겠어요? 차라리 몰랐더라면 좋았을 텐데 말이에요. 그리고 어머니한테 깨놓고 댐벼들기라도 했어야 됐어요. 왜 저한테 모성을 강요하느냐고요. 장성한 아들을 품속에 안고 있다가 갑자기 세상에 내보내는 건 어머니로서의 명백한 직무유기가 아니냐고요.

그녀는 가느스름하게 눈을 뜨고 생각에 잠겼다. 금방이라도 무너질 것처럼 비치적거리는 걸음새를 슬쩍 가려버리는 서기 어린 결곡

한 얼굴. 푸르듯 희고 새까매서 되레 빛처럼 보이는 그의 눈은 훼손되지 않은 천연기념물 같은 것이었다. 결국 서기란 자기밖에 모르는 이기적인 고집이었으며 맑음은 현실을 모른다는 것이었고, 결곡함이란 세상 속에 있으면서도 세상과 섞이지 못하는 자기소외였다.

저도 어머니이기 이전에 먼저 여자잖아요. 한 남자의 그늘 아래서 보호받고 싶고 밤이면 뼈마디가 녹진녹진해지도록 녹아들어가 아침이면 온몸이 촉촉하게 일어나고 싶은 여자라구요. 근데 어머니는 저한테 여자의 길도 없이 바로 모성의 길로 가라고 내몰아버린 거예요. 어머니의 지극하신 보호가 결과적으로 그렇게 만들어버린 거라구요.

아이고, 어머니. 오늘 제가 왜 이러는지 모르겠어요. 말도 안 되는 넋두리를 왜 이렇게 쏟아놓고 있는지. 그러고 보니 저 지금 생리 전증후군인가 봐요. 어느 날 갑자기 발밑이 절벽처럼 보이는 날이 있어요. 아무리 둘러보아도 거기를 뛰어내리는 길밖에 없다는 생각이 오늘 안개처럼 자옥하게 차올라 오는 날이요. 여지없이 그날이네요. 이런 거 하나는 정말 잘 지킨다니까요. 생리는 또 얼마나 펑펑 쏟아내게요. 그래서 친정엄마가 나보고 포도를 먹지 말라고까지 그랬다니까요. 그것 먹고 더 쏟을까봐……. 흐흐흣

어머니는 어떠셨어요? 전 아버님을 사진으로만 뵈었는데, 머리를 올백으로 넘기시고 흰 양복에 그야말로 백구두를 신으신 젠틀맨이시잖아요.

어머닌 열일곱 살에 시집왔다면서요. 그냥 있다간 정신대에 잡혀 나갈 판이라 오라버니 되시는 분이 얼른 총각 하나를 구했다면서

요. 어머니의 어머니가 그 총각 집에 갔다가는 그 적빈함에 기가 막혀 내내 울면서 돌아왔다고 그러셨잖아요. 어머니가 이렇게 되기 전에는 수다도 잘 떠셨는데. 어머니가 오신 날이면 우리집이 꼭 싸움난 집 같았어요. 어찌나 목소리가 크고 씩씩하신지, 연신 담배를 갈아 피면서 커피도 꼭 블랙으로만 드셨잖아요. 젊은 나는 담배도 못 피고 커피도 잘 못 마시고, 그냥 뜨뜻한 맹물 한 잔 떠놓고 얌전하게 앉아 어머니 맞장구만 쳤죠. 어머니는 남편이 바람 핀 이야기, 기생집 담벼락 너머로 자갈돌 던져서 장독대 깨뜨린 것이며, 남편이 기생과 나란히 누워 있는 방에 물 바케스 퍼부어놓고는 도망쳐 나왔다는 거며, 참말로 이야기도 잘 하셨는데…….

아이쿠, 말이 자꾸 엉뚱한 데로 새나가네.

그래도 그렇게 만난 총각이 운 좋게 미군부대에 취직되는 바람에 뒤에는 잘 살았다면서요. 가난했던 그 시절에 미제 깡통, 미제 고기, 미제 햄, 미제 소시지 실컷 먹고요. 은이 아빠는 지금도 그 시절을 그리워하잖아요. 자개찬장 그득했던 형형색색의 양주병들이 그이 인생에는 최고의 트로피처럼 생각되나 봐요. 그래봐야 기껏 미제 나부랭이일 텐데 말이에요. 그건 그렇고 어머니, 그때 잘 생기고 건장했던 스물두 살의 총각한테 안기는 기분이 어땠어요?

아무래도 오늘은 이상한 날이에요.

자옥하던 안개가 제 가슴에 다 몰려온 것처럼 왜 이렇게 지난 일들이 몽글몽글 솟아나는지 모르겠어요. 지금은 걷혔지만 아침에는 굉장했거든요. 바로 앞에 있는 것도 안 보여서 세상이 갑자기 사라져버린 것 같았어요. 그래도 출근을 미룰 수 없는 사람들이 비상등을 켜고 엉금엉금 기어가고 있었는데, 아득해 보이는 것이 마치 상여에 달아놓은 꽃불이 저 세상으로 넘어가는 것 같데요.

왜요? 어머니 이런 말 듣기 싫으세요? 저는 좋을 것 같은데……. 한평생 지고 다니던 바윗돌, 피고름 나는 살밑에, 덜그럭거리는 뼛속에 독하게도 들러붙어 있던 그 맹목적인 희망 털어버리고 이쪽에서 저쪽으로 훌떡 넘어가는 것, 홀가분하고 시원할 것 같은데요. 은이 아빠 말이에요. 만날 잠 못 들어서 끙끙거리면 발이라도 조물락거려야 간신히 잠들고 했잖아요. 하루종일 의자 밑에서, 운전석 아래에서 대롱거리며 매달려 있던 발, 그 전에는 엉덩이 아래 단단한 목침처럼 몸을 괴고 있던 그 발. 굳은살로 울퉁불퉁해지고 일부는 흉터처럼 민질해진 그 발을 두 손으로 펴고 주무르고 꼬부라진 발가락 열 개를 하나하나 펴주고 움푹 들어간 발바닥은 주먹으로 내려치고 뒤꿈치까지 꼭꼭 눌러서 잠을 청해오잖아요. 그렇게 불러오는 잠도 얕은 잠이었어요. 맹수들 사이에 낀 토끼처럼 간당거리는 잠. 그러다 어느 순간 쑥 들어갈 때가 있어요. 마치 부드러운 습지에 빠지듯, 마지막 숨을 크으으, 내뱉으면서 뻣뻣하게 오글려 있던 몸이 축 늘어지는 거예요. 죽는 것도 아마 그럴 것 같아요. 뼈마디를 죄고 있던 너트 같은 심줄이 풀리면서 온몸이 주르륵 내려앉는 그런 순간이요. 매일 밤 그의 발치에 쭈그리고 앉아 기다리다 이런 순간이 오면 얼마나 반가운지 가슴이 푸르륵 떨려요. 죽음아 고맙구나, 뼈마디가 해체되고 심줄이 소용없게 되는 시점. 살이 물처럼 풀리고 피는 살처럼 굳어져서 살아 있음의 고통과 억압에서 해방되는 이런 시간.

난 비로소 큰 숨을 내쉬며 그에게서 떨어져 나옵니다. 그가 견딜 수 없어하는, 그 지난한 삶을 끊어주는 무당 역할을 십 년이 넘도록 해온 거지요. 그러나 늘 성공했던 것은 아니랍니다. 그의 몸이 안식의 구덩이에 쑥 들어가는 순간, 난 마지막 마무리로 그의 몸을 쓰다듬고 이불을 여며주고 그에게서 떨어지는 찰라, 갑자기 통나무 하나가 벌떡 일어서는 겁니다. 눈을 휘번떡 뜨면서 으윽, 외마디 소리를 지르며. 여태까지 두들기고 주무르고 쓰다듬어서 풀어놓은 살과 뼈들이 어찌 그리 한순간에 도로 맞추어지는지요. 저는 죽은 자가 무덤에서 벌떡 일어났다는 그 말을 믿습니다. 믿고말고요. 하지만 부활의 기쁨으로 아는 것이 아니라 무서움과 좌절과 비탄으로 믿습니다. 이 생으로 돌아오는 일이 얼마나 무섭게요. 얼마나 괴기스러운 일이게요. 어머니는 갔다가 돌아오지 마시고 천천히 가세요. 이 굽이굽이 잘 넘어 영원한 길로 가세요. 잘 죽는 일 그것이 아마도 구원일거예요.

으으어엉…….

노인의 신음소리는 이제 울음에 가까웠다. 은이가 학교에서 돌아오려면 적어도 두 시간은 더 기다려야 했다. 섬유질이라곤 없이 오로지 유동식으로만 버티고 있는 노인에게는 변의便意를 느낀다고 해도 정작 볼일을 보기까지는 몇 시간씩 씨름을 해야 했지만 오늘따라 강도가 심상치 않았다.

어머니 은이가 오려면 아직 멀었으니까 그냥 누워서 볼일을 보세요.

으으어엉, 노인의 얼굴이 새빨개졌다.

잘 하시네요. 힘을 좀 더 주세요. 조금만 더.

마치 출산이라도 하는 듯 용을 쓰다가 온몸을 부르르 떨면서 긴 숨을 내쉬곤 했다. 아이쿠, 잘 하셨네. 그녀는 노인의 기저귀를 열었다. 하지만 정작 나온 건 항문 끝에 달린 까만 점 하나였다. 고운 진흙을 더 고운 채로 걸러서 구운 것 같은 염소똥만한 조약돌, 휴지로 달랑 집어서 버리면 그만일 그런 한 점이었다. 그러나 노인은 멈추지 않았다. 태아가 뱃속에서 나오다 마지막 관문에 걸린 것처럼 애를 쓰다 못해 새파랗게 넘어가고 있었다. 밑을 들여다보니 안에 걸려 있는 새까만 점이 보였다. 급한 김에 그녀는 앞집 할머니를 떠올렸다.

노인이 그 유창하던 입을 닫은 지 오래였고, 삼키는 능력도 사라졌고, 배설은 늘 이렇게 애면글면했다. 그래도 일으켜 세우면 신기하게도 두 다리가 차례로 움직였다. 힘이 없어 일어나지 못할 뿐이지 부축해주면 아직도 유일하게 남은 기능이 걸을 수 있다는 것이었다. 그런데 이 놀라운 능력을 발휘시켜줄 사람이 지금 이 집안에 없는 것이다.

제가 밀고 갈까요? 앞집 할머니를 부를까요? 그녀가 하릴없이 시부렁거리긴 했지만 노인의 마지막 자존심까지 뭉개고 싶지는 않았다. 부실한 깜냥에 엄한 짓을 하고 있다는 이웃의 말없는 질시도 그러려니와, 무너진 어머니의 모습을 내돌리고 싶지 않기로는 그녀 역시 마찬가지였다.

이건 어머니와 저와의 씨름이어야 해요. 저 같은 며느리를 본 어머니의 운명이고 또한 어머니 아들을 남편으로 맞이한 저의 업이니까요.

일단, 그녀는 담요를 접어 널찍한 깔개를 만들었다. 이단, 거기에 노인을 옮겨 앉히고는 넘어지지 않도록 살살 밀고 갔다. 문제는 화장실 문 앞에서 변기까지 옮기는 일이었다. 그녀가 먼저 화장실 바닥에 자리를 잡고는 노인을 바짝 당겨 안고 변기 위에 올려 앉혀야 했다. 그런데 그 폭이 그녀의 팔 길이보다 넓기도 하려니와 턱이 있어서 한 번에 옮기기로는 무리였다. 그러자니 삼단, 변기 앞에 먼저 앉혔다가 사단, 노인을 안아 변기 위에 올려야 했다.

근데 노인이 으으으…… 손사래를 치며 저항했다. 얼굴에는 노골적인 두려움이 실려 버렸다. 삼단까지는 그럭저럭 협조해왔는데 사단이 난관이었다.

안 놓칠 테니 걱정 마세요, 눈을 들여다보고 안심을 시켜도 듣지 않았다. 붙잡으려는 그녀의 손을 아기처럼 밀쳐냈다. 몸을 변기 쪽으로 밀어주는 것을 마치 절벽 끝으로 밀어붙이려는 것처럼 오해했다. 제가 제대로 앉혀드린다니까요. 그녀의 목소리가 높아졌다. 그러면 그럴수록 노인은 더 애처롭게 손을 흔들었다. 그러면 어머니 혼자 벌떡 일어서든가요. 그 와중에도 용쓰기는 여전해서 있는 대로 입이 찌그러지고 눈물까지 그렁거리면서도 끝끝내 그녀의 손을 밀어냈다. 그럼 어떡해요? 은이 올 때까지 마냥 기다리던지요. 그녀 뱃속에선 빵빵해진 위장이 탈수기의 빨래처럼 쥐어짜지고 있었다.

은이가 할머니를 답싹 안아서 변기 위에 앉혔다. 그녀와 노인이 오후 내내 씨름해온 일이 불과 일, 이 초 안에 정리되었다. 일으켜서 앉히는 그 과정이 어찌나 가볍고 쉽던지 마치 꿈속처럼 허무하기조차 했다. 볼일이 급하지 않았더라면 손자 품에 안겨서 십 리라도 걸어갈 수 있을 터였다. 둘이서 승강이를 하다 결국 은이 담임선생한테까지 전화를 해서 호출한 다음이었다.

ㅇㅇㅇㅇ…….

손자한테 안겨서 두 다리로 섰을 때의 편안하던 표정은 순식간에 지나가고 다시 있는 대로 용을 썼다. 빠져나와야 할 그것이 숨통을 막고 있기나 한 것처럼 모진 용이었다. 틀니도 없어진 허공의 입에서 나오는 신음은 무섭다 못해 귀기스러웠다. 버리고 싶은 온갖 고약함이 고약처럼 뭉쳐 노인의 직장 끝을 틀어막고 있었다. 그녀는 어머니 앞에 꿇어앉아 가랑이 속으로 손을 밀어 넣었다. 자식 다섯을 잉태하고 출산시켰던 그 풍부하고 물 많던 가랑이는 비썩 마른 굴이 되어 있었다. 젊은 날, 기생집 간장독을 깨뜨려 마당 가득 검은 물로 채워놓고 뛰어나왔다는 오기 많고 당찬 여인이었다. 그녀는 그 휑한 곳을 지나 또 하나의 구멍 속에 손가락을 밀어 넣었다. 돌같이 딱딱한 것이 구멍을 막고 있다. 수도꼭지를 틀어 앙상한 엉치뼈 뒤로 온수를 흘려 넣으면서 끼고 있던 비닐장갑마저 빼버렸다. 그리고 맨 손가락을 다시 찔러 넣었다. 손톱이 손톱만한 정이 되고 삽이 되어 차돌멩이처럼 뭉친 똥을 찌르고 가르고 뜯어내고 그리고 씻어냈다. 힘을 주느라 붉으락푸르락하던 노인의 얼굴이 노랗게 돌아왔다. 변기에 앉힌 채로 샤워까지 시키고 겉옷만 겨우 가려서 은이한테 할머니를 인계했다.

일주일 만에 한 번씩 산고를 치르듯이 뽑아내는 똥은 똥이 아니었다. 멸치들의 잔해, 무와 양파, 쌀알들의 찌꺼기가 결코 아닌 것이다. 그녀는 종이기저귀를 꽁꽁 여미고 노인이 입었던 옷을 락스 푼 물에 담갔다. 변기 물을 몇 번이나 내리고 손도 락스에 헹구었다. 그래도 냄새는 없어지지 않았다. 선풍기를 창문 쪽으로 돌려놓아도 냄새는 벽이고 가구에 코팅처럼 끈질기게 들러붙었다. 마지막으로 빨래 헹궈낸 락스 물을 변기에 쏟아버리는데 그게 튀어서 눈 속에 들어갔다. 물에 씻어도 따끔거리는 통증이 없어지지 않았다. 물통에 숫제 얼굴을 박고 눈을 껌벅거리다가 중얼거렸다. 이건 눈물의 똥이군, 눈물의 화석이거나. 사람 몸땡이마다 지구를 세 바퀴 돌고도 남을 핏줄이 서로 얽혀 뱅뱅 돌고 있다는데 그 사이에 낀 찌꺼기와 한숨은 또 얼마나 많을 것인가.

뒤처리를 끝낸 그녀는 엉금엉금 기어서 노인 옆으로 갔다. 기저귀를 채울까 하다가 깔개만 챙기고는 홑이불을 덮었다. 그리고 그녀도 옆에 누웠다. 속엣걸 다 빼낸 노인은 말간 눈으로 주변을 두리두리 살폈다.

무극행

동서울터미널에 나와서까지도 거기로 가야 할지 마음을 정하지 못했다. 입구에 들어서면서 눈은 이미 충주 음성 무극이라고 적힌 매표소 쪽을 향해 있었다. 그러나 거기로 갈만한 명분이 있는 것일까, 여전히 자신이 없었다. 어느 날 아침 늙지도 젊지도 않은 여자가 무료함을 견디다 못해 훌쩍 집을 나선 하루 나들이에 무슨 당위성을 찾을까마는 그런데도 하릴없는 그 질문을 되풀이하고 있었다. 아무래도 그 꿈 때문일 것이다.

대합실의 빈 의자에 앉으려고 허리를 굽히다가 먼저 앉아 있던 한 남자와 눈이 마주쳤다. 짧은 순간이긴 했지만 정면으로 눈길이 부딪쳤다는 것 때문에 조금 불편한 기분이 되어버렸다. 시선이 마주친다고 해도 중간쯤에서 겉돌며 슬그머니 비켜나기 마련인 도시 생활에서 이렇게 딱 부딪히는 일은 드물었다. 그것은 괜한 부담처럼 느껴졌고, 요령 있게 피해내지 못했다는 열패감마저 들었다. 하지만 이미 반 넘게 굽힌 허리를 도로 펴고 나가는 것도 뭣해서 그냥 자리에 앉고 말았다. 바로 앞의 대형 화면에서는 나뭇가지같이 삐죽삐죽한 모자를 쓴 여학생들이 매스 게임을 하고 있었는데, 푸른 나뭇잎처럼 슬쩍 걸쳐진 겉옷 사이로 맨몸이 비쳐보여서 깜짝 놀랐다. 자세히보니 살구색 타이즈를 먼저 입은 다음이었다. 날듯이 펄럭이는 그녀들의 율동을 보고 있는데 옆에서 누가 갑자기 소리를 버럭 질렀다.

"아니, 자네가 여기 웬일인가?"

어떤 노신사가 조금 전에 눈이 마주쳤던 그 남자를 향해서였다. 남자는 깜짝 놀란 듯 황급하게 일어나 자기가 앉았던 자리를 내밀었다.

"그러지 않아도 자네가 어떻게 지내는지 궁금했어. 여기서 만날 줄이야. 아끼던 자네가 그곳을 떠나다니 내가 얼마나 애통해 했는지 몰라."

목이 굵은 노신사는 주위에 아랑곳없이 여전히 큰 목소리였다. 회색 잠바를 입은 남자는 그동안 찾아뵙지 못해서 미안하다는 말을 여러 번 반복했다. 그야말로 늙지도 젊지도 않은 이 남자가 떠나야 했던 곳은 어디였을까, 나도 모르게 내 귀는 그쪽으로 기울여졌다.

"그래, 지금은 어딜 가는 길인가?"

"네, 저기 좀—, 무극엘 갈려구요."

남자는 말을 좀 더듬었다.

"거기에는 왜?"

내 귀는 여전히 그쪽을 향해 있었다.

"그냥, 좀……."

남자는 희미하게 웃으며 머리를 긁적거렸다.

"거기 광산이 있잖아요, 금광 말입니다."

남자는 부끄러운 듯 주저했다.

"아니, 아직도 우리나라에 금광이 남아 있는가?"

노신사는 대단한 발견을 한 것처럼 손에 들고 있던 버드나무 단장을 바닥에 탕, 찍었다.

얼마 전에 나도 지금과 똑같은 소리를 들었다. P와 처음 무극에 갔을 때였다. 그녀가 꽃동네로 가는 택시 안에서 기사한테 물었던 것이 바로 이 물음이었다.

"아직 여기에 금광이 있어요?"

기사가 달리는 길가 산 중턱에 망루처럼 서 있는 철재 골조를 가리키며 금광이라고 말했다. 얼핏 보기에 그것은 금광이라기보다 돌 채취장 같이 보였다.

"그런데 자네가 금광에는 왜?"

노신사는 옆에서 듣기에도 민망할 정도로 꼬치꼬치 캐물었다. 사실은 나도 궁금하여 귀를 기울이긴 했지만 어린아이에게 다그치는 것 같아 민망할 정도였다. 그러나 이제 여유를 찾은 남자는 도리어 빙글빙글 웃었다.

"낭만적이지 않습니까? 땅에서 금을 캐는 일이 말입니다."

"옳커니, 자네다운 생각이여."

노신사는 다시 한 번 바닥에 지팡이를 딱 쳤다. 나는 그 남자를 흘끔 쳐다보았다. 그는 전혀 낭만적으로 보이지 않았다. 오랫동안 섭생을 제대로 못한 사람처럼 비쩍 마른 그의 얼굴은 검고 피곤해 보였다. 그러나 자신의 안으로 향하고 있는 듯 한 눈빛만은 서늘한 그늘을 품고 있었다. 그래서 조금 전에도 설핏 지나갈 눈길이었는데 그러지 못했다는 생각이 들었다.

"자네는 천상 시인이여, 시인. 암, 그렇고말고, 아무쪼록 몸 건강하게나."

남자가 일어서서 인사를 하자 노신사가 잡은 손을 흔들며 하는 말이었다. 남자는 충주 음성 무극이라고 씌어진 7번 출구로 나갔다. 열한 시 사십 분 행이라고 적힌 작은 삼각뿔이 출구 옆의 책상 위에 얹혀 있었다.

나는 허급지급 표를 사들고 그의 뒤를 따라 나갔다. 땅속에 깊이 묻혀 있는 노란 광맥이 불현듯 나의 혈맥으로 연결되어 들어오는 것처럼 가슴이 뛰었다.

강변도로에서 천호대교를 건넌 버스는 바로 팔팔 대로로 들어섰다. 한낮의 텅 빈 버스는 햇빛을 가리는 녹색 가리개 그림자만이 의자 하나씩을 차지하여 흔들리고 있었다. 앞에 앉은 남자는 내내 신문을 읽었다.

이번 무극행은 한 달 동안 벌써 두 번째였다. 처음에는 P를 따라서였다. 장애인을 위한 라디오 방송 프로에 리포터 겸 작가로 일하고 있는 P가 일 년 만에 불쑥 전화를 해 꽃동네에 가보자고 했던 것이다.

"갑자기 꽃은 웬 꽃? 봄꽃이 진지가 언젠데?"

꽃동네를 꽃나들이라고 알아들은 나는 픽 웃었다. P는 꽃나들이가 아니라 음성군의 행려병자들을 위한 보호시설이라고 했다. 그러고 보니까 나도 매스컴에서 들었던 기억이 났다.

"취재니?"

무료하던 나는 그녀를 선뜻 따라 나서며 물었다. 아니, 그녀는 고개를 옆으로 흔들었다.

"누구를 찾아보려고."

그녀는 방송시간 십오 분을 채울 새 인물을 찾아서 십 년이 넘도록 온 나라를 돌아다니고 있는 중이었다.

그렇게 사는 P같은 사람이 있는가하면, 우리 같은 사람은 시계 안에서 돌아가는 바늘 두 개처럼 늘 똑같은 자리를 맴돌고 있었다. 그것도 어쩌다 닥쳐온 변화 앞에서 우리는 아직도 쩔쩔 매고 있는 중이었다. 결혼 전부터 군인이던 남편은 이후로도 쭉 군인이었다.

그러나 어느 날, 남편이 근무하는 국방부 정문 안에 대학생들이 들어와 농성을 벌였고 그걸 막지 못한 군이 어떻게 나라를 지킬 수 있을 것인가, 신문에서 연이어 어른 손바닥만한 기사가 올라오더니, 남편의 퇴근시간은 점점 더 늦어졌고 급기야는 퇴역을 해야 하는 상황까지 되었다. 그게 이 년 전의 일이었다.

P는 꽃동네 사무실에 잠깐 들렀다가 곧장 임종의 집으로 향했다. 가는 동안 내내 벌린 입을 다물 수가 없었다. 오갈 곳 없는 행려환자나 돌보아 줄 연고가 없는 장애인들을 수용하고 있다는 복지시설 하나가 웬만한 마을보다 더 큰 그 규모에 놀라고, 휠체어 위에 놓인 하

나의 물건처럼 무표정하게 붙박여 있는 사람들의 모습에 또 놀랐다.

그런데도 P는 화석처럼 무표정한 그들을 향해 씩씩하게 인사를 던지며 안으로 들어갔다. 붉은 벽돌의 병원과 자원봉사자들의 기숙사를 지나 임종의 집은 가장 안쪽에 있었다. 들어가는 입구에는 많은 노인들이 휠체어를 타거나 건물 벽에 기대어 진을 치고 있었기 때문에 선뜻 발을 들이기가 쉽지 않았다. 그동안에도 자원봉사 플레카드를 붙인 버스들이 관내의 넓은 길을 따라 쉼 없이 오가고 있었다. 대체적으로 교회나 공공기관에서 날짜를 정해 단체로 움직이고 있어서 우리처럼 개인이 그들을 방문한다는 것은 어딘지 계면쩍게 여겨졌다. 더구나 무료한 햇빛 속에서 쏘아보듯이 지켜보고 있는 그들의 눈길이 부담스러워 나는 P한테 채근하듯이 물었다.

"찾는 사람이 여기에 있어?"

P는 그렇다는 것인지, 아니면 단순히 내 말을 알아들었다는 뜻인지 애매하게 고개를 끄덕거렸다. 그때 계단 위 네모난 현관에 앉아 있던 남자가 발끝에 힘을 주어서 휠체어 바퀴를 굴리며 우리 앞으로 다가왔다. 거기에서 만난 사람들 중, 유일하게 붉은 혈색을 가진 젊은 남자였다.

"누-구를 찾으-시-는-데요?"

언어장애가 있는 듯, 말이 어둔한 젊은 남자는 마이크와 이어폰이 달린 헤드폰을 모자처럼 쓰고 있었다. 우선 견학을 좀 하고 싶다는 P한테 젊은 남자는 휠체어를 굴려 안으로 들어가며 따라오라고 했다. 들어가자마자 바로 사무실이었으나 사람은 보이지 않고 맞은편의 작은 방에서 키가 아주 작은 남자가 재봉틀로 뭔가를 박고 있었다. 실내의 노인들은 앉은 채로 엉덩이를 밀거나 팔꿈치로 기어 다녔다. 복도 좌우로 나열된 방 안에는 보통 두세 사람씩의 노인이 바닥에 눕거나 벽에 기대어 앉아 있었다. 실내는 깨끗하게 정돈되어 있었지만 공기는 어쩔 수 없이 환자들의 냄새로 퀴퀴했다. 거기가 남자 노인들의 기숙사이고 위층이 여자 노인들의 숙소라고 했다. 그리고 계단식 건물인 아래층이 전혀 거동을 못하는 임종의 병실이라고 설명을 해 주고는 둘러보고 오라면서 그는 현관으로 돌아 나갔다.

마침 위층에는 여자 노인들이 거실 같은 공간에 모여서 머리를 깎고 있는 중이었다. 하나같이 머리카락을 박박 민 민머리였다. 푸른 작업복을 입은 청년 봉사자들이 한 줌도 되지 않을 노인들을 달랑 안아서 데려오기도 하고 데려 가기도 했다. P는 그들 틈에 끼어 앉아 입이 잘 돌아가지도 않는 노인들과 이야기를 나누거나 짧은 머리카락을 손으로 어루만지며 아이들처럼 천진하게 웃음을 나누었다. 하지만 나는 차마 웃을 수가 없었다. 웃기는커녕 눈을 어디에 두어야 할지 내내 막막하기만 했다. P가 아래층에 있는 임종의 병실로 내려간다고 했을 때 나는 그냥 현관으로 나오고 말았다. 그 모든 광경을 눈으로 감당해낼 자신이 없었다.

내가 나오자 현관에 있던 젊은 남자가 사무실로 안내해 주었다. 사무실의 벽은 온통 숫자와 사람들 이름으로 빼곡하니 채워져 있었다.

1번부터 시작된 번호는 1564번까지 이어지고 있었는데 어떤 번호는 푸른색이었고 어떤 것은 노란색이었다. 내 시선을 보고 있던 청년이, 여기서 임종한 사람들의 명단이라고 말해주었다. 아직 차

트에 정리되지 않은 사람의 수도 몇백 명이 넘으니 다 합하면 2천 명이 넘을 거라고도 했다. 그리고 푸른색 명단은 앞 못 보는 사람들에게 안구를 기증한 사람이라는데, 그 수가 또 전체의 반 이상이었다. 노환이나 질병으로 생명의 불꽃이 꺼지고 나도 눈동자는 계속 그 빛을 살려나갈 수 있는 것인지, 아니면 기증이라는 그 자체에 의미를 두는 것인지는 알 수 없었지만 나는 아무 말도 하지 않았다.

그때 전화벨이 울렸다. 책상에는 아무도 없었으므로 당연히 휠체어의 청년이 그리로 가서 받을 것이라고 생각했다. 그러나 그의 손은 마른 버찌처럼 오그라들어 그의 가슴께에 바짝 붙어 있었다. 그러면 입으로? 나는 조바심이 났다. 그런데 그는 땅바닥에 붙이고 있던 발을 공중으로 번쩍 들어올렸다. 휠체어를 움직일 때마다 바닥을 버팅기어 그 반동으로 움직이게 하던 오른발이었다. 그 발로 휠체어 손잡이 옆에 달려 있는 조그만 버튼을 쳐서 아래로 내리고는 통화를 시작했다. 여보-세-요. 통화가 끝나고 나자 그는 다시 발로 쳐서 버튼을 원래의 자리로 되돌렸다.

그는 우리가 찾아온 사람이 누구냐고 물었다. 나는 P를 따라 왔을 뿐이라고 엉거주춤하게 대답했다. 그러다 보니까 자연히 P에 대한 이야기가 나왔다. 방송국에서 일하고 있는 P의 신분을 알려주자 그는 아주 반가워하는 기색이었다. 그러면서 그가 자기 이야기를 시작했다. 태어나서 내내 어머니 손 안에서만 살다가 어머니가 돌아가시고 이곳으로 옮겨 왔다는 것이었다. 사랑이라는 것도 해보았지만 결국 다른 남자한테 가고 말았다는 이야기도 했다.

그러던 그가 한 숨을 내쉬면서 말했다.

"지겹-도-록 오래 살아-온- 것 같-은데, 그-런데 이제- 나-이가 서른- 밖에 안- 되-었-다-니-까……."

나는 뭐라고 해야 할지 알 수 없었다.

"제-일- 무서-운- 건 아-직-도- 내- 앞-에 남-아- 있는- 세-월-들-이에요. 이-걸 어떻-게 해야-할- 지 모-르-겠-어-요."

날마다 죽어가고 있는 노인들 속에서 오로지 햇볕 쬐고 바람 마시는 일로만 살아갈 수는 없지 않겠느냐고 그는 더듬거리면서 강하게 반문해왔다. 그 말을 할 때는 눈에서 적개심이 번쩍이는 것 같았다.

"하-기-야 내가- 없-어도- 안-되죠. 내가- 여-기- 있음-으로써- 젊-음-과 늙-음-이라는 구색-이- 맞-추-어-지-니-까요."

내 얼굴을 덮은 소심한 두려움을 본 것일까, 그는 얼른 강한 눈빛을 풀고 농담을 던졌다. 그래도 P에 대한 기대의 끈을 놓지는 않았다.

"친구-분-이라-면 내가- 가-서- 일-할- 만한- 곳을- 찾아-봐- 줄- 수- 있을지 몰라-요. 방-송-에서 들-으-니-까 장애-인-에 대한- 것-이-라면 모-르는 것이- 없-던-데요. 전에-부터 꼭 한번 뵙-고-싶었-어-요."

그때 P가 들어왔다. 늘 씩씩하기만 하던 그녀의 어깨는 축 처졌고 안색조차 창백했다. 늘 바쁘게 역동적인 그녀의 혈기를 찬물이 씻어간 것처럼 눈 아래에는 말간 그늘이 드리우고 있었다. 그런데 이상한 것은 휠체어의 청년이었다. 마치 우리를 기다리고 있었던 것처럼 한꺼번에 자기 이야기를 쏟아놓던 청년이 P 앞에서는 갑자기 벙어리라도 된 것처럼 입을 다물어버린 것이다. 쳇바퀴를 돌리는 다람쥐처럼 그는 앉은 자리에서 휠체어 바퀴만 계속 앞뒤로 굴릴 뿐이었다.

"찾았어?"

달리 할 말이 없던 나는 습관처럼 물었다. P는 고개를 끄덕였다.

"누-구-예요?"

그때서야 휠체어의 청년이 입을 뗐다.

"그냥……. 그런 사람이 있어요."

P는 누구도 쳐다보지 않고 혼자서 나직하게 말했다. 예사롭지 않은 이런 곳에서 그녀가 만날 누가 있을까, 생각을 더듬어보았지만 어떤 단서도 떠오르지 않았다. 다만 그녀의 손에 녹음기와 마이크가 들려 있지 않은 것으로 보아 취재는 아닐 거라는 짐작만 했을 뿐이었다.

"이제 그만 가자."

P가 잠깐 앉았던 소파에서 일어섰다. 그러자 계속 바퀴를 굴리고 있던 휠체어청년이 어깨를 움칠했다. 그리고는 마치 엄마를 빼앗기는 것 같은 실망과 불안의 눈빛이 되어 나를 쳐다보았다

"이분이 재활 훈련원에 기술 배우러 갔다가 팔을 못 쓴다고……."

이런 상황에서 P가 무슨 도움이 될 수 있을까, 나는 반신반의하며 말을 꺼내긴 했지만 당사자 앞에서 어떤 식으로 설명을 해야 할지 당황스러웠다.

"아직 우리 실정이 그렇지요. 장애인이라면 무조건 앉아서 하는 기술이나 배워야 한다고 생각하니까요."

휠체어청년은 마른 버찌 같은 손 중에서 하나는 등 뒤에 고정되어 있었고 하나는 흔들거리는 것을 막기 위해 가슴팍에다 강하게

붙여놓고 있었다. P는 많이 해본 것 같은 익숙한 솜씨로 앞에 있는 그의 손을 당겨서 두 손으로 잡았다가 놓았다. 빳빳하게 굳어 펴지지 않은 손이 P의 부드러운 손바닥에 잠깐 들어갔다가 나왔다. 청년의 눈빛은 갈망과 아쉬움으로 더욱 흔들렸다.

"조-옴-더 있다-가 가세요. 아직 시간-이 얼마-되지 않았는-데요."

그는 좀 전보다 더 더듬거리며 말했다. 그러나 P는 돌아갈 시간이 바쁘다고 냉정하게 일어섰다.

입구에 기병대처럼 줄지어 앉아 있는 노인들에게 P는 안녕히 계시라고 큰소리로 인사했지만 그들은 끝까지 무표정했다. 몇 발짝 나오는데 휠체어의 청년이 뒤쫓아 나왔다. 길 아래 건물 앞에는 수십 개가 넘는 장독들이 햇빛에 반짝거리고 있었다. 다른 곳에서 보았더라면 분명히 정겨워 보였을 질그릇들이 이곳에서는 아득한 세월 밖으로 유예된 부장품처럼 느껴졌다.

그 너머로는 아스팔트길이 끝없이 뻗어 있었다. 시내버스 한 대가 막 그 길을 달려가고 있는 중이었다. 천천히 내려오던 우리는 자주꽃이 매달린 등나무 아래에서 발을 멈추었다. 그 다음부터는 심한 내리막길이어서 함께 내려간다고 해도 휠체어청년 혼자서는 돌아올 수 없는 길이었다. P는 다시 악수를 나누었다. 그녀의 행동이 냉정하리만큼 분별심으로 움직이는데 반해 청년은 마주 대하기 민망할 정도로 복잡한 감정을 눈 속에 그대로 담아냈다. 말할 수 없는 아쉬움과, 미련과, 어쩌면 청년으로서의 본능적인 갈망까지도. 나는 차마 발이 떨어지지 않았다.

"뒤에 또 올게요."

아무 기약도 없으면서, 단지 약해진 마음 때문에 내가 불쑥 꺼낸 말이었다.

"뒤에 무슨 또 올 일이 있다고 그래? 빈 마음일랑 남겨두지를 마셔요."

P가 야무지게 쏘아 붙였다. 농담이 섞이긴 했지만 어쭙잖은 기대감을 남기지 말라는 그녀의 말은 냉골찬 것이었다. 그녀의 말이 옳았다. 나는 어떤 희망의 언질도 그에게 줄 수가 없었다. 그러나 어디까지나 차가운 이성으로 일관하는 그녀의 태도도 마음에 들지 않기로는 마찬가지였다.

"응, 뒤에 또 올 거야."

단순히 그녀에 대한 반발이었을까? 그때 던진 말이 씨가 되어 나는 다시 거기를 찾아 가고 있는 것이다.

우리는 무극에서 내렸다. 우리라 함은 금광을 찾아 가는 회색 잠바 남자와 나를 지칭하는 것이다. 우리말고도 부부로 보이는 두 노인이 함께 내렸다. 지난번 P와 처음 왔을 때는 밝은 햇빛 탓이었을까, 좁은 길도, 다닥다닥한 상가들도 정갈하게 보였었다. 그러나 오늘은 나지막한 집들이 오종종해 보였고 버스 터미널 앞의 큰 포플러 나무에도 그늘이 져 있었다. 버스에서 내린 두 노인은 고정된 길을 가는 장님처럼 옆눈 한번 주지 않고 갈 길을 총총 가버렸다. 회색 잠바의 남자는 터미널 앞의 공중전화 부스 안에 들어가 있었다. 소리없이 입만 움직이고 있는 모습이 밀폐된 공간에 갇힌 동물을 연상시킨다. 어딘가를 향해 조난신고를 하고 있는 것일까, 어쩌면 새 출발에 대한 선언을 하는 건지도 모른다. 나는 버스에서 내려선 그 자리를 벗어나지 못하고 엉뚱한 생각만 하고 있었다. 차가운 화강암 속으로 뜨거운 마그마가 뚫고 들어가 금이 된단다. 영원히 썩지 않을 찬란한 금은 자신을 녹이는 뜨거운 열과의 순간적인 만남으로 이루어진다.

수화기를 제 자리에 걸어 놓으면서 남자가 나를 힐끗 보았다.

"괜찮으시다면……. 저도 금광에 잠시 따라갔으면 싶어서요."

전화 부스 밖을 나와 멈칫거리고 있는 남자한테 나는 자수하는 심정으로 먼저 말을 꺼냈다. 남자의 눈이 둥그렇게 커졌다.

"제가 거길 가는 줄 어떻게 아시고?"

남자는 생판 초면의 놀란 얼굴이었다. 졸지에 남의 애기를 엿듣고 뒤따라온 신세가 된 나는 얼굴이 뜨거워졌다. 그러나 다시 생각해보면 나는 남자를 따라온 것이 아니라 금광을 찾아온 것이었다.

우선 점심이나 먹고 움직여 봅시다, 라는 그 남자를 따라 산채 백반이라고 쓰인 음식점으로 들어갔다. 시간은 벌써 두 시를 지나고 있어서 식당 안은 홀빈했고 그 집 식구로 보이는 한 처녀가 유선방송을 틀어놓은 채 홀 중앙에 앉아 밥을 먹고 있었다. 문 앞에 앉은 우리는 비빔밥 두 개를 시켰다.

계속 망설이면서도 어쨌든 집을 나서게 된 것은 휠체어청년과의 약속 때문이었다. 그냥 인사말이었을 뿐이라고 흘려버릴 수도 있었지만 그 청년의 눈길이 계속 나를 괴롭혔다.

그 눈은 우울하고도 간절하게, 때로는 강열한 욕망으로 나를 불러댔다. 그런데 금광이라니, 금광은 우연히 마주친 남자의 입에서 나온 말일뿐이었다. 갑자기 길가에 버려진 돌멩이가 황금덩어리로 변하기나 한 것처럼 이제 와서는 그 말이 내가 매달릴 수 있는 절체절명의 근거처럼 여겨졌다. 금광이 없다면 지금 내가 여기 있어야 할 이유는 없었을 것이다. 그리고 낯선 곳에서 낯선 남자와 꾸역꾸역 밥을 디밀어 넣어야 할 이유 같은 건, 더더욱 없었을 것이다.

"금광은 말 그대로 광산일 뿐이지, 반지나 팔찌 같은 귀금속이 있는 곳이 아닙니다."

남자가 비시시 웃으면서 말했다. 철들지 않은 중년 여자에 대한 비웃음이었는지도 모르겠다. 그래도 나는 가보고 싶었다. 그것 역시 간밤에 꾼 꿈 탓이라고 나는 생각했다.

한 마디로 어지러운 꿈이었다.

작은 남자아이가 연서를 보내 왔다. 당신의 아름다운 얼굴이 생각나서 자는 것도, 먹는 것도, 공부하는 것도, 그 어느 것 하나도 해낼 수가 없으니 한번만 만나달라는 편지였다. 나는 잠 속에서 픽 웃었다. 그리곤 풍성한 모성애와 중년 여자의 느긋함으로 그 아이를 만나러 나갔다. 뜻하지 않은 곤경에 빠진 어린아이를 설득하여 일상생활로 돌려놓는 일을 피해서는 안 될 것이었다. 더구나 그건 어려운 일이 아니었다. 아이는 아직 어렸고, 나는 어른 중에도 어른이었던 것이다.

그런데 장면이 바뀌고부터는 무엇인가가 달라져버렸다. 무도회장 같기도 하고 선술집 같기도 했다. 나는 많은 사람들과 어울려 잡담을 나누고 있는 중이었다. 깔깔 웃으며 탁자를 두들기거나 발로 바닥을 탕탕 굴리기까지 했다. 단 일 초라도 정적이 끼어들고 나면 세상의 모든 말이 정지해 버리기라도 하는 것처럼 사람들은 말에 말을 이어나가기에 광분하고 있었다.

그런데 내가 앉아 있는 곳에서 테이블 세 개 정도의 너머에 유독 구석진 자리가 눈에 띄었다. 같은 실내인데도 처음부터 전혀 다른 세계였던 것처럼 그곳은 음침하고 그리고 완벽한 정적에 싸여 있었다. 거기에 나를 불러낸 눈길이 있었다. 나를 한꺼번에 들이마시고 내 몸뚱이 전체를 흡입하듯이, 확대되고 깊어진 동공이 거기에 열려 있었던 것이다. 그는 공부를 하지 않으면 안 되는 어린아이가 아니라 건장한 청년이었다. 깊은 열정에 휘둘린 침통함이 그의 얼굴을 송림처럼 뒤덮고 있었다. 나는 그의 눈길을 이기지 못해서 옆에 있는 사람과 더욱 이야기에 열중했다. 쓸데없이 입을 크게 벌려 웃고, 옆 사람의 얼굴을 공연히 빤히 쳐다보는 만용을 부리기도 했다. 그러나 한순간이라도 그의 눈길을 비켜날 수 없었다. 열띤 그 눈동자는 나의 뒷꼭지에서도, 팔뚝이나 등에서도 사정없이 파고들어와 곧바로 심장에 꽂혔다. 나는 점점 알 수 없는 열기에 달아올랐다. 머리와 가슴뿐 아니라, 뱃속에 이르기까지 휑하니 비어버리고 순간순간 감전당한 것처럼 온몸이 찡찡 울렸다.

그러다가 잠이 깼다. 아직도 강열한 그 눈빛이 내 몸속에 살아 있는 것 같았다. 그때였을 것이다. 남편의 손이 부스럭거리며 내 옷속으로 들어온 것은. 나는 몸을 돌려 그의 품속을 파고 들어갔다. 그러나 남편은 어깨를 한번 다독이고 금방 돌아누웠다. 그러나 나는 어둠 저편에서 빛을 내고 있는 눈동자가 다른 사람의 것이 아닌,

남편의 것임을 주지시킬 것처럼 계속해서 그의 등에 매달렸다.

"깊은 잠 속에서는 살아서 펄펄 뛰다가 깨고 나면 도망을 가버려."

남편이 등을 오그리며 말했다. 지난 이 년 동안 남편한테 일어난 현상이었다. 도대체 우리한테 무슨 일이 일어났는가? 처음에는 화가 났고 다음에는 체념했다. 그러고 나서 찾아온 것은 허무함이었다. 모든 것이 다 부질없이 느껴졌다.

꽃동네에서 나오는 길에 P가 말했다.

"내가 찾던 사람은 다른 사람이 아니고 바로 나였어."

나는 무슨 말인가 싶어 그녀를 바라보았다.

"나 말이야, 방송국에서 밀려나지 않으려고 발버둥치다가, 때로는 성공할 것 같고 때로는 실패할 것 같은 극단적인 감정상태로 허덕이다가, 여기 와서 이 사람들을 보고나면 마음이 편안해져. 결국 나라는 인간도 여기 이 사람들과 전혀 다르지 않다는 것을 알게 되거든."

그녀는 다시 말을 이었다.

"인간이란 위로 고양될 때보다 최저의 바닥으로 떨어질 때 더 편안해지는 것 같지 않아? 더 떨어질래야 떨어질 곳이 없는 거기에야말로 진정한 자유가 있거든. 마치 발가벗고 물속에 들어간 것 같아."

그녀는 정말 평화를 이룬 사람처럼 잠잠하게 말했다. 그러나 나는 속으로 의심했다. 그건 확고한 자기 영역을 가진 자만이 누릴 수 있는 감정의 사치가 아니던가. 발가락이 아니고서는 숟가락조차 들 수 없는 휠체어의 청년은 누구보다 강한 열망과 욕구에 시달리고 있었다. 인간으로서의 최저욕구인 만큼 그 강도는 더 열렬하고 애

닮았다.

그래서 나는 엉뚱한 상상을 했던 것이다. 나를 그 청년에게 주면 어떨까 하고. 가져보지 않은 자가 어떻게 버릴 수 있으며 이뤄보지 못한 사람이 어떻게 체념할 수 있을 것인가. 나를 가짐으로 그의 욕망을 조금이라도 덜어낼 수 있다면, 어차피 육체이거니, 물질이거니 하는 것들이 시간 앞에 쓰러지고 말 것들이라면 아껴둘 것이 무엇이랴 싶었다.

그런데, 간밤의 꿈이 나를 흩뜨려놓고 말았다. 청년에게 주고자 했던, 그야말로 한 줌의 보시처럼 무심히 전해주고자 했던 것이 결국은 내 욕망의 덩어리에 다름 아니라는 것을 어쭙잖은 꿈이 보여준 것이다.

나는 간절한 몸의 욕망 때문에 울고 싶었다. 그리고 빠져나오고 싶지 않았다. 아침부터 부랴부랴 집을 나선 것도 바로 그 힘이었을 것이다. 그 전에는 막연한 생각만 되풀이하고 있었다. 어떻게 그것을 행동으로 바꿀 수 있을 것인지에 대해서는 어떤 대안도 떠오르지 않았다. 그런데 지금에 와선, 결국 나를 위한 합리화에 지나지 않는다는 자책 때문에 나는 다시 언저리를 뱅뱅 돌고 있는 것이다.

회색 잠바 남자와 나는 택시를 타고 금광이 있는 금왕읍으로 갔다. 취업 때문에 왔다는 말에 정문 수위실의 경비 한 사람이 사무실까지 안내를 해 주었다. 사방은 온통 회색 흙과 자갈 천지였다. 산처럼 쌓인 회색 흙더미 위에 포클레인이 올라앉아 느릿느릿 움직이고 있었다. 뿌연 흙가루로 덮인 두 줄의 선로가 가늘게 이어지고 그 옆으로는 역시 먼지 덮인 침목들이 쌓여 있었다. 이런 데서 과연 금이 나올까, 미심쩍어하는 마음을 읽기라도 한 것처럼 푸른 모자의 경비원이 말했다.

"한 달에 여기에서만 해도 백 킬로에 가까운 금이 나옵지요."

그건 의외로 많은 숫자였다.

"작업할 때 금지사항이 많겠네요. 주머니뿐 아니라 발가벗겨서 몸 조사까지 하는 것 아닙니까?"

회색 잠바의 남자가 자못 진지하게 묻자, 경비원이 사람 좋은 웃음을 흘리며 말했다.

"그렇지도 않아요. 금덩어리가 나오는 건 아니니까요. 굴속에서 사람들은 자갈을 캐 올리는 것과 마찬가지예요. 그 다음에 기계로 쓸 돌과 못 쓰는 패석으로 분류를 하지요. 금이 섞인 돌이라고 해도 다시 제련소에 가서 제련이 되어야 하니까 그 자체로서는 쓸모가 없지요."

"아, 그런 과정이 남아 있군요."

비로소 안도가 되는 듯 남자는 씨익 웃었다.

"사람도 마찬가지로 굴속 같은 세상에서 개고생을 하는 거 아닙니까? 뒤에 금덩어리가 될지 자갈이 될지도 모르면서요."

마주보고 허허허 웃음을 터뜨리던 두 사람이 가건물로 된 사무실로 들어가고 나 혼자 남았다. 건물 앞 조그만 화단에 심겨진 사철나무와 철쭉까지도 회색 먼지를 갑옷처럼 뒤집어쓰고 있었다. 주변을 둘러싼 산들은 한결같이 푸르고 싱싱한데 회색으로 움푹 파인 이곳만은 거대한 무덤 같았다. 바로 눈앞에 망루처럼 생긴 철탑이 하늘 높이 치솟아 있었고 그 꼭대기 위에서 룰러 같은 곤양기가 돌았다.

그때마다 와이어가 오르내리며 광석을 실어 올렸다. 아득한 시절, 백악기 때에 형성되었다는 금 조각들이 백골의 회색 돌에 섞여 지상 위로 올라오고 있는 것이다.

어디서 날아온 벌 한 마리가 왱 소리를 내며 사납게 턱밑을 싸고 돌았다. 벌이 사라질 때를 기다려 나는 그곳을 빠져 나왔다. 까만 구두 위에 회색 먼지가 뽀얗게 앉았다. 백악기의 먼지인지도 모른다. 노란 금이 되지 못한, 그러나 긴 세월을 견뎌온 생명의 흔적일 것이다.

수위실에 서 있던 경비원이 혼자서 돌아 나오는 나를 쳐다보았다. 지난날, 임종의 병상을 둘러보고 나오던 P의 어깨가 축 쳐져 있었던 것처럼 나의 어깨도 아래로 내려앉았을 것이다. 희망도 절망도 아닌, 나무 그림자같이 무연無緣한 미소가 저쪽 허공중에 드리워지는 것을 본 것도 같았다. 나는 어깨를 한번 추스른 뒤 길게 뻗은 길 위로 발을 올려놓았다. 검은 아스팔트 길로 나가면 다음 길이 보일 것이었다.

그 남자의 휠체어 댄스

우연한 곳에서 그의 소식을 전해들은 연주는 머리를 한 대 얻어맞은 것 같았다. 되돌아보고 싶지 않았던 한 시절의 일이 이렇게 갑자기 뒤통수를 치며 나타날 줄이야, 그의 불운함이 꼭 자기 탓인 것 같아서 그녀는 무릎이라도 꿇고 싶어졌다. 그런 아득함 속에서 그녀는 새떼를 보았다. 언젠가 그의 집에서 보았던, 기러기인지 두루미인지 알 수 없는 채로, 푸르스름한 새벽하늘을 끼룩거리며 날아가던 일련의 새떼들이었다.

연주는 온갖 종류의 의수족들과 크고 작은 목발, 휠체어들이 전시된 실내에 앉아 있었다. 공장에서 찍혀 나온 팔과 손, 그리고 다리와 발은 섬세하게 인체와 똑같았다. 허리를 단단하게 감싸는 코르셋도 여러 개였다. 얼핏 보면 살아 있는 몸과 다름없어서 섬뜩할

지경이었다. 그러나 그 한 복판의 두툼한 소파에 앉아 있는 두 사람한테는 이런 풍경이 결코 낯설지 않다. 그들은 지구에서 오랜만에 재회한 외계인처럼 편안하게 앉아 있다.

"서 선생님, 이분 모르세요? 워싱턴 한인지구의 장애인분과 회장님이신데요."

화성이나 수성에서 온 사람들을 연결시키는 매개자이기라도 한 듯 최 사장이 중간에 나섰다. 이 모든 보조기구들을 생산 관리 판매하는 최 사장은 외계인들을 위한 정류장이거나 재활센터처럼 이들의 망가진 팔과 다리를 떼어내서 수리하고 다시 달아주는 일에만 능할 뿐 아니라 기억상실증에 걸린 듯 서로 낯설어진 그들의 친교도 겸하고 있었다.

"그러세요?"

연주는 앞에 앉은 남자한테 다시 목례를 보냈다. 회색 베레모를 쓴 뚱뚱한 남자는 무릎 사이에 낀 지팡이를 만지작거리며 미소 지었다. 세상 사람이라면 누구라도 맞이할 준비가 되어 있는 듯한 그런 기꺼운 표정이었다.

"워싱턴 쪽에 저도 아는 분이 있는데."

연주가 운을 뗐다. 최 사장의 친절에 대한 답례 같은 것이었다.

"누군데요?"

"폴 강이라는 분……"

오랜만에 떠올리는 이름이었다.

"강보규 씨요? 미국에 와서 고친 이름이 폴 강이죠. 물론 알지요. 한인사회는 빤하고 장애인들끼리는 더욱 빤하지 않습니까? 그리고 강보규 씨를 모르면 외계인이 아니죠. 워낙 유명하니까요."

지구별에 와서 과거를 까먹었다고 해도 노는 곳이 워낙 빤하니깐 이 남자의 말이 틀릴 리는 없었다. 몇 개 되지 않는 특수학교와 재활병원이 중간 정거장이 되었고 그러고도 지구인이 되기 위한 훈련이 더 필요할 경우에 들르는 이용시설이나 장애인 단체 몇 개 들먹여보면 그 계보가 나오는 것이다. 그렇다고는 해도 현재로선 나라 밖에 있는 사람까지 이렇게 쉽게 연결될지는 몰랐다.

"그 양반 워낙 이쪽저쪽에 들이대는 사람으로 유명하죠. 정계나 문화계 인사들과 친분이 많다는 식으로요. 그런데 정작 본인은 빈 헐렁이었어요."

연주는 거침없이 나오는 그의 말이 무척 곤혹스러웠다. 지구에 와서 너무 거칠게 살았는지도 모른다. 하긴 그녀가 고지식한 편이기는 했다. 이 별에서의 체험이 결코 적었다고 할 수 없는데도 그녀의 감각은 너무 민감하고 특히 인간관계에 있어서는 곰팡내 나는 고전적인 덕목을 신봉하고 있었으니까 말이다. 그녀의 착잡한 표정을 본 탓에 남자가 살짝 말머리를 돌렸다.

"제가 너무 단도직입적으로 말했습니까? 뭐, 이런 평가가 교민사회에 있었다는 말입니다. 그렇지만 한 사람을 두고 어떻게 보느냐 하는 것은 사람마다 물론 다르겠지요."

사실 연주가 더 당황스러운 건, 이 남자의 말처럼 실제로 그가 유력인사들에 대한 손을 많이 뻗쳤고 기대도 많이 했을 것이라는 동의의 심정이 들어서였다. 그녀 또한 그가 품었을 희망에 대한 한 가능성이었고 그런 만치 그에게 실망을 주었을지도 모른다는 자책이 없지 않았다.

그렇다고 해도 자기구원을 향한 사람마다의 흔드는 깃발이 있는 것은 지극히 당연한 일이다. 그걸 두고 결과론적으로 평가해버린다면 낯선 오지별에 와서 피 끓이며 지향했던 것에 대한 비하가 될 수밖에 없고 이건 결국 인간정신의 싸구려 매도로 통할 것이었다. 이 사실을 남자 역시 모르지 않을 것이다. 다만 지금 여행 중으로 약간 들떠 있거나 아니면 아이 같은 우월심이 불쑥 솟아났는지 모른다. 여행이란 그런 크고 작은 충동성을 늘 배태하고 있었다.

"몇 년 전에 내가 만났을 때는 입지가 달라졌다고 들었는데요. 새로운 직장도 확정이 되었다고 했고."

미 국방부 관련 일이어서 정확한 명칭이나 업무에 대해서는 기밀을 지켜줄 수밖에 없지만 어쨌든 새로운 직장의 조건은 아주 좋은 편이라고 그가 말했다. 직장에서 내주는 차량과 주택에 대한 지원도 파격적이라고 전해 들었다.

"그 이야기는 저도 들은 것 같습니다만 사실인지 아닌지는 잘…… 왜냐하면 그러고 나서 얼마 되지 않아 세상을 떠났거든요."

"네?"

연주는 그야말로 어안이 벙벙했다. 혹시 다른 사람을 착각하고 있는 게 아닐까.

"말씀하시는 그분이 전동휠체어 타고 다니시는 그분 맞아요? 삼십 대 초반에 미국으로 이주했고 십여 년 만에 대학을 들어가 사 년 전인가, 버클리 대학을 졸업하신……"

"맞죠. 우리는 강보규 씨나 강 폴이라고 불렀지만 말입니다."

남자의 얼굴에서 미소는 사라졌지만 모든 것을 다 꿰고 있는 듯 유들유들한 느낌은 그대로였다. 당신, 그분과 무슨 원한 있어요? 하마터면 연주는 이렇게 물을 뻔했다. 그가 정말 죽었다면 이 남자의 주제 넓은 냉소와 분명히 상관이 있을 거라는 생각마저 들었다. 하지만 지금 이야기의 핵심은 그가 죽었다는 것이다. 죽음이 그리 놀랄만한 일은 아니었지만 그러나 지구생활에서 금기해야 할 사항 중 가장 터부시 되는 사건임에는 틀림이 없었다. 연주는 놀라서 저절로 벌어진 입을 억지로 다물었다. 그리고 허공의 한 점에 눈동자가 고정되었다.

그의 집에서 맞이했던 새벽 풍경이었다. 기러기인지 두루미인지 진한 잿빛 새들이 무리를 지어 숲으로 날아가고 있었다. 워싱턴에서 전철을 타고 달려간 버지니아의 그의 집 주위는 온통 칠흑같이 어두운 숲이었다.

그날 연주는 밤새도록 잠을 이루지 못했다. 밤중에 배까지 아파서 화장실을 이용했는데 변기가 차올랐다. 물이 내려가지 않아 무심코 다시 레버를 내렸는데 그게 바깥으로 넘칠 줄은 몰랐다. 황급히 엉덩이를 들고 바닥에 깔린 면 매트를 들어 올렸다. 간신히 욕조벽에 걸쳐놓긴 했지만 이미 매트의 일부는 젖었고 바닥도 젖어버렸다. 급한 대로 휴지로 닦아 한쪽에 모아 놓았더니 냄새가 진동했다. 안에는 휴지통도 비닐봉지도 없었다.

가뜩이나 복잡하던 머리에서 잠은 이제 영원히 사라져버렸다. 방으로 들어온 그녀의 머릿속은 더 쭈글쭈글해졌고 주름 갈피마다 오물 같은 진득한 액체가 고여 들었다. 앉았다 누웠다 뒤척여도 갑갑하기는 마찬가지였다. 그렇게 침대 모서리에 앉아 있는데 푸르스름한 창문 너머로 새들이 까맣게 날아가고 있는 것이 보였다. 하늘을 가릴 만큼 커다란 새떼들이었다. 그들의 끼룩거리는 소리도, 퍼덕이는 날갯짓 소리도 갑자기 폭풍처럼 몰려왔다. 여기가 과연 어딘가, 잠깐 의아해하고 있는 사이 갑자기 그 뒤를 이어 사막 같은 적막함이 엄습했다. 불현듯 세상이 요동쳤고 그리고 순식간에 조용해졌다. 그녀는 두 손으로 머리를 움켜잡았다. 장애인 운동을 하는 것이 피할 수 없는 사명으로 다가오던 때가 있었다. 이 일이야말로 척박하기 그지없는 이 지구별에 온 그녀의 이유였고 더구나 장애인의 몸으로 태어난 존재이유이기도 했다. 그러나 언제부터인가 그런 것들이 뒤죽박죽 흔들리고 있었다.

금요일 늦은 오후가 되어서 회의장을 빠져나올 때까지도 연주가 어디를 간다는 건 엄두도 내지 못했던 일이었다. 뉴욕에 오면 워싱턴에 꼭 들려 달라고 폴 강이 여러 번 청했지만 여행은커녕 한 시도 여유를 부릴 처지가 아니었다. 어쨌든 여기에 남아서 당면한 일에 대한 합의를 이끌어내는 것이 급선무였다.

오늘도 회의가 끝나고서 인도 장애인 NGO 대표 타라 씨와 잠깐 이야기를 나누는 새 회의장은 텅 비어 있었다. 일주일 내내 바쁜 일정을 보내고 드디어 황금 같은 주말이 시작된 것이다. 그러나 내일은 중요한 미팅이 잡혀 있었다. 무슨 비밀 첩보작전처럼 물밑으로만 오가던 일이 어쨌든 내일이면 수면 위로 올라올 것이다. 연주는 지하 회의장에서 올라온 엘리베이터를 빠져나오면서 심호흡을 했다. 긴 여름 볕이 유리문 너머 중앙광장의 분수대 물결에 비쳐 아지랑이처럼 흔들렸다.

"잠깐만요, 미세스 서"

전동휠체어의 속도를 조정하고 막 달려 나가려는 참에 누군가가 불렀다. 인도네시아의 바틱 전통의상을 날씬하게 차려입은 여성이 손을 흔들면서 뛰어왔다. 눈에 익긴 한데 누구인지는 얼른 떠오르지 않았다.

"저 모르시겠어요? 작년에 서울을 방문했던 플라라예요."

악수를 하려고 내미는 상대방 손이 왼손이어서 연주가 얼른 손을 바꾸면서 보니까 그녀의 오른손이 하얀 의수였다. 그제야 기억이 났다.

"아, 반가와요."

연주의 NGO단체에서는 아시아 지역의 장애여성 활동가들을 초청해서 리더십 트레이닝을 매년 하고 있었는데 작년에 참가했던 멤버 중의 한 사람이었다.

"잘 계셨죠? 저가 이번 회의에 늦게 참석하는 바람에 이제야 인사를 드리네요. 다른 한국 팀들은 어제 저녁에 거의 다 만났는데요."

"네, 그랬군요."

연주가 쓴웃음을 감추며 말했다.

"그러지 않아도 한국 여성 팀을 찾고 있던 중이었어요. 아무도 보이지 않아서 어쩌나 했는데 다행이에요. 내일 오전에 버스투어하기로 한 약속 말이에요?"

그녀는 연주도 당연히 알고 있으려니 하는 것 같았지만 사실은 금시초문이었다. 더구나 내일은 한국 여성 팀 모두 국회의원 K씨와 중요한 미팅이 잡혀 있었다.

"그런데 갑자기 다른 일정이 생겨서요. 함께 하지는 못하지만 모두 즐거운 시간되시길 바란다고 전해주시면 고맙겠어요."

연주가 혼동을 겪는 사이 플라라는 가볍게 인사를 남기고 뒤에서 있던 아시아 남자 두 사람과 함께 버스 정류장 쪽으로 걸어갔다. 연주의 얼굴에 불이 끼얹어진 것처럼 확 달아올랐다.

기어이 이 일을 흙탕물 한 번 휘저은 걸로 치부하고 넘어가겠다는 건가, 오늘 K의원이 중간에 회의장을 빠져나갈 때의 표정이 묘하기는 했었다. 내일 뵙도록 하겠습니다, 라고 따라 나가서 인사를 하는데 그녀의 눈동자가 유난히 산만하게 흔들리면서 정신없이 자리를 뜨는 것이었다. 그러나 K의원은 원래 그런 식이었다. 두꺼운 남도 사투리 억양을 딱딱하게 고수하며 속내를 쉽게 드러내는 법이 없었다.

그 일 말고도 석연찮은 일은 또 있었다. K의원을 보내고 들어오는데 로비 한쪽에서 P작가가 훌쩍거리며 카메라 가방을 꾸리고 있었던 것이다. 잠들지 않는 눈동자처럼 24시간 내내 불을 켜고 다니던 그녀의 카메라가 가방 속에 들어가는 것을 본 적이 없었다. 이유인즉슨, 한국 대표들이 노골적으로 그녀의 촬영을 거부했다는 것이었다. 오늘 K의원과도 인터뷰를 하기로 했으나 장애여성 단체장들의 말을 듣고 역시 보이콧을 놓았다는 것이었다. P작가는 장애인권리협약이 만들어지는 과정에서 장애여성들의 역할에 관한 다큐멘터리를 찍는 중이었다. 그런데 각기 다른 단체들에 대한 P의 관점이 공정할 수 있을지에 대한 우려와 불만이 끊이지 않더니 결국 일이 터지고 만 것이다. 그러고 보니 이 모든 일들이 하나의 구슬로 차르륵 꿰어졌다. 그러나 연주는 폭포수처럼 쏟아지는 불길한 예감들을 털어버리려는 듯이 빠르게 컨벤션센터를 빠져나왔다. 일단 확인부터 하는 것이 순서였다.

그러나 길을 건너 에비뉴를 하나씩 바꿀 때마다 속도를 한 칸씩 줄였다. 마침 퇴근시간이라 걸음이 빠른 뉴요커들의 활보가 많아졌다. 벌써 조깅을 시작한 사람들도 여럿 보였다. 그녀는 전동휠체어를 타고 달리는 것이 좋았다. 회의장과 숙소와의 어중간한 동선 때문에 임시로 선택한 것이었지만 목발로 걷거나 자동차로 달리는 것과는 확실히 다른 무엇이 있었다. 맨몸이 달릴 때의 쾌감이랄까, 몸 전체로 맞는 바람의 경쾌한 압력, 직접적으로 와 닿는 햇살, 게다가 민첩한 움직임까지 더해져 사람을 생생하게 만들었다. 더구나 휠체어를 낯설게 바라보지 않는 뉴요커들의 무연한 시선이 무엇보다 그녀를 자유롭게 했다.

그러나 그녀를 옥죄고 있는 답답함은 풀릴 길이 없었다. 어디서부터 실이 잘못 꿰어진 것일까, 그녀는 자기도 모르게 이 질문을 또 반복하고 있었다. 비행기를 타고 오면서도 내내 다짐했던 것은 왜냐고 묻지 말자는 것이었다. 지금은 그냥 내쳐 달릴 시간이었다. 세상에는 시간을 거스르거나 돌이킬 수 없는 일이 있기 마련이고, 권리협약 제정과 함께 세계장애여성발전기구의 설립은 이번에 초석을 놓지 않으면 다시 기회를 만들기란 어려울 것이었다.

그녀는 햇볕을 가린 상가 차일 아래를 빠져나와 횡단보도 신호등 앞에서 멈춰 섰다. 뒤에서 달려온 금발머리 여성이 개와 함께 옆에 섰다. 몸집이 우람한 리트리버의 키가 휠체어에 앉아 있는 연주의 손 높이와 같았다. 연주의 손이 저절로 개의 머리에 가 닿았다. 개는 순하게 눈을 껌벅거렸다. 덩치는 크지만 순하게 열려 있는 그의 눈이 연주와 마주쳤다. 오랜만에 만나는 연한 눈빛이다. 어떤 경계도 없이 푸르스름하게 풀려 있는 눈동자.

그녀는 길 건너 모퉁이에 서 있는 빨간 공중전화를 보았다. 뉴욕에 오시면 꼭 워싱턴에 들려주십시오, 라던 폴 강이 떠올랐다.

호텔 룸에 올라오자마자 그녀는 사무처장한테 전화를 했다.

"내일 K의원과의 미팅 취소되었어요?"

그래놓고는 아차, 싶었다. 자기 입으로 취소라는 단어를 사용하다니. 조직 생활 몇 년 만에 깨우친 한 가지는 자기 입으로 결코 결정적인 단어를 사용해서는 안 된다는 것이었다. 그건 늘 상대방에게 말꼬리를 내주는 일이 되고 말았다. 말에 감정을 싣는 법이 없는 사무처장이 예의 그 건조한 목소리로 대답했다.

"그건 여성위원회 소관으로 알고 있습니다만."

그는 지극히 성의 없이, 그러나 사실은 더할 수 없이 노련하게 응답한 것이었다.

"아니, 그게 왜 여성위 소관이기만 한 거예요? 세계권리협약을 추진해온 단체의 사무처장이 그런 무책임한 말을 할 수 있는 거예요?"

그러나 화는 화를 부를 뿐이었다. 그는 공격하면 할수록 로봇처럼 더 뻣뻣해지는 인물이었다. 역시 그는 거기에 대한 언급을 생략하고 한 마디만 했다.

"여성위에서 직접 연락드리라고 하겠습니다."

그리고 전화는 끊어졌다.

한때는 서로의 연정을 의심하기도 했던 사이였다. 횡성 MT를 끝내고 산에서 내려올 때 그가 내내 연주의 뒤를 지켰다. 조금이라도 그녀의 발이 비틀거릴라치면 어김없이 어깨를 붙잡아주곤 했는데 그때마다 귀에 닿는 그의 숨길이 뜨거웠다. 가끔 부딪치는 눈길이 화등잔처럼 커지기도 했다. 물론 한 조직 안에서 서로의 배우자와 아이들까지 한 집처럼 아는 처지라, 그런 일은 각자의 가슴 속에서 조용히 묻혀졌다.

그녀가 찬물 한 잔을 들이키고 있는데 바로 룸 전화가 울렸다. 여성위 간사를 겸하고 있는 사무국장이었다.

"내일 미팅건 말입니다."

그녀는 외모로만 보면 이상 더 여성적일 수 없을 만치 긴 생머리에다 예쁘장한 생김새였지만 말투는 거의 군인 급이었다. 그것도 군기가 팍 들어간 신참처럼 말의 맺고 끊음이 확실했다.

"K의원님이 도저히 시간을 낼 수 없다고 하시기에 내일 모임을 취소했습니다."

그녀는 경례를 올리고 한 발을 다른 발에 딱 갖다 붙일 때처럼 절도 있게 마무리 했다. 예상하지 못했던 것이 아니었음에도 머릿속이 핑 돌면서 수화기를 잡은 손이 덜덜 떨렸다.

다음 날 연주는 워싱턴 유니온 역에 있었다.

폴 강이 불러주지 않았더라면 허드슨 강에서 뛰어내리기라도 해야 할 정도로 최악의 심리상태였다. 그러나 아침 일찍 준비하고 기차를 타고 오는 중에 그나마 마음이 가라앉았다. 레일 위에서 규칙적으로 흔들리는 차의 진동이 때로는 안정제가 되기도 한다는 사실을 이번에 깨달았다. 심하게 충혈되었던 눈이 기차에서 등을 붙이고 잠깐 조는 사이에 회복되기도 했다.

역사 안에 전동휠체어를 탄 그가 미끄러지듯 나타났다. 거기에는 어린아이까지 태워져 있었다. 대여섯 살쯤 되어 보이는 혼혈 여자아이였다.

"예쁜 우리 딸이에요. 이름은 주리."

적어도 쉰은 되었을 것 같은 그에게 이렇게 어린 딸이 있으리라고는 생각지 못한 일이었다.

아, 네. 연주가 놀라움을 감추며 아이 손을 잡으려고 했다.

그러나 아이는 그의 품으로 고개를 돌려버렸다.

"낯가림이 심한 편이예요. 시간이 좀 걸려야 친해질 겁니다."

휠체어 발판을 디디고 선 아이는 아빠의 가슴에 얼굴을 폭 파묻었다.

"전동휠체어는 아이랑 함께 타기에도 좋은 것이군요."

"천하무적이죠. 여기 워싱턴은 이걸 타고 못가는 데가 없어요. 편의시설에 관한한 완벽한 도시지요."

마치 자기 집처럼 자랑스러워 하는 그를 따라 밖으로 나왔다. 바깥은 햇빛이 쨍쨍하여 어린 날 강가로 나가면 반짝이는 미루나무 끝에 흰 뭉게구름이 걸려 있던 그런 여름날 같았다.

"워싱턴에 오신 기념입니다."

그가 휠체어에 매달린 가방에서 디지털 카메라를 꺼내 유니온 역을 배경으로 그녀의 사진을 찍었다. 그리고 길 건너 버스 정류장을 가리켰다. 연주에게는 가까운 횡단보도로 걸어가게 하고 그는 넓은 잔디밭을 따라 평면으로 된 길로 빙 돌아서 왔다.

하버드라고 적힌 노선표를 보면서 워싱턴에도 하버드가 있는 것일까, 잠깐 생각하는 사이 폴 강이 물었다.

"서 선생님, 왜 전동휠체어 타고 오지 않으셨어요?"

그는 아이처럼 들떠 있었고 함께 달리지 못하는 것에 대해 아쉬워하는 것 같았다.

"전 아직 휠체어에 익숙하지 못해서요. 기차 탈 때도 오히려 거추장스러울까봐 걱정이 되었어요."

"오기만 하면 여기는 휠체어를 타고 가지 못할 곳이 없거든요."

그는 이 사실을 몇 번이나 강조했다. 한국도 이제 많이 바뀌었답니다, 하지만 연주는 이 말을 꺼내지 못했다. 이십여 년 전 그가 모국을 떠날 때는 혼자서 다닐 수 있는 곳이 그 어디에도 없었던 것이다. 그가 세상을 구경할 수 있는 손쉬운 방법으로 택한 것이 이사를 다니는 것이었다고 언젠가 메일에 그렇게 썼다. 성인이 되고부터는 일 년 마다 동네를 옮겨 다녔다고 했다.

버스를 타고나서도 폴 강은 운전기사한테 많은 이야기를 했다. 날씨에 관한 거며 한국에서 손님이 와서 하버드를 구경시켜 줄 예정이라는 것이며, 예전에는 버스가 빙 둘러서 갔기 때문에 시간이 오래 걸렸다는 것이며, 하긴 이렇게 손님이 왔을 때는 둘러가는 것도 괜찮겠다는 등의 단순한 이야기들이었다.

연주도 예전에 버스를 타거나 택시를 이용할 때면 운전사와 인사성 바른 수다를 떨곤 했다. 내릴 때 좀 더 여유 있게 시간을 내어주기를 바라는 간절한 마음 때문이었다. 그러나 이제는 더 이상 그렇게 하지 않는다. 자기 손으로 운전을 할 수 있게 된 것이 가장 큰 이유였다.

하버드는 포토맥 강가의 유원지 같은 곳이었다. 긴 강을 따라 레스토랑이나 카페들이 줄지어 있었고 분수를 중심으로 사람들이 앉아 있었다. 강 너머로 툭 트인 하늘을 보자 연주의 가슴이 또 울컥 쏟아지려고 했다.

장애여성 NGO 단체들의 합의를 이끌어내는 것이 일의 순서가 아니겠느냐, 국회의원 한 명이 빠졌다고 회의 자체를 파기하는 일이 어찌 있을 수 있느냐는 그녀의 말을 사무국장은 침묵으로 받았다. 그리고 마지막 반문을 남겼다.

"장애여성 단체들이 다 참석한 것도 아니지 않습니까?"

이 말은 논의 자체를 거부하는 그들의 암묵적 시위를 분명히 했다. 이것으로 모든 것이 선명해졌다. 아니, 진작 백일하에 드러난 사실을 그녀 혼자 아니라고 우기고 있었던 것뿐이었다.

"서 선생님이 좋아하실 만한 곳을 제가 골랐답니다. 서 선생님 칼럼을 보면 자연적이고 여유로운 곳에 대한 예찬이 항상 있거든요."

폴 강은 분수가 잘 보이는 하얀 테이블을 찾아 그녀를 앉게 하고는 옆의 건물로 들어갔다. 매점으로 보이는 그곳은 너무 넓어서 전동휠체어가 아니었다면 한번 들어갔다가 나오는 것만으로도 힘을 다 뺄 그런 곳이었다. 매끄럽게 달려 나오는 그의 무릎 위에는 커다란 도시락이 얹혀 있었고 음료수가 든 비닐봉지도 휠체어 손잡이에 매달려 있었다. 비로소 아빠한테서 내려온 아이는 구운 소시지와 초콜릿을 들고 있었다.

"일행들과 같이 오셨으면 좋았을 텐데요. 워싱턴의 편의시설을 꼭 보여드리고 싶었는데요."

그가 도시락을 풀며 섭섭한 듯이 말했다.

"그러게요, 사람들이 뉴욕을 더 좋아하는 것 같아요."

연주는 농담처럼 받았다.

"그렇긴 하죠."

스테이크와 같이 도시락에 담긴 볶은 밥은 지나치게 짰다. 분수대 광장에는 늙은 보컬 팀이 기타를 치며 노래하고 있었다.

"아빠, 엄마는 어디 있어?"

초콜릿을 빨고 있던 아이가 아빠의 팔을 당기며 물었다.

"엄마 일하러 갔잖아. 조금 있다 곧 만날 거야."

그는 연주에게 눈을 찡긋하며 다정하게 말했다.

"정말? 정말로 엄마가 와?"

"그럼, 곧 올 거야. 조금만 더 기다리면 돼."

그가 아이의 머리를 쓰다듬었다.

"아이 엄마가 바빠서 요새 토옹 놀아주지를 못 했거든요."

그는 대수롭잖게 말했다. 그러나 아이는 계속해서 아빠의 소매를 잡고 칭얼거렸다.

"우리 주리가 잠이 오는구나."

그는 마비로 홀쭉해진 팔을 가까스로 뻗어 팔베개를 만들고 다른 손으로는 아이를 당겨서 무릎 위에 눕혔다. 그의 갈색 체크 바지는 빈 포대처럼 아래로 폭 꺼졌다. 그러나 아이는 익숙한 듯 어린 등을 오그리고 그 위에 누웠다. 눈을 덮은 긴 속눈썹과 까만 이마가 푸른 파라솔 아래에서 창백하게 보였다. 폴 강은 이번에 장애인권리협약이 제정되면 한국에서의 장애인정책이 어떻게 바뀌게 되는지 물었다. 역사적인 의의에 대한 자기 생각을 길게 이야기하기도 했다. 연주도 알고 있는 몇 가지 설명을 보탰다. 지난 몇 년 동안 늘상 해오던 일이었다. 앞으로 만들어질 정책 실행 기구에 어떤 인사들이 참여하게 되는지에 대해서도 그가 물었다. 연주는 마시다 만 콜라를 다시 천천히 마시기 시작했다. 대답을 하자면 길어질 것이다. 가슴에 고인 말들이 막무가내로 쏟아져 나올지도 모른다.

우리나라 장애여성계를 대표하고 있던 기존단체와 신생단체와의 알력, 그리고 이번 국제회의를 이끌어온 연주가 속한 단체만 해도 청년 시절부터 토박이로 붙박혀 온 운동권 출신과 중간에 외부에서 영입된 인사로 양분되어 있었다. 후자인 연주는 이 벽이 이토록 두터울 줄 몰랐다. 분명한 명분을 가지고 명쾌하게 처리될 일인데도 이상하게 꼬여들고 있어서 그 밑을 파보면 결국은 힘겨루기 싸움에 그 뿌리가 닿아 있었다. 그러나 지금에 와서 어떤 핑계를 댄다고 해도 자신의 무능력함을 증명하는 것에 지나지 않았다.

"아직 확정된 것은 없어요. 하지만 경쟁이 치열하겠죠."

연주는 짧게 대답했다.

"서 선생님께서 하실 일이 많겠군요."

그가 의미심장한 표정을 지었다.

그때 아이가 꿈을 꾸는지 몸을 움찔거렸다. 손으로 허공을 저으며 엄마를 부르기도 했다. 그가 아이를 깨워 풍선 두 개를 사들려서 자리에서 일어났다. 긴 강을 따라 요트장을 지났다. 유명한 워터게이트 호텔을 지나고 케네디센터에 들렀다. 거기 기념품 가게에서 연주는 게티즈버그 연설문 두루마리를 샀다. 다음에 간 곳이 백악관이었다. 그는 뉴스에 자주 등장하는 현관이 보이는 곳에 연주를 앉게 하고 셔터를 몇 번이나 눌렀다. 많은 사람들이 사진을 찍기 위해 그 앞으로 몰려들었다. 그리고 앞 공원에서 한참을 쉬다가 느지막한 오후쯤에 전철을 타러갔다. 그는 휠체어에 맞는 경사로를 찾아 돌아가면서 한편으로는 연주한테 지름길을 안내해주느라 번번이 두 길을 다 섭렵해야 했다. 그런데도 연주는 이제 더 이상 걸을 수 없도록 팔과 다리가 아팠다. 아이는 아빠의 무릎 위에 앉았다가 휠체어 뒤에 붙은 발판을 디디고 서기를 반복했다. 두 팔을 벌리고 바람개비처럼 바람을 맞기도 했다. 그것도 심심해지면 아빠의 손을 잡고 휠체어 속도에 맞추어 달리기도 했다. 여름이었지만 해거름의 시원한 바람과 느긋하게 길어진 그늘이 두 사람을 부드럽게 쓰다듬었다.

전철 안에서 그는 내내 핸드폰 문자를 두들겼다. 유난히 비죽하게 올라간 그의 뒷목은 여태 여유롭던 모습과는 달리 좀 초조해져 있었다. 지나가는 풍경에 숲이 더 많아졌다. 고속도로가 나타나 함께 달리다 사라지기도 했다. 좌석에 띄엄띄엄 앉아 있는 사람들은 신문을 읽거나 졸고 있었다. 폴 강은 전화벨이 울리자 연주의 옆자리를 떠나 구석자리로 옮겨갔다. 그의 음성이 낮아졌다. 바쁘더라도 당신이 약속을 지켜주길 바래. 식당으로 와, 제발. 그는 빠른 영어로 간청했다. 그러다가 아이한테 전화를 바꿨다. 맘, 맘이 보고 싶어. 빨리 와. 아이가 울음 섞인 목소리로 말했다. 다시 그가 전화를 받아 에이미, 에이미라고 다급하게 몇 번 불렀다. 그러나 전화는 이미 끊긴 것 같았다. 연주는 바깥 풍경에 시선을 고정시켰다. 그들의 대화가 들리지 않는다고, 결코 알아듣지 못 한다고 여겨주기를 바랐다.

전철에서 내린 곳은 한적한 역이었다. 그들은 한 번 더 버스를 탔고 길가의 차이니즈 식당 앞에서 내렸다. 저녁식사는 예약된 룸으로 안내되어졌다. 그는 계속 핸드폰을 두들겼고 아이는 딸꾹질을 하면서 그의 목에 매달려 있었다.

그때 젊은 흑인 여성이 나타났다.

맘, 아이가 소리치며 달려가자 두 팔로 번쩍 안아 올리고는 뺨과 이마에 닥치는 대로 입을 맞추었다. 다음엔 그에게 엎드려 키스했다. 그의 앉은키에 맞추어 허리를 굽혔는데 딱 달라붙은 원피스가 몸의 굴곡을 그대로 드러냈다. 팽팽하고 아름다운 몸매였다.

"안녕하세요? 어서 오세요."

그러고 나서야 에이미가 한국말로 인사했다.

"이 사람이 유일하게 알고 있는 한국말이에요."

옆에서 폴이 말하자 그녀가 까르르 웃었다. 폴은 그런 그녀를 사랑스럽게 바라보았다. 신혼부부같이 아직 열기가 담긴 눈이었다. 풀코스로 음식이 바뀔 때마다 그는 에이미에게 사진을 찍어달라고 부탁했다.

"사진 잘 찍어 줘. 서 선생님 칼럼에 등장 할지도 모르니까."

조금 전의 초조해 하던 모습은 사라지고 그는 다시 호쾌한 목소리를 되찾았다.

"이런, 베이비!"

에이미가 그의 볼을 꼬집었다. 그리고 연주에게 말했다.

"폴은 늘 한국을 그리워해요. 지금이라도 당장 한국을 위해 일하고 싶어 해요."

그녀의 표정은 사뭇 진지해져 있었다.

"그런데 그분이 무슨 일로?"

벽에 전시된 보조장구에 눈을 주고 있던 베레모 남자가 연주의 질문이 무슨 뜻인지 모르겠다는 표정을 지었다.

"재작년에 내가 만날 때만 해도 건강해보였거든요."

연주가 다시 말했다.

"심장마비라고 했는데 다른 말도 있더라구요. 어쨌든 고생이 심했나 봐요. 더구나 젊은 흑인 여자하고 살면서부터는 보살핌을 전혀 못 받았다고 해요. 장례식 때 전 부인이 와서 그렇게 울더군요."

그날 밤 화장실에서 나온 연주는 혹시 싶어서 복도 안을 바라보았다. 그들의 침실은 거실을 지나 기다란 복도 끝에 있었다. 다행히 불이 켜져 있었다. 두런거리는 말소리에 연주가 복도 안으로 한 발을 내디뎠을 때였다. 날카로운 여자의 목소리가 곧장 날아왔다.

"날 내버려둬요. 아시겠어요? 나도 당신을 사랑해요, 사랑이 변한 건 결코 아니라구요. 그러나 너무 힘이 들어요. 그것뿐이라구요."

그리고 아침이었다. 밤새 뒤척이다가 깜박 잠이 들었던 것이다. 거실에서 웅웅거리는 TV소리가 났다. 꿈속을 오랫동안 헤매고 다닌 것 같았다. 정신없이 표류하던 바다에서 새들을 본 기억이 났다. 끼룩끼룩 소리가 나서 올려보았더니 새떼들이 저기 먼 하늘을 날아 까무룩하게 사라지고 있었다. 새소리가 아니었다면 아마도 먼지나 점으로 착각했을 것이다. 저기서 저 새들이 나를 본다면 나 역시 희미한 점이거나 먼지이겠지, 그녀의 눈에는 하릴없는 눈물이 고였다.

그러다 문득 화장실 일이 떠올라 그녀는 서둘러 바깥으로 나갔다.

"잘 주무셨어요?"

폴이 식탁 위 토스트기에서 빵을 굽고 있다가 특유의 울리는 소리로 인사를 했다. 화장실 문은 닫혀 있었고 그의 부인과 아이는 보이지 않았다.

"아, 화장실은 저기 안쪽의 걸 사용하세요. 오후에 고치러 오기로 했답니다."

그가 접시에 빵을 담으며 말했다.

"서 선생님 보조기가 많이 낡았는데요."

연주가 또다시 지난 기억 속으로 상념에 빠져들고 있을 때 최 사장이 보조기숍 작업실에서 나왔다. 그의 손에는 늙은 피부처럼 빛바랜 보조기가 들려 있었다.

"이번에 새 걸로 하나 맞추시죠. 이만하면 오래 썼습니다."

최 사장의 말에 연주가 고개를 저었다. 새로 시작한 작은 공동체가 그나마 자리 잡을 때까지는 잔돈 한 푼까지도 아끼지 않으면 안 되었다.

"그럼 좀 기다려야겠는데요. 수리하자면 시간이 걸려요. 그동안 커피 한 잔 더 하시겠어요?"

최 사장이 물었다.

"나도 한 잔 더 주세요."

베레모의 남자가 식은 커피 잔을 내밀며 말했다.

"아시는지 모르겠지만 전 부인이 전도사였다고 그러더군요."

연주는 고개를 끄덕였다.

"그 부인이 미국와서 엄청 고생을 했다더군요. 강보규 씨도 이 일 저 일 하다가 안 되니까 늦게서야 대학을 들어간 거고 그게 계기가 되어서 상원의원실의 인턴직원으로 일을 하게 되었구요. 그 일로 인해 워싱턴까지 온 거고."

남자가 잠깐 말을 멈추었다. 그러나 연주는 계속해서 고개를 끄덕였다. 남자의 말을 듣고 있다기보다는 자기 안의 말에 귀 기울이고 있는 것 같았다.

"근데 그게 사단이 될 줄 어떻게 알았겠어요? 본인은 금방 정계에 입문이라도 할 줄 알았는가 본데, 찬물만 들이키고 말았으니 말입니다."

찬물…… 연주는 그 말을 되받아 중얼거렸다.

"찬물을 들이킨 것이 그분의 잘못인가요? 만일 그 기대가 이루어졌다면 불굴의 의지라고 되레 칭송받지 않았을까요?"

그녀는 취한 것처럼 중얼거렸다.

"그만큼 애석하다는 뜻이었습니다. 허물없이 말한다는 것이 실례가 된 것 같군요."

하하핫, 너털웃음을 남기고선 남자가 일어나 최 사장의 작업실로 들어가 버렸다. 남자에 의해 가려졌던 뒷벽이 드러나자 싸늘한 의족들의 모습이 더 적나라하게 드러냈다. 동강난 손가락, 잘라진 팔목, 해체된 팔과 다리, 조각난 파편들을 아무리 한 곳에 모아놓아도 적막하고 외롭기는 매한가지였다.

모처럼 만난 김에 저녁이나 하자는 최 사장의 말을 뿌리치고 연주는 돌아왔다. 빈집에 고양이만이 반갑다고 살을 부비며 다가왔다. 그녀는 싱크대 아래 깊숙이 넣어놓았던 소주병을 꺼냈다. 투명하고 다정한 액체의 따뜻함이라도 빌려서 가슴을 덥혀야 했다. 빈속에 소주 몇 잔을 들이킨 연주는 노트북을 켜고 그가 보내준 사진을 찾았다. 연주가 뉴욕에서 돌아오고 나서 얼마 되지 않아 그가 보내준 사진이었다. 유니온 역 앞에서 갑자기 맞닥뜨린 햇볕에 눈을 찌푸린 모습이며 저상버스에 앉아 있는 것, 백악관 앞에 어정쩡하게 서 있는 모습들이었다. 식당에서 그와 함께 찍은 사진도 있었다. 활짝 웃고 있는 그에 비해 입술 한쪽만 위로 올라간 그녀의 얼굴은 냉소적이었다.

연주는 이 사진을 쓰지 못했다. 뉴욕에서 돌아오자 그녀는 소명에 찬 NGO활동을 접었고 그와 연관되는 다른 활동들까지 정리했다. 그중에는 칼럼연재까지 포함되어 있었다. 어쩌면 그를 고국과 연결시켜 줄 수 있으리라고 믿었던 그의 희망까지도 그때 쓰레기통에 들어갔다. 그녀는 나머지 소주를 홀짝홀짝 다 비웠다. 그녀의 주량을 훌쩍 넘는 양이었다. 그가 사랑하는 고국에 닿고 싶어서 연주를 택했다면 사람을 골라도 한참 잘 못 고른 것이었다. 그녀는 허울좋은 명분상의 직위를 가졌을 뿐, 그를 도와줄 만한 힘도 직책도 애초부터 없었다. 순진한 열정만이 그녀를 움직이게 했고 첨예한 이해관계 앞에서는 맥없이 무너지고 만 한갓 썩은 나무다리였다.

그의 집에서 보았던 새벽하늘이 떠올랐다. 그 푸르른 하늘이 갑자기 거센 물결로 변하면서 폭풍이 일었다. 많은 새들이 제각기 날개를 펼쳐서 포개질 듯 서로를 할퀴고 삼킬 듯 엉켜서 날아올랐다. 어째 그렇게도 못 견뎌 했을까. 샛별이 새벽을 밝히고 있던 그 푸른 하늘을 보고서도 왜 그리도 분해서 눈물을 흘렸을까.

마지막 술 한 방울까지 입 안에 털어 넣고 그녀는 기절하듯이 고꾸라지고 말았다. 하지만 눈앞의 세상은 휘번쩍거렸고 쏟아지는 스팟 속에서 그가 춤을 추고 있었다. 매끄럽게 달리고 부드럽게 턴하면서, 어린 딸과 손을 잡고 워싱턴 거리를 무대로 이쪽으로 쒸이잉, 저쪽으로 쒸이잉, 돌고 돌았다. 유니온 역의 넓은 잔디밭을 가로지르며 포토맥 강가를 달리며 쏟아지는 햇빛 속에서 그의 휠체어 바퀴살은 눈부신 날개처럼 반짝였다. 그리고 마침내 한 점의 새도 날아올랐다.

그는 말을 타고 갔다

— 나 여기 있어요.

라플라타 강변으로 답장을 써 보내기 위해 그녀는 책상 앞에 앉아 있는 중이었다. 그때 문득 한 아이의 음성이 들려왔다. 완전한 소리가 되려면 아직 많은 시간이 필요할 것 같은, 아주 여린 목소리였지만 그렇다고 내용조차 명확하지 않은 것은 아니었다. 오히려 가늘게 떨리고 있음으로 인해 이 말을 꼭 전하고 말겠다는 애처로운 각오까지 실려 있었다.

그녀는 눈을 감고도 집 안의 구석구석을 짚어낼 수 있는 눈으로 아파트 안을 다시금 두리번거렸다. 그러나 소리가 나올만한 곳은 없었다.

하기야 책상머리에 한 아이가 있긴 했다. 아직 제대로 여물어지지 않은 붉은 손은 부드러운 주름 몇 가닥을 만든 채 간신히 머리를 지탱하고 있었다. 유리구슬처럼 투명하고 순도 높은 초점의 눈은 평면에서 막 솟아오른 듯이 그녀를 정면으로 바라보았다. 그러나 그건 어디까지나 사진 속의 인물이었다.

그녀는 자리에서 일어났다. 보이지 않는 것에 신들려 있는 자기 자신을 지워버릴 것처럼. 이제는 헛소리까지 듣다니, 혼자 중얼거렸다.

그녀는 요즘 들어서 늘 그래왔던 것처럼 냉동실 문을 열었다. 수북하게 쌓인 비닐봉지들을 뒤적거려보아도 먹을 만한 것이 집히지 않는다. 위장은 또다시 흔들리고 있었다. 막무가내로 먹을 것을 재촉하는 타액은 수도꼭지를 튼 것처럼 입 안 가득 뭉클뭉클 솟아올랐다. 이윽고 손놀림이 빨라지더니 냉장실 문에 달린 작은 포켓에서 마른 새우 한 봉지를 찾아냈다. 그녀는 선 채로 그걸 입에다 털어 넣기 시작했다. 오징어 한 축을 새로 사 넣은 지 보름도 지나지 않았다. 술을 좋아하는 남편의 안줏감으로 냉동실 안은 북어니 대구포니 하는 것들이 늘 그득했다. 그런데 언제부터인가 그것들이 동이 나기 시작했다.

그녀는 성마르게 냉장고와 싱크대를 뒤지다가 마침내 슬리퍼 바람으로 제과점에 뛰어갔다 왔다. 슈퍼에 갈 때마다 반찬거리와는 따로 한 보따리씩 사오곤 하던 빵을 끊어버린 것이 불과 며칠 전이었다. 금방 비어버린 빵 봉지를 뭉쳐 쓰레기통에 던져 넣다가 거울에 비친 자기 모습을 보았다. 윤곽을 잃은 얼굴은 공기 중에 희미하게 떠 있다. 그녀는 물통 배낭을 메고 아파트 뒷산 약수터까지 한달음에 올라갔다. 숨이 턱 끝에서 달랑거렸지만 돌덩이처럼 차곡차곡 채워진 배는 헐거워지지 않았다.

물터 앞에는 예닐곱 개의 식수통이 줄지어 서 있었다. 그녀는 으레 그랬던 것처럼 줄 끝에 배낭을 풀어놓고 섰다. 그러나 얼마 되지 않아서 그녀는 바쁜 걸음으로 산길로 빠져나갔다. 나지막한 야산 뒤로 돌아나가자 가느다란 물길이 흘러들어가는 논이 나오고 거기서 조금 더 걸어가면 터널처럼 기다란 샛길이 나왔다. 양쪽에 활엽수들이 울창해서 발밑에 낙엽들이 버스럭거렸다. 잠깐 동안에 그 길을 벗어나자 시야는 갑자기 밝아졌고 비닐하우스 몇 개가 햇빛에 반짝거리며 나타났다. 그리고 꿈결 같은 작은 동네가 눈앞에 펼쳐졌다. 사방이 온통 산으로 둘러싸인 동네 어귀의 좁은 공터에서 하얀 연기 한 자락이 쉬엄쉬엄 피어올랐다. 탈 것은 이미 다 타고 타지 않을 깡통들과 버린 푸성귀 더미만이 시름없는 연기를 만들어내고 있는 중이었다. 하지만 그 길도 금방 끝나버렸다. 그 끝에 서향으로 앉은 집이 나왔고 대문 앞에 둥근 봉분의 묘지가 대문 높이만큼에서 정지해 있었다. 마치 집과 묘지가 사이좋은 한 집안처럼, 집은 묘지를 바라보고 묘지는 집을 향한 채, 계단 세 개를 사이에 두고 그렇게 앉아 있었다. 그녀는 묘지 안으로 들어가 봉분 앞 평평한 잔디에 발을 오므리고 앉았다. 묘지 둘레가 결코 만만한 것이 아닌 데다 두둑 안이 깊어서 누구도 눈치 채지 못할 아늑한 곳이 되었다.

동네 아래로 내려가는 긴 길은 적막함으로 더욱 낮게 가라앉아 다. 해 그림자가 그 큰 몸의 각도를 바꾸기 위해 일렁하고 한두 번 움직였을 뿐이었다. 어디서 컹컹거리는 개의 울음소리가 들려왔다.

그때였다. 갑자기 강렬한 푸른빛이 그녀의 몸을 친 것은.

그 자극은 그녀의 몸을 기우뚱거리게 할 만큼 타액을 분출시키기에 충분했다. 그러나 그녀는 어쩌다 마주치는 풍경일 뿐이야, 하고 자기 몸한테 일러주려고 했다. 시도 때도 없이 터져 나오는 그런 충동적인 반란에 자신을 넘기고 싶지 않았다. 그녀는 깍지 낀 두 손으로 무릎을 오므려 잡고 물방울처럼 등을 말았다. 그러나 뭉클뭉클 나오는 침의 속도는 더욱 빨라져 위장과 나머지 내장까지 다 녹여버렸다. 오로지 채우고 싶은 갈구와 욕망만이 소용돌이쳤다.

푸른빛은 마른 풀줄기 속에서 더욱 빛을 냈다. 새파란 창공에 하얗게 서 있는 배나무와 노란 잎들 속에서 유일하게 녹색인 그것은 긴 이파리를 풍성한 치마폭처럼 드리우고 싱싱하게 살아 있음을 뽐냈다.

그녀는 배밭으로 달려갔다. 컹컹 개 짖는 소리가 몇 번 들리다가 잦아들었다. 과연 그것은 기름지고도 풍만하게 자라나 있어서 몇 뿌리만으로도 금방 손아귀에 가득 찼다. 그녀는 배낭에 든 물통을 꺼내고 대신 그것들을 담았다. 쌉쓰름하면서도 향긋한 야생풀 내음이 그녀를 다그쳤다. 빨리 먹고 싶은 생각에 쫓겨 그녀는 빈 물통으로 돌아오고 말았다. 오자마자 밥을 푸고 민들레 삼분의 일을 싱크대에 담갔다. 나머지는 냉장고에 넣어둘 요량이었으나 아무래도 모자랄 것 같았다. 아귀 같은 식욕이 온몸을 태풍처럼 흔들고 있었다. 그녀는 남겨뒀던 것까지 싱크대에 마저 집어넣었다. 수돗물을 틀어놓은 채 한 편에서는 된장과 고추장을 비벼 양념장을 만들었다. 그러고는 물 빠질 겨를도 없이 소쿠리째 갖다놓고 허겁지겁 먹기 시작했다. 어디서 그런 식욕이 나오는지는 알 수 없었다. 다만 거역할 수 없도록 거대한 침이 울컥 솟아나오고, 참을 수 없는 허기가 홍수처럼 온몸을 덮쳐버리는 것이었다.

— 나 여기 있어요.

아이의 뚜렷한 시선은 분명히 그렇게 말하고 있었다. 그러나 그것이 무엇을 뜻하는지는 알 수 없었다. 다만 마주 바라보고 있으면 그저 목이 메였다.

아이의 엄마는 거실 소파에 앉아 있었다. 강렬한 눈빛의 바로 그 아이라고는 믿어지지 않을 만큼 작은아이를 팔에 안고 그녀는 겨자색 원피스를 입은 모습으로 얌전하게 앉아 있었다. 이제 열 살이 된 그녀의 큰딸은 인디언처럼 긴 머리를 따아내려고 엄마의 앉은키보다 더 큰 모습으로 옆에 서 있었다. 그리고 자세히 들여다보면 또 하나의 낯익은 물건이 있었다. 소파 옆 탁자 위에 작긴 하나 무척 단단해 보이는 철 기마병이 바로 그것이었다. 그러나 그것은 철이 아닌, 신라 토기라는 데에 그녀의 생각이 미친다. 관모官帽를 쓴 인물은 말 위에 올라앉아 한쪽에는 칼을 차고 찰갑札甲으로 하반신을 꾸민 채 어디론가 떠나가고 있는 모양이었다. 기마 인물형 토기라는 그것은 필순이가 후안을 처음 만나 경주로 내려갔을 때 사온 모조품 중의 하나였다.

그것 말고도 사진은 여러 장 더 있었다. 습자지를 가까스로 붙여놓은 것처럼 얇은 눈꺼풀로 잠든 아이 모습과, 그 어린 동생을 안고 어쩔 줄 몰라 하는 큰아이의 간지러운 표정. 그리고 말 위에 올라앉은 큰아이의 모습도 보인다. 어린 나이에도 불구하고 매끄러운 말

잔등에 찰싹 붙어서 가죽부츠 끝의 박차를 한 번 내지르기만 하면 금방이라도 드넓은 초원으로 달려갈 것 같다. 아르헨티나 팜파스의 풍경에는 이래저래 말이 많았다. 방목하는 소나 양떼를 위해, 아니면 지평선 끝까지 뻗은 밀밭을 위해서, 혹은 삶이 불가사의로, 불가사의가 다시 삶으로 이어지는 고리를 확인이라도 하려는 것처럼 오늘도 사람들은 바람을 가르며 말을 타고 갔다.

그러나 이 많은 사진에도 불구하고 필순이 남편의 모습은 보이지 않았다. 물론 세 식구를 향해 셔터를 누르고 있는 손이 다름 아닌 그녀의 남편이었을 것이다. 하지만 한 번쯤은 아이들을 안은 아빠의 행복한 모습으로 나타날 수도 있으련만 끝까지 그는 없었다.

그녀는 머그잔에 커피를 한가득 담아 들고 책상 앞으로 돌아왔다. 사진 속의 아이는 여전히 그녀를 향해 있었다. 흔들리지 않는 눈빛으로, 어떤 장애물이라도 녹여낼 듯이 순도 높은 맑음으로 그녀를 빠안히 바라보고 있었다.

그녀는 서랍에서 찾아든 과자 한 통을 버썩거리며 단숨에 다 부수어 먹고 말았다. 이상식욕이 괴롭히고 있다고 남편에게 말했을 때, 그는 덤덤하게 말했다.

"좋은 일이지."

"그게 아니라니까요."

먹는 것이, 오로지 미친 듯이 먹는 것만이 그녀를 온통 덮치고 있다고 하소연을 해도 남편은 겨우 한 마디를 더 보탰다.

"천고마비의 계절이잖아."

그녀는 닥치는 대로 입 안에 털어 넣다가 꿈속에선가, 문득 코끼리를 보았다. 거리에 코끼리들이 떼를 지어 거대한 물줄기처럼 이쪽저쪽을 향해 달려가고 있었다. 사람의 모습이라고는 어디에도 없었다. 비좁은 도시는 그들이 지나가는 대로 폐허가 되었고 코끼리 역시 이 수난에서 벗어나기는 어려웠다. 허기에 지친 그들의 가죽은 쭈그러들고 영양결핍의 상처들은 피부를 짓무르게 했다. 하루에 삼백 킬로 이상을 먹어치워야 한다는 그들은 이미 도시의 식량을 거덜 낸 지 오래였다. 가로수가 그들의 뱃속으로 들어간 것은 물론, 이제는 전신주까지도 위태로워진 상태였다. 심지어는 TV 브라운관을 향해 달려드는 놈까지 생겨나고 있었다. 아마 텔레비전 화면을 통해 자신의 위장을 점점 키워나갔던 놈임에 틀림없을 터였다.

그녀는 자기가 필순이의 남편, 후안을 보고 싶어 하는 것은 아니라고 도리질을 쳤다. 단지 이 많은 사진 속에 왜 그의 모습이 한 번도 포함되어 있지 않은지 그 저의를 짚어보고 있을 뿐이었다. 그리고 그것이 후안의 뜻인지, 아니면 필순이의 뜻이었는지 그것이 못내 궁금했다.

그것이 필순이의 뜻이라면…….

필순이는 지난날, 단 한 번 일어났던 그날 밤의 일을 알고 있을지도 모른다. 유리문 가득 환하게 밝아 오던 달빛 속의 그 일을.

어쨌든 오늘은 답장을 완성해야 했다. 필순이의 편지를 받은 지 이미 보름이나 지나 있었다. 그냥 안부의 편지도 아닌, 새로이 태어난 아기에 대한 보고서 같은 형식으로 편지는 두툼해져 있었다.

— 드디어 진통이 시작되었다. 후안이 농장으로 나간 지 한 시간

만이었다. 분만하기까지는 많은 시간이 남아 있었고, 혼자서도 충분히 참을 만 했지만 나는 후안에게 전화를 했다. 그는 일상적인 일로 일생에 두 번 있을까 말까한 이런 귀중한 시간을 놓치고 싶지는 않다고 여러 번 말했기 때문이었다. 하지만 이날따라 후안은 농장에 없었다. 전날 거둬들인 밀을 싣고 제분공장에 갔다는 것이었다. 나는 병원으로 갈 준비를 하면서 나에게 일어나는 변화를 상세히 관찰하기 시작했다. 우리의 새 생명을 기다리고 있는 후안의 눈이 되어, 경이로움과 애틋함으로 아이에게 사랑과 용기를 주고 싶어 하는 아빠의 눈으로 나에게 일어나는 모든 일을 자세히 들여다보았다.

— 일을 마치고 달려온 후안은 내가 진통을 하는 동안 내내 함께 있었다. 이 나라 역시 남자가 분만실에 들어오는 것이 익숙한 일은 아니었지만 그는 개의치 않았다. 오히려 아이가 탯줄을 감고 이 세상에 처음 나오는 이 순간을 지켜보지 못한다면 그것이야말로 얼마나 귀중한 것을 놓치게 되는 것인가, 고개를 갸웃했다…….

필순이의 편지는 이렇게 토막 난 일들을 적고 있었다.

별말 없이도 다정한 눈빛으로 산모의 옆을 지키고 있을 그녀 남편의 모습이 떠올랐다. 고무줄로 아무렇게나 묶어 내린 긴 머리와 그래서 더욱 돋보이는 반듯한 이마, 흙과 바람 속에서 단련된 몸매와는 달리 앞으로 약간 구부정한 그의 어깨는 체내에서 설부른 바람기를 다 뽑아버리고 정수만 남긴 듯했다.

그녀는 땀으로 후끈해진 그의 신발에 자기 발을 담갔다. 군함 같이 커다란 운동화였다. 발 하나를 다 넣고도 다시 그만큼의 공간이 남아 있어서 필순이 또 자기 발을 엇갈리게 끼워 넣었다. 서로 껴안을 듯이 마주보게 된 두 사람은 깔깔깔 웃음을 터뜨렸다. 필순이가 후안과 사랑에 빠져 있던 무렵이었다.

그때 단짝이던 필순이와 그녀는 사랑에 실패한 전력을 가지고 있었다. 처음 다가온 남자와는 한동안 잘 되어가는 듯했다. 그러나 본격적인 결혼 이야기가 나오고 집안 문제며 장래에 대한 계획이 나오기 시작하자 점점 열기가 빠지기 시작했다.

하지만 필순이는 다시 후안을 만났다. 한 살 때 부모를 따라 아르헨티나로 갔다는 후안은 대학을 졸업하고 처음으로 모국을 방문했을 무렵이었다. 그들은 우연히 국립박물관 전시실에서 만났다. 고대 한국의 토기에 관한 전시회로 두 사람은 신라 토기 앞에 오랫동안 서 있었다고 했다. 그리고 거기에 관한 이야기를 나누다가 급기야는 경주까지 같이 내려가게 되었다는 것이다.

필순이는 편지 앞면에 이렇게 썼었다.

— 내 기억에 있는 고국의 하늘은 언제나 청명한 것이다. 그러면서도 그것은 어쩔 수 없이 슬프게 남아 있다.

감꽃이 피고 지는 화창한 봄날조차도 내 기억 너머 저쪽은 역시 슬픔으로 얼룩져 있다. 우리의 늦은 귀갓길, 입 다문 조개껍질처럼 어두운 그늘로 우리를 기다리고 있던 골목길. 그리고 소리 없이 밟히던 흐릿한 감꽃들…….

아, 오랜만에 날아온 필순이의 편지를 읽다가 그녀는 신음을 흘리고 말았다. 그네들이 살고 있던, 어쩌면 견디고 있던 그 시절에 그들이 돌아가야 했던 고아원의 담 모퉁이에는 흘린 밥풀 같은 감꽃이 늘 피어 있었다.

필순이와 그녀는 같은 고아원의 자매간이자 학교에서는 같은 급우였다. 그리고 똑같이 BBS 야간중학교에 다녔다. 그리고 또 한 가지 공통점은 또래들에 비해 두 살이나 더 많았다는 점이었다. 그것은 다른 동급생들에 비해 조숙할 수밖에 없는 두 사람을 더욱 가깝게 만들어주었다.

두 여자 아이는 책상 위에서 서로 마주보며 누워 있었다.

다른 아이들이 귀가한 빈 교실에 둘이서 이렇게 누워 있으면 따스한 가정의 침대가 부럽지 않았다. 창문 너머로는 투구 같은 맨드라미꽃이 피어 있었고 붉은 칸나의 무리가 적적한 뒷마당에서 뜨겁게 불을 지피고 있는 것이 보였다.

"운명이라는 것은 당면한 한 사람에게서 끝나는 것이 아니라 대를 이어가면서 세습되어진대."

그녀가 입으로 손톱 끝을 뜯으면서 말했다. 수없이 이빨 끝에 시달린 손톱 밑에는 거뭇거뭇 피가 맺혀 있었다.

"우리는 그러지 않을 거야. 그치? 우리는 그 사슬을 끊어버릴 수 있을 거야."

그녀보다 키가 작았던 필순이가 눈을 반짝거리며 말했다. 지금은 오히려 필순이의 머리가 주먹 하나 만큼 더 올라가 있었다.

"그리고 우리가 우리한테 씨앗을 뿌리면 돼."

이건 누가 먼저 했던 말이었던가.

"새로운 것으로 말이지."

두 여자아이는 동시에 소리치며 자리에서 벌떡 일어났다. 운명이 보이지 않는 미지의 손에 의해 돌아가는 것이 아니라 자기 손으로 돌릴 수 있다는 발견에 그들은 흥분했다. 그러나 그들은 금방 작은 손으로 서로의 입을 두드려 막았다. 그들이 미처 씨를 뿌리기도 전에 또 다른 손이 들어와 방향을 엉뚱한 곳으로 돌릴지도 모른다는 두려움이 본능적으로 그들의 입을 막았다. 두 사람은 조심스러운 눈빛을 교환하는 것으로 서로의 가슴에 결의를 새겼다.

그네들은 닥치는 대로 책을 읽어나갔다. 배고픈 생쥐처럼 눈앞에 보이는 책들을 보이는 대로 갉아먹었다. 그리고 틈만 있으면 훌라후프를 돌리고 미용체조를 했다. 고아원 아이한테 끈덕지게 붙어 있을 칙칙한 때를 씻어버리기 위해 틈만 있으면 달음박질쳤다.

그들은 그들이 할 수 있는 범위 내에서는 최대한이라고 말해도 좋을 만큼의 성과를 만들어냈다. 검정고시를 거쳐서 필순이는 방송통신대학을 졸업했고 그녀는 대학 야간부를 마친 다음이었다. 직장생활을 하면서 약간의 돈도 모았다. 그리고 두 여자는 여느 여성들이 그러한 것처럼 사랑에 빠졌다. 그러나 그 시간은 길지 않았다. 뜨거운 충동으로 그녀들 앞에서 언제나 조바심을 내던 젊은 남자도 차근차근 현실을 챙기는 가족들 앞에서는 맥도 추어보지 못하고 나가떨어졌다. 그녀들은 또다시 버림받아 나동그라졌다.

그러나 그네들은 다시 일어섰다. 바람에 누웠다가 다시 일어나는 풀잎처럼 그들은 흙 묻은 무릎을 털고 일어났다. 그러나 이 과정에서, 너무 많은 책을 읽어버렸다는 사실을 뒤늦게 알게 되었다. 가느다란 손과 발에 비해서 머리통을 너무 크게 키운 것이 사랑을 쟁취하는데 있어서 별 도움이 되지 않았던 것이다.

그때 후안이 나타났다. 그는 큰 사이즈의 머리통을 가지고 있으면서도 필순이의 가난한 손과 발을 탓하지 않았다. 오히려 그의 큰 손으로 쓰다듬어 품 안에 안아 들였다. 그에게도 반대하는 가족이 없었던 것이 아니었다. 남의 나라에서 고단하게 이룬 성공의 표적을 아들에게서 찾고자 했던 그의 부모의 반대는 의외로 완강한 것이었다. 그러나 후안은 흔들리지 않았다. 반대할 수 있으리라는 사실을 그는 받아들였고, 자신이 흔들리지 않으면 부모 또한 자기들의 뜻을 받아들여 줄 것을 믿었다.

필순이는 후안과 함께 찍은 자기 사진에다 부직포로 에이프런을 만들어 붙었다. 그리고 대걸레와 물통까지 만들어 붙임으로써 두 사람의 사랑이 지극한 현실이 되게 하려고 강한 염력을 품었더랬다. 그리고 필순이는 이 년 만에 후안 곁으로 갔다.

— 아이가 태어난 지 꼭 백 일이 되었다.

쪽빛 하늘 한 자락이 여물어져서 내려온 것 같은 아이는 날마다 다른 모습으로 우리를 행복하게 한다. 천천히, 좀 더 천천히 자라렴. 우리는 아이를 오랫동안 만끽하고 싶다고 말한다.

필순이는 산뜻하게 그녀의 나쁜 운명을 잘라버렸다. 그리고 충실한 씨앗들을 넓은 대평원 위에 뿌리고 있는 것이다.

그녀는 다시 치받혀 올라오는 식욕을 참지 못하고 냄비 두 개를 가스레인지 위에 올렸다. 한 곳에는 다시마와 멸치를 넣고 이제 막 끓기 시작하는 다른 냄비에는 국수를 풀었다. 한 그릇의 완성된 국수를 만들기까지는 그다지 많은 시간이 걸리지 않았다.

사진 속의 필순이는 군살 하나 없이 처녀 때의 깐깐한 모습 그대로이다. 화장기 없는 민얼굴이었지만 매번 웃음으로 화사한 분위기를 만들어냈다. 아이들 장난감에나 사용하는 부직포 몇 장으로 탄탄한 현실을 창조했던 것처럼 말이다.

"남의 나라에서 산다는 일이 쉽기만 하겠어?"

며칠 전 필순이 얘기를 하는데 남편이 불쑥 던진 말이었다. 은연중에 그녀를 시샘하는 속마음이 전달된 것이리라 싶어 얼른 입을 다물었다.

그때 유난히 푸르던 밤에 한 번만 업어달라고 후안에게 매달렸던 사람은 바로 그녀였다. 입이 열 개라도 그녀로서는 할 말이 없었다. 그 순간을 돌이켜보면 그녀는 무엇인가에 단단히 덮씌워졌던 것 같다. 지구의 끝인 것처럼 앞이 탁 트인 후안의 집 거실에는 달빛이 강물처럼 밀려들었다. 그녀는 그 강물에 자신을 떠내려 보내고 싶었다. 그녀는 신목神木에 매달리듯이 그에게 매달렸다. 올리브나무의 그림자가 신령스러운 기운처럼 그를 감싸고 있었다.

"나를……."

"……."

"나를 한 번만 업어주셔요."

그랬다. 한 번만 안아달라거나 사랑해달라고 한 것이 아니라 한 번만 업어달라고 그랬다. 업어서 그녀를 이쪽의 세상에서 저쪽의 세계로 넘겨주기를 바랐던 것일까. 그는 처음부터 한 인간으로서가 아니라 본원적인 생명력의 그루터기처럼 보였었다. 그녀는 그 단단한 그루터기 위에 올라서보고 싶었다. 그래서 거침없이 네 활개를 펴고 마음껏 용트림해보고 싶었다. 그것이 단 한 순간일지라도. 그는 아무 말 하지 않고 평평한 등 위에 그녀를 올려주었다. 그리고 달빛이 목단 향처럼 내려퍼지고 있는 그의 방 네 귀를 듬성듬성 몇 번이고 반복하여 돌았다.

필순이는 내일 있을 시아버지 생신 준비로 시댁에 가 있었다. 그녀는 저녁때 시민회관에서 연극을 보기로 표를 예매해 놓은 다음이었다. 그런데 갑자기 이 모든 일이 귀찮게 생각되어 그냥 집에 엎드려 있던 참이었다. 결혼 후 오랫동안 우울증에 시달리고 있던 그녀에게 바람이나 쐬면 어떻겠냐고 필순이 부부가 초청을 해주어 보름이 넘게 그 집에 머무르고 있던 중이었다.

한국으로 돌아온 그녀는 임신 사실을 알았다. 물론 남편의 아이는 아니었다. 남편은 그녀와 만나기 이전에 이미 정관수술을 끝낸 몸이었다.

"자식은 갈퀴와 같은 존재야."

그녀와 만나기 전에 결혼을 한 번 했던 그에게는 아들이 둘 있었다. 그들은 전처와 살고 있었지만 늘 아버지에게로 와 손을 벌렸다.

"늘 새로운 갈퀴를 뻗어 부모의 피를 빨아먹는단 말이야."

구부정하게 앉아 있는 그의 등에는 과연 덩굴의 빨판 자욱 같은 생채기가 이쪽저쪽으로 뻗쳐 있었다. 오래된 그의 피부병은 신경

쓰는 일이 있을 때마다 급작스럽게 도지곤 했다. 긁은 손톱자국을 따라 붉게 뒤집어진 자리에 연고를 바르면서 그녀는 무너진 울타리를 보았다.

남편을 만난 것은 필순이가 떠나고 나서 얼마 되지 않아서였다. 그녀가 다니던 조그만 무역회사에 액세서리 견본품을 가지고 자주 들락거리던 고객 중의 한 사람이었다. 여러 개의 샘플 속에서 해외로 보낼 물건을 선별하는 동안 그는 그녀의 옆자리에 앉아 기다리곤 했다. 바로 자신의 것인 것처럼 가깝게 다가오는 그의 숨소리를 들으면서 그녀는 사랑이라는 감정을 느껴본 적이 있었는지는 모르겠다. 다만 그녀는 한 남자의 울타리 속에 들어가고 싶어 했다. 그것이 행복은 아닐지라도 세상 밖에서 혼자 팔 벌리고 서 있는 외로움에서는 벗어나 주리라 믿었다.

하지만 그녀의 울타리는 애초부터 존재하지 않았다.

"아이 따윈 필요 없어."

남편은 가려움을 못 이겨서 짜증스럽게 말했다.

그러나 그녀의 뱃속에는 맹렬한 속도로 아이가 자라나고 있었다. 어디에서 온 것일까, 금방이라도 봉긋하게 부풀어 올라올 것 같은 뱃속의 아이를 어루만지면서 반문했다. 그녀가 한 일이라곤 단지 후안에게 업혔던 것뿐이었다. 살아 있는 나무의 정기를 부여받듯이 그에게 찰싹 달라붙어 깊은 숨을 들이쉬었던 것이다. 따뜻한 등에 업힌 그녀의 몸은 점점 더 부드럽고 말랑말랑해지기 시작하더니 마침내 그의 몸 전체를 감싸버렸다.

그녀는 입덧이 고통스러웠지만 고통스럽다는 그 사실이 싫지 않았다. 신물을 올리며 구역질을 하는 것도, 김치니 된장이니 하는 것들이 역겹게 여겨지는 것조차도 그녀에게는 살아 있는 증표처럼 다가왔다. 남편이 이혼을 하자고 들면 그렇게 할 작정이었다. 그녀에겐 생생하게 살아 있어 줄 생명이 필요했다.

그러나 사 개월이라는 달수도 얼마 남지 않은 어느 날, 그녀는 산부인과의 하얀 시트 위에 누웠다. 후안이 다른 여자의 남자가 아닌, 바로 필순이의 남편이라는 사실 때문에 그녀의 결심은 한없이 무력해졌다. 우리는 우리 운명의 사슬을 끊어버려야 해. 그리고 우리 손으로 새 씨앗을 뿌리자. 필순이가 그녀의 귀에 대고 끊임없이 속삭였다.

— 천천히, 아이야 좀 더 천천히 자라렴.

그리고 필순이는 끝에다 작은 글씨로 '미안해' 하고 써놓았다. 국수 그릇 바닥에는 고춧가루와 후추 알갱이를 고스라니 드러낸 국물 몇 방울이 남아 있었다. 그녀는 그것을 마저 들이키면서 웃었다. 누구한테? 나한테? 아니면 자신의 행복 앞에, 혹은 운명이라는 보이지 않는 사슬 앞에, 그녀는 이제 후후 소리 내어 웃었다.

아이는 아직도 그녀를 말끄러미 쳐다보고 있다.

아이의 단순한 호기심이라 하기에는 너무도 강렬한 눈빛이었다. 물론 카메라를 향해 바라보고 있는 순간의 스냅이겠지만, 그것은 태평양을 넘어 지구의 반 바퀴 이상을 돌아온 거리임에도 불구하고, 마치 한 공간 안에서 맞바라보고 있는 것처럼 선명한 눈이었다.

— 나 여기 있어요.

아이는 여전히 그렇게 말했다. 무슨 말인지 영문도 모르면서 그녀는 무작정 아이의 시선에 붙잡혀 있었다. 그런데, 그런데 말이다. 그것이 왜 이제야 생각이 났단 말인가. 그녀는 진저리쳐지는 전율 속에서 퍼뜩 깨어났다. 아이의 뒤쪽에는 카메라의 각도에 따라 반쯤 잘라진 소파가 있었다. 그리고 손잡이 옆의 나지막한 탁자 위에 말을 탄 조각상 하나가 올려져 있는 것이다. 사진을 수 없이 보면서 그동안에도 그걸 보지 않았던 것은 아니었다. 여기 낯익은 물건이 있구나, 그랬었다. 얼핏 보면 청동조각으로 보이지만 실제로는 토기라는 사실까지도 그녀의 머릿속에서 떠올랐던 일이었다. 그런데 정작 중요한 사실을 그녀는 까마득히 놓치고 있었다. 그 물건은 그녀가 아이를 이곳에서 지워 보낼 때 함께 넣어 보냈던 것이었다. 분명히 그랬다. 그런데 그것이 지금 아이 뒤에 우뚝 서 있는 것이 아닌가. 조금 전까지만 해도 그저 하나의 배경에 불과했던 사물 하나가 갑자기 그녀 앞으로 뚜벅뚜벅 걸어 나왔다. 그녀가 땅에 묻은 그 기마 인물형 토기였다.

그녀는 수술대에서 내려오면서 자기 몸속에서 긁어낸 작은아이를 받아가지고 나왔다. 그리고 곧바로 양수리로 나가 묻어주었다. 다음 날 그녀는 아이를 묻은 그곳으로 다시 나갔다. 손에는 토기 하나가 들려 있었다.

아이를 보내고 돌아와 밤새 뒤척이고 있을 때 문득 그녀의 눈에 들어온 것이 바로 그것이었다. 책장 한 옆에 아무렇게나 놓여 있던 토기는 필순이와 후안이 경주에 갔다가 기념으로 사온 물건이었다. 어린아이의 묘지였던 신라 금령총에서 한 쌍으로 출토되었다는 그것은 죽은 이의 사후 세계가 편안하도록 함께 묻어주는 부장품이라는 것도 그때 들어서 알게 된 사실이었다. 그녀는 필순이와 한 개씩 나눠가진 그 하나를 아이의 무덤에 묻어주었다. 죽음 뒤에도 또 다른 세계가 있다면, 그리고 내세라는 것이 있어서, 지금이 흘러가 그리로 이어진다면 아이가 이 말을 타고 편안하게 가 닿기를 바랐다.

— 나 여기 있어요.

아이가 천진스럽게 말했다. 그 순간 바닥을 받치고 있던 작은 손이 위로 올라가 고사리처럼 흔들렸다. 놀라움과 두려움으로 부릅뜬 그녀의 눈이 가늘어지더니 눈물이 터져 나왔다.

무슨 말인지도 모르는 채, 계속해서 가슴속에 파고들던 한 마디의 말이 바로 그녀에게로 보내오는 간절한 신호였음을, 이제 그녀는 의심하지 않고 받아들였다. 여기 이 땅에 묻혔던 아이는 결국 자기 아버지에게로 돌아가 그들의 기름진 땅에서 다시 일어나고 있었다.

그녀는 빠른 속도로 답장을 쓰기 시작했다.

나의 아이를 —아니, 우리의 아이를, 어쩌면 세상의 모든 아이인지도 모르겠다— 받아서 키우고 있는 너의 엄마 됨에 대해서 감사를…… 고마워, 고마워, 끝없이 이어져 나오는 말은 어느새 암호로 바뀌고 있었다. 축하해, 축하해, 진심으로…….

아이는 그녀가 보내는 암호를 대번에 해독할 수 있을 것이었다.

고도를 기다리며

그것은 언제 올지 몰랐다.

나는 창동역의 가장 끄트머리, 그러니까 승강장 안에서는 가장 북쪽의 기다란 콘크리트 의자 위에 엉덩이를 붙이고 있었다. 남쪽 하늘에서 불 하나가 달려왔다가 재빨리 사라져갔다. 그건 하늘에서 흘러내리는 별똥별처럼 지극히 낯설고도 아름답게 보였다. 그래서 나는 이름 없는 혹성, 그것도 풀 한 포기 찾을 수 없는, 그러나 피부에 와 닿는 공기만은 에메랄드 같이 청명하고 싸늘한 그런 혹성에 잘못 착륙한 미아가 된 것 같았다. 나는 캄캄한 하늘에서 유일하게 빛나고 있는 별을 바라볼 때처럼 밝은 불빛이 지나가는 둥근 궤도를 말없이 바라보고 있었다. 창동역의 사호선 전철은 일호선 전철과 거의 대각선을 이루며 공중에 떠 있었다.

나와 같은 의자에 앉아 있는 오른쪽의 남자는 자기 손마디를 뚝

뚝 소리가 나게 꺾으며 막연히 앞을 보고 있었고 왼쪽 남자는 벗은 바바리를 한 팔에 걸친 채 어두운 조명 아래서 신문을 읽고 있었다. 한 번이라도 와본 사람은 알겠지만 창동역의 국철 승강장은 막힌 공간이 아니다. 양쪽으로 뻗어 있는 검은 선로의 한복판에 높다란 지붕을 만들어 햇볕과 비만 가릴 수 있도록 해 놓았을 뿐이다. 나는 천장에 듬성듬성 달려 있는 형광등을 향해 무심코 고개를 들었다. 아마도 주변의 너무나 희미한 음영 때문에 과연 불빛이 들어오고 있기나 한 것일까 하는 의구심 때문이었을 것이다. 그 순간 나는 이상한 공허함에 사로잡혔다. 거기에는 아무것도 없었다. 눈에 보이는 것들을 넘어 심지어 어둠조차도 사라져버린 텅 빈 적막, 완벽한 공동이 거기에 펼쳐져 있었다. 저녁에 마신 술기운으로 내내 훈훈하던 온몸에 별안간 좁쌀이 확 뿌려졌다. 나는 어깨를 오그리며 알지 못할 경계와 적의로 수축되어 가는 팔뚝을 번갈아 가며 문질렀다.

그리고 다시 창동역이었다.

희부연 빛이 물안개처럼 주변을 둘러싸고 있었고 거기에 아랑곳없는 어둠이 아래를 향해 지그시 누르고 있었다. 긴 승강장의 사람들은 거의가 의자 위에 엉덩이를 붙이고 있었다. 자리가 없는 사람들은 계단 위에 줄을 지어 쭈그리고 앉았고 그런 자리조차 얻지 못한 사람들은, 심지어 젊은 남자들까지라도 맨땅에 신문지를 깔고 앉았다. 그래서인지 승강장의 무게 중심은 바닥에 착 가라앉아 숨소리조차 발밑에서 맴을 돌고 있는 것 같았다. 긴 계단을 내려와 새로 승강장에 들어오는 사람들의 발걸음은 그런 분위기에 압도당하여 금방 침묵 속에 묻혀졌다. 더구나 형광 불빛 탓으로 사람들 얼굴은 지나치게 누렇거나 푸른 색조를 띠고 있었다.

차가 올 기미 같은 건 어디에도 보이지 않았다. 한 시간이 지나고 두 시간이 지난다고 해도 오기는 올 것인가? 그런 의문을 품는 사람조차 없는 듯했다. 사는 동안 한 번이라도 팔과 다리를 놀려본 적이 없었던 사람들처럼 그냥 한 자리에 묵묵히 앉아 있었다. 언제쯤 차가 지나갔을까? 오늘 저녁에 단 한 번이라도 지나간 적이 있었다면 그것이 곧 다음 열차에 대한 보증이 될 것 같았다. 그러나 아무에게도 물어볼 수 없는 일이었다. 그걸 알고 있는 사람이라면 이미 그 차를 타고 이 자리를 빠져나갔을 것이므로.

그가 떠나고, 하나뿐이던 오빠마저 노모를 남겨두고 이 땅을 훌쩍 떠나가던 그때에도 이만큼 적막했던 것일까.

오호호홋……. 저쪽 끝에서 갑자기 젊은 여자의 웃음소리가 튀어나왔다. 몇 남자의 낮게 두런거리는 소리도 함께 실려 있었다. 드문드문 서 있는 사람들 중에서 가장자리에 서 있는 한 무리 속에서 나온 소리였다. 그들은 내가 앉아 있는 곳의 반대편에 있었으므로 가장 멀리 떨어진 축이었지만 형광염료로 그어진 노란 선 위에서 엷은 그림자가 가볍게 흔들리는 것으로 보아 젊은 남녀들일 것이다. 그러나 주의 깊게 눈을 주고 있는 사람은 오직 나뿐이었다. 아무도 그쪽을 바라보지 않았다. 그래서 나는 그 웃음소리가 실제로 존재했던 것인지에 대해서 의심이 일었다. 실지로 오호호홋 하는 그 소리는 지독히 비현실적으로 들리기도 했었다. 녹슨 기계들이 먼지를 뒤집어쓰고 있는 창고 안에서 유일하게 투명한 크리스탈 조각 하나가 쨍그랑하고 바닥에 떨어지는 것 같은, 그러나 한 번 떨어진 그것은 바닥에 딱 붙어 다시는 움직이려고 하지 않았다.

몇 개의 선로와 검은 화차의 건너편에는 역시 거무레한 건물들이 구부정하게 서 있었다. 오른쪽 옆으로는 몇 동인가의 아파트도 있었다. 똑같은 크기의 네모난 창틀 사이로 흘러나오는 불빛에서는 전혀 열기가 느껴지지 않았다. 결코 따뜻하지 않음을, 텅 비어 있음을 강조하는 듯 쓸쓸하게 흘러가는 조명. 아직도 이 세상에 도깨비불이 있다면 저렇듯 비어버린 불꽃이 아닐까? 하기야 늦은 시간이긴 했다. 그러나 다시 생각해보면 전혀 늦은 시간이 아니었다. 밤열한 시란 하릴없이 기다림을 좇고 있는 자들, 구둣발소리나 가랑잎 스치는 바람소리에도 촉각을 곤두세우는 치들에게나 늦은 시간일 뿐이었다. 서울이라는 길바닥에 한 발짝만 들여놓고 보면 불빛은 더욱 선명하게 타오르고 사람들의 불그레한 얼굴은 마지막 생기에 들떠 있으며 차들은 점점 더 힘을 얻어감을 알 수 있을 것이다. 밤이면 은행과 백화점이, 법원과 동사무소가 왜 문을 걸어 잠그는지 알 수 없어질 때가 종종 있다.

정확한 색깔은 알 수가 없지만 아마도 베이지색 계통일 것 같은 면재킷을 입은 남자가 노란 선을 따라 이쪽으로 걸어오면서 손을 까딱거렸다. 부드럽고도 작은 공의 공기압을 시험해보는 것처럼 남자의 손은 오른쪽 가슴께에서 몇 번 꼬물락거렸다. 눈은 누군가를 향해 초점을 맞추고 밝은 미소를 짓기 위해 얼굴 근육을 움직였으나 주변의 침묵이 흡수해 간 것처럼 그것은 미미하고 어색하게 보였다. 나는 미소의 대상을 찾아 반대쪽을 바라보았다. 그러나 사람들의 표정은 한결같이 어둠 속에 녹아 있어 상대를 찾아내기는 어려웠다. 손가락을 꺾고 있던 내 옆의 오른쪽 남자는 등을 둥글게 오그리고 무릎에 턱을 괴고 있었다. 그의 눈은 앞쪽을 향해 쭉 고정되어 있었다. 무엇을 바라보고 있는 것일까? 나는 그 남자가 있는 쪽으로 어깨를 약간 기울인 후 앞을 주의 깊게 바라보았다.

"야, 무척 조용한 밤이지?"

그때 한 목소리가 날아왔다. 남자치고는 약간 높은 톤의 그 소리는 한 치의 흔들림도 없이 화살처럼 똑바로 날아와 나의 정수리에 박혔다. 그는 주변의 완강한 침묵을 깨뜨리지 않기 위해 몸을 약간 숙이거나 목소리를 낮추는 따위의 조심스러운 태도 같은 건 전혀 취하지 않았다. 단지 조용한 밤이 있고 그것을 꿰뚫는 명료한 인식이 있을 뿐이었다. 과연 어두침침하게 혼돈되어 있던 공기는 이 한마디로 인해 단박 몇 가닥의 줄로 꿰어졌다. 주변은 갑자기 깨어나고 암울한 어둠까지도 투명한 검은빛으로 윤기 있게 변했다. 나는 소리 나는 쪽으로 눈길을 돌렸다. 역시 그였다. 그는 헐렁한 청바지와 줄무늬 셔츠 안에 바람을 잔뜩 넣어서 펄럭펄럭 이쪽으로 걸어오고 있었다. 앞으로 쭉쭉 내뻗는 긴 다리의 활달함은 엉덩이 부분에 이르러선 펑퍼짐하게 퍼지고 말았다. 그래서 그의 걸음은 정확한 일자 걸음과 지그재그 팔자걸음을 한꺼번에 다 수용한 듯한 기묘한 느낌을 주었다. 그것은 한 치의 오차도 없이 앞을 향해 내딛는 정확한 걸음걸이 같기도 했고 이 세상의 원칙이라는 틀을 한꺼번에 파기해버린 무정형의 걸음 같기도 했다. 그 걸음걸이는 내 쪽으로 가까이 다가오자 점점 더 팔자걸음으로 변했다. 약간씩의 불만과 괴로움을 자기 몸 안에 꾸역꾸역 집어넣고서 얌전하게 앉아 있는 사람들을 향해 실실 웃음을 흘리며, 더구나 예쁜 아가씨라도 있을라치면 절대로 그냥 지나치지 않는 유혹의 일별을 던지며 그는 흐느적흐느적 다가왔다. 그때마다 막연히 굳어 있던 사람들의 표정이 당혹스러움과 의아함으로 조금씩 흐트러지고 여자아이들은 새침하게 입을 오므리며 옷매무새를 다잡는다. 그래도 나는 질투하지 않는다. 그의 눈길이 닿는 한 점 한 점마다 새롭게 부서지고 다시금 드러나는 세상을 경이롭게 바라보며 눈을 한 번 흘길 뿐이다. 우물같이 고여 있던 밤공기를 고작 몇 발짝으로 온통 휘저어놓고 이제 그는 내 옆에 털퍼덕 주저앉을 차례였다. 나는 앉아 있던 엉덩이를 약간 비켜 옆에 자리를 만든다. 그가 기댈 편안한 자리가 다른 어떤 곳이 아니라 바로 내 옆이라는 사실이 너무 자랑스러워서 나는 오히려 고개를 아래로 떨구고 만다.

그러나, 그는 오지 않았다. 대신 저쪽 구석에 모여 있던 어둠의 뭉치가 명치 끝으로 퍽 날아들었다. 나는 가슴을 싸안으며 고꾸라질 듯이 앞으로 고개를 숙였다.

왼편 남자는 아직도 신문을 읽고 있었고 오른쪽 남자는 등을 활처럼 말아서 여전히 앞만 보고 있다. 나는 다시 윗몸을 오른쪽으로 기울여 옆의 남자처럼 앞을 바라보았다. 회색으로 침침하게 가라앉은 화차 너머 밝지도 어둡지도 않은 허공 위에는 몇 개의 십자가와 단란주점, 노래방 간판들이 어수선하게 뒤섞여 있다. 가까운 곳에는 두 개의 선로가 구부정하게 합해지기도 하고 평행을 이루면서 뻗어 나갔다. 옆의 남자는 꼼짝 않고 여전히 앞을 향해 바라보고 있었다. 나는 달리 할 일이 있는 것도 아니어서 그 남자 쪽으로 몸을 기울여 다시 앞쪽을 살펴보았다. 그때 뜻밖에도 하나의 범선이 들어왔다. 선로 위에 있는 것이라면 마땅히 기차이거나 전동차라야만 했다. 그런데 돛폭을 빳빳이 세우고 출렁이는 파도 위를 의연히 항해하고 있는 그것은 분명히 거대한 배였다. 나는 좀 이상한 장면이라 생각하면서도 비로소 그 남자의 시선을 획득한 것 같은 만족스런 느낌을 지워버리고 싶지 않았다. 그것이 꿈이라고 해도, 너무 지루한 끝에 잠깐 나타난 환시라고 해도 그 순간을 가능하면 오래 지속시키고 싶었다. 나는 눈도 깜박거리지 않고 아득한 시선을 모아 거기에다 집중했다. 어떻게 보면 눈으로 보는 것이 아니라 눈과 눈 사이의 눈으로 들어오는 장면일지도 몰랐다. 마침내 발밑으로는 파도가 슬슬 요동치기 시작하고 사방에서 거침없는 바람이 불어와 나의 옷자락을 부풀렸다. 종잇장처럼 납작하던 가슴이 한없이 넓혀지고 있다는 착각이 들기조차 했다. 그러나 어느 순간 나의 시야는 원래대로 돌아와 버리고 말았다. 한 곳에 고정되어 있던 눈이 깜박이면서 집중력을 상실하고 만 것이다.

오늘은 이상한 밤이다. 모든 것이 몽롱한 가운데 멈추어져 있는 것 같다.

실제로 내 눈앞에 나타난 것은 어느 회사의 홍차 광고판이었다. 그나마 아무데서나 흔히 볼 수 있는 대형 광고판도 아니었다. 그런데도 그토록 강렬하게 눈을 끈 것은 배경의 짙은 선홍색 때문이었을까. 아니면 옆 남자의 골똘한 시선이 나에게로 전이되어 온 것이었을까. 광고판에는, '꿈에 사로잡힌 사람들의 낙원에 대한 환상' 이라는 광고 문안이 하얀 글씨로 씌어 있다. 나는 그래도 어머니와 나에게 유일한 혈육이던 오빠가 우리 곁을 떠나 다른 곳을 향해 떠나가기까지는 한 점의 꿈이 이끌어주었던 것이라고 믿고 싶었다. 그것이 환상이라고 해도 그것이 끝끝내 오빠를 지켜주기를 바랐다.

— 십 년 전 여기로 떠나올 때는 더 나은 생활을 위해서가 아니라 나로서는 다른 선택의 여지가 없었기 때문이었다.

얼마 전에 날아온 오빠의 편지였다.

오른쪽 남자는 여전히 앞을 향해 시선을 꽂고 있다.

캄캄한 저쪽 하늘 위로 사호선 전철이 둥근 띠를 만들며 지나간다. 나지막한 웃음들이 밝은 창문으로 흘러나온다. 내가 앉은자리가 어두우면 어두울수록 그쪽은 더 환하여 마치 꽃등으로 장식을 해놓은 것만 같다. 오늘부터 철도노조가 시위를 시작한다는 것을 알면서도 한편으로는 설마 했다. 벌써 며칠 전부터 총파업을 앞두고 노조와 철도청과의 숨가쁜 협상과 결렬로 신문은 분주했었다. 낮에 동숭동으로 출장을 나갔다가 북과 꽹과리를 든 시위대와 마주치기도 했지만 그러려니 했었다. 미련하게 지금에 와서야 그것이 내가 타고 다니는 전철과 관계가 있는 사건이었다는 사실을 깨달았을 뿐이다. 하기야 먼저 알았다고 해서 상황이 바뀔 것은 아무것도 없었다. 우리 역시 노조 회의를 끝내고 오늘도 변함없이 술집엘 달려갔다. 전에도 회의의 형식을 갖추었다고 하나 그건 어디까지나 위에서 내리는 일방적인 지시의 전달장일 뿐이었다. 마음대로 발언 한 번 해보지 못한 우리들로서는 세월이 바뀌고 윗사람의 눈치를 전혀 보지 않아도 되는 회의라는 것에 신기함마저 가졌더랬다. 자유롭게 의견을 내고 거론할 수 있는 직원회의라는 것이 생겼다는 것만으로도 우리는 좀 더 질이 향상된 시민이 된 것처럼 어깨를 으쓱거렸다. 처음 얼마 동안은 무엇을 고치고 어떤 제도를 수정하고 보완하느냐는 것으로 시작했는데 시간이 지날수록 누구를 몰아내고 누구를 남기는가 하는 것에 초점이 모아졌다 그리고는 단합대회라는 명분으로 술집으로 향하는 것이 언제부터인가 관례가 되어버렸다.

전에도 술자리는 빈번했다. 그때는 술을 좋아하는 윗분의 기호를 거스르지 않기 위해 마셨다면, 얼마 전부터는 그의 마지막 권위 한점까지도 남김없이 깨부수기 위해 우리는 다시 열심히 술을 마셔댔다.

분위기를 낸다고 일차로 회전초밥집에 앉아 정종을 홀짝거리다가 이차로는 포장마차에 들어가 실컷 들이부었다. 분위기를 은근히 띄우고 부추겨가는 사람들은 그 와중에도 생생한 정신으로 남아 있다가 술에 절은 사람들을 삼삼오오 태우고 사라져갔다. 호의를 베풀어 감성에 호소하는 마지막 단합대회인 셈이다. 그중에 대표적인 사람이 김 실장이었다. 그는 세월이 바뀌자마자 재빨리 실장 자리를 내놓고 백의종군하겠다고 하더니 어느새 노조위원장이라는 감투를 썼다. 사람들은 그 남자의 재빠른 처세술을 알고 있으면서도 말 없는 묵과 속에 그것을 허용했다. 권력의 제일 정점에 있는 사람을 밀어내기 위해서는 누구보다 그의 비리를 잘 알고 있고, 그의 바른 팔처럼 쓰임을 받던 김 실장이 필요했던 것이다. 그리고 무엇보다도 그 남자에게는 세월을 뛰어넘어 모든 사람들을 선동시킬 수 있는 힘이 있었다.

바른 말씀을 드리셔요. 새로운 사람이 직언을 해야 합니다. 우리는 이미 썩을 대로 썩어놔서…….

자기 손으로는 끊임없이 서류를 조작하고 수치 부풀리는 작업을 하면서도 풋내기 직장인이던 나를 부추기를 좋아했던 김 실장은 이제 노조위원장이 되어 단합이라는 명분으로 끊임없이 닦달을 해댔다.

삐익 삑. 갑자기 전자음이 흘러나왔다. 기다리던 차가 들어오는 것일까, 나는 고개를 들어 선로 쪽을 살펴보았다. 그러나 더욱 두터워진 어둠이 길을 막고 있을 뿐이었다. 대신 왼쪽의 남자가 보던 신문을 부스럭거리면서 접었다. 조금 더 커진 전자음이 흘러나오고 그 남자는 들고 있던 바바리의 주머니를 뒤져 작은 핸드폰을 끄집어냈다. 짧은 그동안을 참지 못하고 작은 벌레 같은 그것은 다시금 삑 삑 소리를 낸다. 그러나 남자는 전화기의 접혀 있던 아랫부분을 슬로우 모션처럼 천천히 펴고 아주 낮은 목소리로 네, 라고 짧게 대답했다. 네에, 네. 간결한 대답으로만 이루어지던 통화에 갈수록 점점 더 긴 말이 섞여간다. 그래가지고, 그래서 어떻게 됐답니까? 여보세요, 여보세요, 에이 참, 뭐라구요? 좀 크게 말해보세요, 잘 안들린다니까. 에이 참, 남자는 수화기를 든 손을 바꾸어 다른 쪽 귀에 갖다대며 조바심을 냈다. 그 바람에 오른쪽의 남자가 고개를 들어 천천히 소리나는 쪽으로 바라보더니 다시 천천히 원래의 위치로 돌아갔다. 에이 참, 펼쳤던 송화기 쪽을 탁 소리가 나게 접은 바바리의 남자는 다시 그 부분을 펼쳐서 빠르게 문자판을 누르기 시작했다.

여보세요, 여보세요, 에이 참, 통화가 되지 않을 때마다 옆의 남자는 숫자판을 털어 버리듯이 한 번 흔들고는 다시 누르기를 거듭

했다. 그러기를 몇 번씩이나 하던 남자는 바바리를 들고 일어나 계단으로 뛰어 올라가 버렸다. 조금씩 고개를 들어 소리 나는 그 남자 쪽을 지켜보던 사람들도 다시 원래의 자세로 돌아갔다. 사람들은 한결같이 주머니에 손을 찌르거나 가방 하나씩을 들고 잠자코 아래로 시선을 내려뜨리고 있었다. 한번 흔들렸던 침묵과 어둠은 그만큼 더 견고해졌다.

지금쯤 어머닌 잠자리에 들었을까. 나는 별 뜻도 없이 손목시계를 들여다보았다. 열한 시쯤에 머물러 있는 바늘은 별로 움직인 것 같지 않다. 갈수록 점점 더 귀가 어두워져가는 어머니는 이제 아예 전화 통화를 할 수 없게 되었다. 그래도 밤늦게 문고리를 따고 들어가는 소리를 놓치는 법이라고는 없었다. 그때마다 나무둥치가 일어나듯 벌떡 몸을 일으킨 어머니는 으레 황망한 눈알을 굴리며 새삼스럽게 나를 바라보았다. 그러나 그 눈은 내 속의 어떤 것을 미심쩍어하는 눈치였고, 아니면 등 너머 어딘가를 응시하고 있는 것 같기도 했다. 어떤 때는 아예 내 몸을 밀쳐내고 등 뒤를 살펴볼 때도 있었다. 예전의 풍요롭던 그녀의 윤기는 시든지 오래고 모든 기능이 마비되고 상실된 지금, 삐걱거리고 둔해진 그 몸 위에서 아직도 지치지 않고 유일하게 번쩍거리고 있는 두 눈이 정말이지 나는 죽도록 싫었다. 아직도 포기하지 못한 것이 무엇이란 말인가. 무엇을 기다리며 어디를 바라보고 있는 것일까. 나를 지나 아득한 허공을 바라보고 있는 그 눈길을 피하기 위해 나는 점점 더 귀가시간을 늦춘다. 그럴수록 어머니는 거의 반사적으로 일어나 나의 등 뒤를 뚫어져라 살피곤 하는 것이다. 어떤 날은 문 밖 골목까지 나가 어둠 속을 손으로 더듬어보기까지 한다. 그럴 때는 썩은 나무 등걸의 파란 인이 춤추는 것 같다.

오빠의 편지는 다시 이어졌다.

— 여태까지 너한테 빚진 것을 생각하면 나는 다시 어디론가 도망가고 싶은 충동에 사로잡힌다. 누구도 나라는 인간을 알아보지 못하고 영원히 발각되지 않을 곳. 그러나 내 두 눈으로부터 자유로운 곳이 그 어디에 있으리.

처음 그곳을 떠나올 때는 거대한 폭력의 희생자가 되어 불가피하게 떠나온다고 믿었기 때문에 나 스스로는 오히려 홀가분했었다. 그러나 살아갈수록 내 자신이 의심스러워진다. 나 또한 결국은 어떤 폭력의 주체가 아니었을까? 특히 어머니와 너에게 말이다. 그러나 다시 한 번 말하지만 나로서는 그 당시 다른 선택의 여지가 없었다.

편지의 끝부분에선 어머니가 계실만한 유료 양로원을 알아봐 달라고 했다. 부부 둘 다 맞벌이하는 상황을 차치하고서라도 한국말을 전혀 알지 못하는 금발의 여자가 어머니를 어떻게 모시며, 부득불 양로원에 갈 수밖에 없는 형편이라면 새삼 이국땅보다는 그나마 말이 통하는 고국이 낫지 않겠느냐, 라는 것이 오빠의 생각이었다. 나도 그 말에 이의가 있을 리 없었다. 그러나 포기할 줄 모르는 어머니의 끈질긴 기다림은 어찌 할 것인가.

아직 이른 가을이었지만 밤공기는 서늘했다. 더구나 선로를 따라 이따금씩 둥글게 뭉친 바람이 떼를 지어 몰려왔다. 한 자리에 묵직하니 앉아 있던 중년의 부인이 슬그머니 자리에서 일어나 차가 올 쪽을 향해 고개를 길게 뺐다. 이놈의 차가 올려나, 말려나 혼잣말로 중얼거리며 다시 그쪽을 향해 윗몸을 구부렸다. 뒷모습만 보이는 여자의 다리는 검은 스커트 아래에서 구두 위 발등까지 밋밋하게 뻗어 있다. 잘록했던 발목의 흔적은 없어진 지 오래다. 그래서 나는 그이가 상당히 활동적인 사람일거라고 혼자 단정을 내려본다. 언젠가, 한 여성단체에서 실시하는 세미나에 갔다가 거기에 참여한 중년 직장 여성들의 발목이 하나같이 소위 무다리라는 사실을 발견하게 되었다. 남자들의 양복과 비슷한 정장 타입의 여성들이 모여서 남녀평등에 관한 열을 올리고 있을 때 나는 뒷좌석에 앉아 그 문제만 곰곰이 되씹고 있었다. 많이 뛰어다녀서 그렇게 된 건지 아니면 살이 붙기 시작하는 중년의 나이가 그렇게 만든 것인지, 그도 저도 아니면 날렵한 발목이 아니라야만 비로소 사회적인 활동력이 왕성한 사람으로 살게 되는 운명인지 그 사실이 궁금했던 것이다. 나의 관심은 가장 후자에 있었다. 한 사람, 사람마다 들어가고 나오며 살아가고 있는 삶이라는 것이 결국 운명인가, 아닌가 하는.

그 뒤부터 나는 여자들의 발목을 유심히 보는 습관이 생겼다. 텔레비전 매체로, 정치판으로, 시민단체 운동으로 열심히 뛰어다니는 여성들의 거의 대부분이 과연 굵은 발목의 소유자라는 사실에는 틀림이 없었다. 하지만 나머지 중년 여성들의 발목까지 체계적으로 확인하고 비교해볼 기회가 없었기 때문에 이 분류가 맞는 것이라고 할 수는 없었다. 그런데도 나는 혼자서 편견에 치우친 이런 결론을 내고 마는 것이다.

중년 부인은 들고 있던 손가방을 뒤져 얇은 스카프를 찾아냈다. 반으로 접어 삼각끈이 된 그것을 머리에 쓰고 턱 부분에서는 한껏

느린 손짓으로 매듭을 두 번 묶었다. 그때 팔에 꿰어져 있던 손가방이 팔꿈치 아래로 떨어졌다. 내가 자기의 동작을 유심히 바라보고 있다는 것을 알아챈 것일까, 여자는 천천히 이쪽으로 몸을 돌리고는 시선을 맞춰 다시 한 번 중얼거렸다. 이놈의 차가 오려나 안 오려나, 아까보다 조금 더 커진 그의 목소리에는 누군가의 동의를 구하는 어조가 실려 있다. 나는 그 여자의 눈길을 거절할 수 없어서 희미하게 한 번 웃었을 것이다. 그러나 금방 웃음을 거두고 고개를 돌리고 말았다. 이쪽으로 한 발을 내딛던 여자는 잠시 주춤하는 것 같더니 원래 자기가 앉았던 자리로 돌아갔다.

여자가 없어진 앞의 시야는 다시 기다란 선로와 난삽한 간판 불빛과 돛을 단 범선이 자리를 지키고 있었다. 승강장으로 드문드문 들어오던 사람들도 그나마 줄어들어 자리에 앉아 있는 사람들은 한 폭의 그림처럼 고정되어 보인다.

그들은 왜 떠나갔을까.

막연한 물음이다. 처음부터 아예 대답을 싣지 않은 물음. 밑도 끝도 없이 아! 으음, 내뱉는 짧은 감탄이나 탄식처럼 부지불식간에 쏟아놓고 마는 한숨과도 같은 물음. 나는 다시 그 질문을 던진다. 왜? 왜? 왜…….

그때 옆자리의 남자가 일어났다. 여태까지 우두커니 앉아 있던 것과는 달리 한 번 일어서자 조금도 지체하지 않고 똑바른 걸음으로 계단을 올라가 버렸다. 나는 기분이 이상해졌다. 허전하여 견딜 수가 없는 기분이었다. 지금까지 살아온 것이, 그리고 여기 이 자리까지 오게 된 것이 바로 그 남자 탓인 것처럼 여겨졌다. 그 남자가 있었기 때문에 나는 그 남자의 시선에 의지하여 쭉 앞을 보고 있었던 것이다. 그런데 그 남자는 나에게 한 마디 말도 없이 자기 몸만 달랑 일으켜 세우고는 사라져버렸다.

어머니는 오늘 밤도 수없이 몸을 뒤척이며 나를 기다리고 있을 것이다. 아니, 나를 기다리는 것이 아니라 내 몸에 묻어 있을 바깥 바람을 그리워하고 있을 것이다. 어쩌면 그것도 아닐지 모른다. 혹시라도 묻어올 아들에 대한 소식, 아들에 대한 그리움으로 들리지 않는 귀를 온몸으로 열어놓고 밤새 기다리고 있을 것이다. 나도 어디론가 떠나가고 싶다. 나는 엉뚱하게도 그 남자를 따라가야겠다고 마음먹었다. 그 남자가 반짝거리지 않는 두 눈을 가지고 있는 것이 나는 좋았고 또 그 눈동자를 굴리지 않는 것이 좋았다. 나는 엉덩이를 들썩거렸다. 그 순간 저쪽 기둥에 기대어서 네모난 가방을 깔고 앉아 있던 남자가 내 왼편으로 옮겨왔다. 나이가 중씰한 그 남자는 온몸의 뼈를 다 무너뜨리는 듯, 뿌드득 소리를 내며 자리에 앉았다. 그리고는 주먹을 쥔 손으로 양 무릎을 번갈아 가며 두드려댔다. 나는 그 사람에게 방해가 되지 않기 위해서 상체를 약간 오른쪽으로 기울였다. 그러자 돛을 단 범선이 다시 눈에 들어왔다. 나는 그때까지 엉거주춤하게 들고 있던 엉덩이를 의자에 주저앉혔다. 나에게 있어서 기다림의 시간이란 아직도 끝나지 않았다. 그것이 올 때까지 기다려야만 한다.

그렇지만 너무 조용하다.

가끔 텔레비전에서는 고장으로 운행이 정지된 전동차 탑승객들이 유리를 깨고 난동을 부렸다는 뉴스도 심심찮게 나왔던 것 같은데 지금 이 사람들은 물밑 바위처럼 앉아 있다. 갑자기 나는 노조위원장이 된 김 실장이 그리워지려고 한다. 그 남자가 있었더라면 역한 구석에 처박혀 있는 차량을 끌어내어 즉각 운행할 것을 요구하거나 아니면 역 창구에다 환불해 줄 것을 벌써 요구했을 것이다. 거기다가 시간 손실과 국민이 공공기관에 대해 가지는 신뢰의 훼손비용까지 일일이 금액으로 환산해낼 것이다. 거기에 김 실장의 존재 이유가 있었다. 사람들은 모두 그 사실을 인정했다.

그때 모처럼 젊은 여자 둘이 새롭게 승강장 안으로 들어왔다. 한 여자는 컬 없는 생머리를 똘똘 말아 정수리 위에 얹었고 한 여자는 이마를 다 가리도록 커다란 회색 모자를 쓰고 있었다. 펄럭이는 긴 조끼 아래서도 몸에 꽉 죄는 바지 속의 탄탄한 근육이 한눈에 드러났다. 춤추듯이 리듬을 실어 한 발짝씩 떼 놓을 때마다 숨죽이고 있던 대지가 출렁출렁 움직이는 것 같았다. 다른 사람들도 일제히 고개를 들어 그녀들을 쳐다보았다. 고개를 빳빳이 세운 그녀들은 주변의 시선에 아랑곳없이 빠른 걸음으로 이쪽으로 걸어왔다. 그러고는 몸의 선을 쭉 뻗어 자세를 가다듬고 노란 경계선 위에 우뚝 섰다. 주변에 쭈그리고 앉아 있는 사람들에 비교되어 그들의 키는 엄청나게 커 보였다. 아무래도 주위의 눈을 의식하여서인지, 아니면 단순히 어둠 때문인지는 몰라도 처음 들어오던 것과는 달리 그들의 얼굴은 약간 화가 난 것처럼 보인다. 그녀들의 뒤를 따라 어깨가 좀 뻣뻣해 보이는 남자가 들어왔다. 바로 내 오른쪽에 앉아 있던 남자였다. 그는 나갈 때처럼 들어올 때도 직선으로 들어와 조금 전에 앉았던 자리에 앉았다. 그동안에 아무도 그 자리를 메꾸지 않았다는 것이 나에게 안도감을 주었다. 그가 다시 돌아온 것이 꼭 나를 잊지 못해서 돌아온 것만 같다.

어머, 가볍게 팔짱을 끼고 앞을 보고 있던 여자가 갑자기 놀란 소리를 냈다. 회색 모자를 쓴 여자가 무슨 일인가 하고 쳐다보자 팔짱을 푼 여자가 손가락으로 맞은편의 이정표를 가리켰다. 거기에는 양쪽으로 화살표가 그어져 있었고 아래에는 청량리, 의정부라고 굵은 고딕체가 씌어 있었다.

"어머, 의정부로 가는 일호선이잖아?"

이번에는 모자 쓴 여자가 놀라서 외쳤다. 그다지 큰 소리가 아니었음에도 주변의 가라앉은 분위기로 해서 그 말들은 도드라져 나왔다. 그녀들은 한동안 눈을 마주친 채 가만히 있더니 갑자기 허리를 구부리고는 웃음을 터뜨렸다.

"얘는, 사호선 탄다고 해놓고서 이리로 들어오면 어떡해."

"앞장서서 이리로 들어온 사람이 누군데 그러니?"

그들은 서로의 눈을 가늘게 흘겼다.

"그런데 이상하잖니? 아까 TV뉴스에서 일호선 차량은 전면 운행 정지 되었다고 했잖아?"

머리를 올린 여자가 검지를 입에다 붙이고 아까보다는 훨씬 낮은 소리로 소곤거렸다.

"그래, 그랬던 것 같은데."

모자 쓴 여자가 엉거주춤 동의를 하면서 앉아 있는 이쪽을 쳐다보았다. 반대편을 바라보고 앉아 있는 사람들을 제외하고는 거의 대부분이 그녀들의 이야기를 들었을 것이다. 그러나 한동안 침묵이 흘렀다. 어, 나도 뜨악한 심정으로 그녀들을 막연하게 바라보았다. 머릿속으로 무엇이 입력되어 들어오긴 했는데 오랫동안 고정되어 있던 관성으로 쉽게 몸이 움직여지지 않는 것과 똑같았다. 그때 뭉툭한 발목을 가진 그 부인이 일어났다.

"일호선이 운행되지 않는다구? 텔레비전에서 언제 그렇게 나왔어요?"

왼팔에 끼고 있던 가방을 오른쪽으로 바꿔들면서 약간 높은 소리로 물었다. 그 바람에 긴 머리를 정수리에 올린 여자가 약간 뒤로 물러났다.

"텔레비전에서 그랬는데, 좀 전에 그러지 않았니? 맞지? 뉴스 특보라고 분명히 자막에 실려 나왔지?"

그 여자는 초조하게 맞은편 여자의 동의를 구했다. 그러나 모자 쓴 여자는 대답 대신 침착하게 이쪽을 바라보았다. 이제는 반대편으로 앉아 있던 사람들조차 고개를 돌려서 모두 그 여자들을 응시하고 있었다.

"내가 잘못 본 건 아니지?"

머리 올린 여자가 다시 한 번 초조하게 물었다.

"아홉 시 뉴스에서 말하기로, 배차 간격이 늘어나긴 했지만 운행은 분명히 한다고 그랬거든. 그런데 전혀 안 한다니 그게 무슨 말이에요?"

가방을 든 부인이 그 사이를 참지 못하여 다급하게 소리를 질렀다. 그러자 여기저기에서 나도 그 뉴스를 보았다느니, 그 말을 누구누구한테 전해 듣고 나왔다느니 하는 말들이 쏟아져 나왔다. 사람들은 이제 일어서서 젊은 여자 쪽을 향해 서 있었고 몇몇 사람들은 그녀들 곁으로 다가갔다.

"노조가 아니었던 사람들도 노조에 합세하면서 운행이 정지되는 차량이 더욱 많아졌다고 그랬어요. 그렇지만 정확한 것은 우리도 모르니까 직접 창구에 가서 확인해 보세요."

모자 쓴 여자가 말을 끊듯이 또박또박 말했다. 그러고는 거의 울상인 채로 서 있는 머리 올린 여자의 팔을 붙잡고 바쁘게 계단 위로 올라가 버렸다. 그들이 사라진 쪽을 멍하니 바라보던 사람들이 문득 정신이 든 것처럼 바쁘게 그 뒤를 따라 올라가기 시작했다.

"분명히 아홉 시 뉴스를 내 눈으로 보았는데."

계단으로 향하고 있는 사람들을 바라보며 가방을 든 부인은 여전히 미심쩍은 듯 중얼거렸다.

처음에는 몇 사람만이 승강장을 빠져나가더니 점점 더 많은 사람들이 한데 뭉쳐서 종종걸음을 치기 시작했다. 뒤에는 거의 달음박질치다시피 하는 사람까지 생겨났다.

"이렇게 공신력이 없어서 되겠어요? 마이크 방송을 한 번만 해주면 간단할 일일걸. 정말 더러운 세상이라니까요."

가방을 든 여자는 누구랄 것도 없이 사람들을 향해 말했다. 그러게 말이오. 미친놈들. 여기저기에서 험한 말들이 튀어나왔다.

"국민들의 발을 담보로 잡다니, 믿을 놈이 하나도 없어……."

"세상이 어떻게 될라고……."

웅얼거리던 소리가 점점 많아지는 발짝소리에 파묻혀 들어갔다. 왼편의 중년 남자는 굼뜬 행동으로도 벌써 계단 위로 올라가고 있었다. 그 와중에도 나의 오른쪽 자리로 되돌아온 남자는 그냥 자리를 지켰다. 지나가던 사람들이 여전히 꼼짝 않고 앉아 있는 우리를 흘낏거렸지만 옆의 남자는 개의치 않았다. 나는 그 남자가 무어라고 말을 해주기를 기다렸다. 승강장 밖으로 나갔다가 다시 돌아오기까지 했던 그의 행동은 결국 우리들이 기다림을 포기하지 말아야 한다고 말하고 있는 것 같았다. 나는 겹친 발을 의자 밑으로 밀어 넣으며 주머니에 두 손을 찔렀다. 네가 움직이지 않으면 나도 움직이지 않겠다는 심정이 실려 있음을 그 남자가 알아주기를 바랐다. 그러나 그 남자는 한 번 쳐다보려고도 하지 않았다. 그토록 꼼짝 않고 한 자리에 시선을 고정시키고 있다는 사실은 역으로 옆에 앉은 나를 의식하기 때문이 아닐까 하는 생각을 해보기도 했다. 하지만 그 시선은 어딘지 모르게 붕 떠 있는 것 같았다. 몸이 이 자리에 앉아 있긴 하지만 실제로는 여기에 존재하지 않는 것 같은, 그런 느낌이었다.

저쪽 하늘에선 기다란 별 하나가 꽃불을 켜고 공중의 둥근 궤도를 천천히 돌아나가고 있었다. 폭죽 같은 웃음이 막막한 하늘 저 너머로 흩어져 내렸다.

나는 다시 그 남자의 시선으로 앞을 바라보았다. 검붉은 허공 중에 황금빛 범선이 세 폭의 돛을 달고 두둥실 떠 있다. 몸체는 넓고 위로 올라갈수록 돛폭은 점점 더 날렵해져서 완전한 삼각뿔을 이룬 배다.

오빠는 이제 그 어디에도 갈 곳이 없다고 했다. 그러나 이 남자는 아직도 포기하지 않고 자기를 태우고 갈 배를 기다리고 있는 것이다. 나도 이 남자에게 업혀 이름 모를 곳으로 따라가고 싶다. 그래서 저기 먼, 아득한 수평선 너머로, 아니면 꽃불 환한 하늘의 끝까지 나아가보고 싶다.

"과연 올까요?"

그러나 나는 이 한 마디의 말을 입 밖에 내고 나자 새삼 불안해지기 시작했다. 이 말보다 더 정확한 표현이 있었을 텐데, 경솔하고 말았다는 아쉬움마저 생겼다. 남자가 이쪽을 바라보았다. 턱을 약간 올린 채 몽롱한 눈빛으로.

범선 말입니다. 바람에 펄럭이는 황금 돛을 달고 우리를 태우러 올까요? 갑자기 눈물이 나오려고 하여 나는 손으로 입을 막았다. 전혀 예상치 못한 일이었다. 남자는 내 물음을 이해하지 못하겠다는 듯 턱을 약간 더 위로 올리고 의아하게 바라보았다. 사람들은 거의 다 자리를 빠져나갔다. 의자와 의자 사이에, 혹은 그 밑에 고여 있던 바람들이 바깥으로 나와 기지개를 켜는 것이 보였다.

나는 의자 밑으로 구부려 넣었던 다리를 펴고 자리에서 일어서면서 간신히 내뱉은 것은 다음 말이었다.

"전철 말입니다."

| 해설 |

말해지지 않는 것, 보이지 않는 것을 향한 사유

주지영 | 문학평론가

1

말해지지 않는 것, 보이지 않는 것에 대해 그것은 아무것도 아니다, 혹은 없는 것이다, 라고 말할 수 있는가. 우리는 그 말할 수 없음에 대해, 혹은 보이지 않는 것에 대해 말하고, 드러내야 하는 것이 아닌가.

아마도 그것은 매우 지난한 일이 될 것이다. 말해서는 안 되는 것, 말할 수 없는 것을 말함으로써, 혹은 보이지 않는 것을 드러냄으로써 더 험난한 길로, 곤핍한 길로 내몰리게 될지 모른다. 작가란 그 위험을 무릅쓰고 말하고 드러내야 하는 자이다.

작가 김미선의 작품에는 유독 장애인이 많이 등장한다. 「눈이 내리네」, 「낙타 가족」, 「눈물똥」에서는 장애인 부부로 살아가는 인물이 주인공으로 등장한다. 「백령도 연가」에서는 등이 굽은 여자가 등장하고, 「저기 푸른 섬」에서는 장애인 교사가, 「붉은 길이 보이는 창」에서는 한쪽으로 기울어진 다리를 가진 여자가, 「그 남자의 휠체어 댄스」에서는 장애인 단체 간부를 맡고 있는, 다리가 불편한 여자가 주인공으로 등장한다. 그리고 주인공은 아니지만 보조인물로 장애인이 등장하는 경우가 있다. 「무극행」에서는 무극의 꽃동네에서 만난 뇌병변장애를 가진 청년이 등장한다. 장애인이 등장하지 않는 작품은 「그는 말을 타고 갔다」와 「고도를 기다리며」의 두 작품에 불과하다.

장애인 인물이 주인공이나 보조인물로 등장하는 비중이 월등하다는 점에 주목할 때, 작가 김미선은 장애와 관련된 중심소재를 통해 자신의 소설 영역을 개척해나가고 있다는 것을 충분히 짐작할 수 있다.

장애인을 다루는 작품은 우리 소설에서 흔하지 않지만, 꾸준히 발표되고 있다. 그런데 이들 작품들은 장애인을 관찰자의 입장에서 바라보기에 장애인이 갖는 사회적 함의, 그리고 소설적 의의를 그 본질적 측면에서 드러내는 데 어려움을 겪고 있다. 하지만 김미선은 장애인이 갖는 사회적, 소설적 의미를 장애인의 입장에서 접근함으로써 그러한 한계를 돌파하고 있다. 김미선 소설이 갖는 일차적 의의가 여기에 있다고 할 수 있다.

일반적으로 소재 자체가 낯선 것이라고 할 때, 그 소재는 일상에서는 보기 드문 것이기에 그것을 형상화하는 것은 매우 한정적일 수밖에 없다. 그리고 어느 순간이 오면 낯선 소재마저 익숙해지기 마련이다. 그럴 때 그 소재로 이야기하는 것은 더 이상 의미를 갖지 못한다.

김미선의 소설들은 그러한 우려로부터 벗어나 있는 듯하다. 장애에 대한 고민이 주를 이루지만, 그 고민들은 여러 갈래로 나뉘어져 있다. 그리고 그 고민들을 풀어나가는 과정에서 작가는 '정상성'이라는 헤게모니를 해체시키고자 한다. 그러한 고민의 여정에는 '장애'라는 의미의 외연, 장애인을 위한 제도적 실천의 영역, 그리고 우리 시대의 장애에 대한 이해와 교감, 장애인의 곤핍한 삶과 장애를 숙명으로 받아들이고 살아가는 극한의 몸짓들에 대한 탐구가 동반되고 있다. 그리고 이러한 탐구에서부터 출발하여 궁극적으로 인간 존재의 유한성에 대한 뼈저린 통찰로 나아감으로써, 김미선의 작품은 인간 존재와 생명의 근원이 무엇인가 하는 물음을 던지고 있다. 이것이 김미선 소설이 갖는 두 번째 의의이자 본질적 의의이다.

그러한 점에서 김미선의 작품은 '장애'를 표나게 내세우고 있지만, 결과적으로 그것은 인간 존재에 대한 물음이며, 인간에게 숙명적으로 결핍되어 있는 타자를 향한 갈망의 표출에 다름 아니다. 달리 말하자면, 김미선의 작품을 통해 우리는 그러한 인간 존재론에 대한 사유의 독법을 새롭게 터득해 나갈 수 있는 것이다. 김미선의 작품에서 주목해야 할 것은 바로 그 지점이다.

「붉은 길이 보이는 창」에서는 군대 생활을 통해 '유배지의 유형살이'와 같은 삶이 드러난다. 한쪽으로 기울어진 다리를 가진 '나'는 ROTC 장교 최시현을 만나기 위해 그가 있는 부대로 간다. 그는 사회에서 만난 여자들을 울린 죄로 전방에서 유형살이를 하고 있다고 생각한다. 제대를 하고 나면 그는 새로운 생활을 찾아 떠나갈 것이다. '나'는 그를 사랑했던 예전의 기억들을 곱씹으며 그와의 추억이 일종의 환상이라는 것을 깨닫는다. 아직 '나'는 결혼도 하기 전에 아이부터 갖고 자신의 생활을 찾아나가는 동생처럼 살아갈 준비가 되어 있지 않은 것이다.

「낙타 가족」은 '장애'로 인한 육체적 고통이 가족들에게 심리적 고통으로 전이되는 과정을 보여주고 있다. '그녀'는 아들의 운동회에 참석하기 위해 목발을 짚고 학교로 간다. 힘겹게 모래 쌓인 운동장을 지나 겨우 스탠드 계단에 도착하여 자리를 잡는다. 아들이 자신의 모습을 부끄러워할까봐 걱정도 하지만 아들 웅이는 오히려 어머니를 위해 달리기에서 1등하는 모습을 보여주려고 안간힘을 다한다. 달리기하다가 도중에 넘어지는 웅이의 모습을 보면서 '그녀'는 일찍 집으로 돌아가지 않은 것을 후회한다. 그러면서 어릴 적 운동회에 대한 기억을 떠올리면서 힘겹게 목발을 짚고 걸어가는 자신을 바라보며 속으로 눈물을 흘렸을 어머니의 모습을 떠올린다.

'그녀'가 고통스러워하는 모래 폭풍은 타인의 시선들이다. 호기심과 동정, 무관심을 가장한 외면의 눈초리를 고스란히 받아내면서 '그녀'는 목발이 푹푹 빠지는 모래를 건너가야 한다. 그리고 어머니나 아들 웅이는 그런 그녀의 모습을 고스란히 지켜보면서 묵묵히 따라 걷고 있다. 타인들의 그러한 시선이 모래 폭풍처럼 밀려오는 사막, 그 황폐한 곳을 이들 가족은 고통스럽게 횡단하고 있는 것이다. 일상의 축제를 만끽하는 일이 고통스러운 일로 다가오는 것은 이 때문이다.

「그는 말을 타고 갔다」에서는 천형과도 같은 운명에서 벗어나고자 하는 '고아'의 삶이 그려진다. 고아라는 이유로 사랑하는 남자와 헤어져야 하는 '그녀'와 '필순'은 자신들의 고약한 운명에서 벗어나려고 애쓴다. 필순이 이국땅으로 건너가 사랑하는 남자와 결국 결혼하게 되고 아이를 갖자 '그녀'는 그 아이를 통해 운명을 넘어서는 새로운 희망을 발견한다.

「백령도 연가」에서는 어릴 적 아버지의 폭력으로 불구가 되어 등이 굽은 '그녀'가 등장한다. 사랑하는 사람을 사고로 잃고 그를 잊지 못하는 '그녀'는 사랑하는 사람의 아이를 임신했지만 어느 곳에서도 축복받지 못하는 상황에서 그가 죽은 곳을 찾아가 자살을 감행한다. '그녀'는 백령도로 떠나는 배에서 점박이 물범의 출산여행 환송회를 위해 백령도를 찾아가는 환경단체 사람들을 만난다. '그녀'는 행사에 동참을 권하던 후원회장이 임신을 하지 못하는 여자라는 것을 알게 되고, 점차 후원회장의 따뜻한 배려를 진심으로 받아들이게 된다. 불구의 몸으로 남편도 없는 사생아를 낳아야 하는 '그녀'의 상황은 임신을 하지 못하는 후원회장이나, 출산을 위해 이천오백 리 길을 헤쳐가야 하는 점박이 물범의 상황과 다르지 않다.

2

이상의 작품에서 보듯, 어떤 사람들에게는 평범한 일상, 혹은 축제, 혹은 삶이라고 말할 수 있는 것이 다른 이들에게는 고통스러운 일상이고, 피하고 싶은 축제이고, 포기하고 싶은 삶으로 다가오기도 한다. 왜 그러한가. 정상성이라는 헤게모니 안에서 길들여진 인간들에게는 정상성에서 벗어난 모든 것들이 정상과는 다른 것으로 여겨지면서 정상성의 바깥으로 분리되고 배제되기 때문이다. 이성적 사고, 이성적 인간, 명증한 의식, 정상적인 육체 등이 정상성이라면 비이성적 사고, 비이성적 인간, 무의식적 심연, 비정상적인 육체 등은 비정상성으로 이분화된다. 중심과 주변의 이러한 이분법적 사고, 이른바 틀의 사고야말로 정상성에 기초한 권력과 제도를 유지하는 핵심 원리이자 이데올로기이다.

비정상성의 입장에서 볼 때, 이 정상성이라는 이데올로기야말로 비정상성을 억압하는 담론이 아닐 수 없다. 장애인의 권익과 인권을 보호한다는 명분을 내세운 단체들은 이러한 정상성의 틀에 맞서 싸워야 한다. 그렇지만 현실에서 그러한 단체 역시 정상성이라는 담론에 함몰되기 일쑤이다.

장애인을 위한 단체의 실천적 행보가 갖는 문제점에 대한 비판은 「그 남자의 휠체어 댄스」와 「고도를 기다리며」를 통해 제시된다. 처음에는 순수하던 목적이 수단으로 변질되면서 애초의 목적 자체가 망각되고, 오히려 수단이 그 목적 자체를 억압하는 전도된 현상에 대한 비판이 두 작품을 통해 드러난다. 장애인의 권익과 인권을 위한다는 애초의 명분은 사라지고 단체 자체의 권력을 유지하기 위한 수단으로 전락하는 것이다. 무엇을 위한, 누구를 위한 운동인가에 대한 본래의 순수한 목적을 상실한 채, 이권다툼과 이전투구가 벌어지는 상황에서는 단체니 운동이니 하는 것들에 대한 회의감이 생겨날 수밖에 없다.

그렇다면 정상성의 헤게모니를 해체하려는 노력은 어떠한 방식으로 이루어져야 하는가. 그 본질적인 질문에 대한 해답의 모색으로서 작가는 「저기 푸른 섬」과 「무극행」 두 작품을 내어놓고 있다.

「저기 푸른 섬」은 개인과 개인, 개인과 사회의 상호 관계에 초점을 맞추어 그 해답을 모색하고 있다. 이 작품에는 한때 장애인 국어교사로서 몸담았던 시절을 회상하는 '나'가 등장한다. 장애 때문에 공무원 임용을 받을 수 없는 '나'는 국어교사를 구하지 못하고 있던 통영의 한 실업고등학교 교장의 추천으로 교사가 되어 학생들을 가르치게 된다. 역시 학생들은 호기심과 동정, 무관심을 가장한 외면으로 '나'를 대한다. 그러다 점차 아이들과 교감하고 이해할 수 있게 되었을 때, 학교를 떠나게 된다. 자의가 아니라 타의에 의해 학교를 떠나게 되었다는 것을 받아들이지 못한 '나'는 행정소송을 준비하지만 자신을 잠시나마 중용해 주었던 교장의 무탈한 은퇴를 위해 소송을 취하하고 서울로 돌아간다. 그리고 오랜 시간이 지난 뒤 다시 통영을 찾게 된다. 그곳에서 과거 자신이 가르쳤던 학생을 만나고, 장애를 가진 선생이 아닌 하나의 인격체로서 자신을 받아들이고 기억하는 학생들을 통해 과거에 대한 부끄러움과 자괴감으로부터 벗어나게 된다.

제도적인 한계에 부딪혀 자존감과 존재 근거를 상실하게 되었지만, 그러한 상처는 학생들과의 마음 나누기에 의해 극복할 수 있게 된다. 이해와 교감에 근거한 마음 나누기가 밑바탕이 될 때 제도에 의해 생겨나는 모순을 극복할 수 있게 된다는 것이다.

「무극행」은 개인의 개별성에 초점을 맞추어 정상성이라는 헤게모니를 해체하고자 한다. 이 작품에서는 '나'와 'P', '회색잠바의 남자 시인'이 등장한다. 이들은 각기 다른 이유로 무극에 간다. 먼저 P는 장애인을 위한 프로그램의 리포터이자 작가이다. 그녀는 방송국에서 자신의 능력을 인정받지 못하는 위기 상황에 부딪힐 때면 무극에 있는 꽃동네를 찾아간다. 꽃동네의 '임종의 병실'에 다녀온 뒤 P는 자신이 그들과 다르지 않다는 것을 깨달으면서 마음이 편안해지는 것을 느끼게 된다고 말한다. '나'는 그러한 P의 태도가 '확고한 자기 영역을 가진 자만이 누릴 수 있는 감정의 사치'라고 여긴다. 그리고 그곳에서 만난 휠체어를 탄 청년에게서 갇힌 열망과 성적 욕구를 읽어내고 그에게 몸의 보시를 베풀기 위해 다시 그곳을 찾아가려 한다. 그러나 곧 휠체어 청년에 대한 자신의 이해가 남편과의 관계에서 결핍되었던 자신의 욕망 덩어리가 투사된 것에 불과하다는 것을 깨닫는다. 나는 결국 P와 다르지 않았던 것이다. 무극으로 가는 것을 망설이고 있는 '나'는 낭만을 찾아 금광으로 간다던 시인을 따라 다시 무극에 가게 된다. 그리고 자갈에 불과한 돌에서 금을 얻어내는 과정을 보면서 성공이니 실패니 하는 것들, 혹은 희망이니 절망이니 하는 것들에 얽매이는 일이 얼마나 무용한 것인가 하는 것을 깨닫는다.

무극행의 목적은 각 개인의 이해와 목적이 얽힌 채로 다양하게 교차된다. 그리고 그 무극에서 각 개인은 그 자신의 목적만큼의 이해와 교감을 얻고 돌아온다. 그곳에서 무엇을 보는가는 각 개인의 몫이다. 무극에는 꽃동네가 있고, 금광이 있다. 각 개인의 삶과 태도에 따라, 무엇을 기대하는가에 따라 무극은 그 의미가 달라질 수 있다. 누군가는 꽃동네에서 장애를 보며 제 삶의 길을 찾고, 누군가는 장애를 가진 이의 본능적인 욕망을 읽고, 누군가는 금광에서 실체가 보이지 않는 낭만을 찾는다. 그것은 생활을 영위하기 위해서인 경우도 있고, 자아를 찾기 위해서인 경우도 있고, 영혼의 자유를 맛보기 위해서인 경우도 있다.

이와 같은 무극행에서 장애와 관련된 사유는 어떠한 방식으로 드러나는가. P의 경우 장애인을 대상화시키고 있다. 그럼으로써 경계선의 이쪽과 저쪽을 분리시키고, 자신이 이해하는 한에서 경계 바깥을 잠시 맛보고 경계 안쪽으로 되돌아온다. 일종의 일탈과 같은 것이 P에게서 드러난다. 그럼에도 불구하고 P는 방송인으로서의 성공과 실패라는 결과에 연연하고자 하지 않는다. 오히려 그것을 떠난 자리, 가장 낮은 자리에 놓여 있는 자신을 발견하고 그것에서 자유로움을 맛본다. P의 생각이 주는 의미는 이와 같다.

반면, 시인의 경우는 어떠한가. 시인은 다만 '낭만'을 찾고자 할 뿐이다. '노란 금맥'이라는 실체가 주는 '낭만'이 아니라, '땅에서 금을 캐는 일'에서 낭만을 찾는다. 여기서 '노란 금맥'은 육체적 장애를, '땅에서 금을 캐는 일'은 영혼의 단련을 의미한다. 시인은 인간의 몸이 갖는 유한성 그것이 아니라 영원히 썩지 않는 어떤 것, 화강암과 뜨거운 마그마의 순간적 만남으로 영원을 얻는 어떤 것, 곧 영혼의 영역에 관심을 둘 뿐이다. 곧 시인은 육체의 주박에서 풀려난 자유로운 영혼을 꿈꾸는 것이다.

그러나 삶이란, 또한 현실이란 이와 같지 않다. 무극행에서 보여주는 몸짓들이란 일종의 정상성의 헤게모니 안에서 그것을 내파하려는 움직임일지 모른다. 성공과 실패를 떠난 자유로움, 자본의 영향으로부터 자유로운 영혼이란 성공과 실패를 맛본 자, 금맥에 매료된 자들에게 허락된 일탈 내지 깨달음인 것이다. 그런 것에 대한 추구나 성취의 기회조차 주어지지 않는 상황에서는 도대체 일탈이나 깨달음 자체가 논외의 일일 뿐이다.

장애인 부부의 곤핍한 삶이 드러나 있는 「눈이 내리네」와 「눈물 똥」은 그 삶의 극한을 넘어서려는 몸짓을 보여준다.

「눈이 내리네」에서는 출근길 주차 전쟁과 관련하여 빚어진 장애인 부부의 눈 오는 날의 풍경이 그려지고 있다. 몸이 불편한 남편은 짧은 거리를 움직이는 것도 힘겨워한다. 그래서 되도록 회사 가까운 곳에 주차를 해야 한다. 그러자면 일찍 집을 나서지 않으면 안 된다. 그래서 장애인 부부는 차가 수월하게 빠져나갈 수 있는 곳에 주차하기 위해 차를 옮겨 놓는다. 그 날은 눈이 내려 '나'(아내)는 남편과 함께 밖으로 나가 차에 쌓인 눈을 치우고 있다. 그 광경을 보는 아파트 사람들은 호기심과 동정, 무관심을 가장한 외면 등으로 일관한다.

남편에게는 주차가 전력을 다해야 하는 싸움과 같다. 사소한 일상이 전쟁과도 같은 일로 느껴지는 것이다. 바깥 외출이나 외식이 불가능한 상황을 받아들여야 한다는 것은 그러한 상황이 주는 즐거움에서 전적으로 소외되어 있다는 것이나 마찬가지이다. '~도 없고, ~도 없고, ~를 할 수 없고, ~도 하지 못하고'로 일관하는 장애인 부부의 생활은 "끝이 들여다보이는 생활"일 뿐이다. 그것이나마 유지하기 위해서 남편은 전력을 다해 질주하지 않으면 안 된다.

남편이 차에서 내려 집에 들어오기까지는 야구 주자가 홈인을 위해 전속력으로 달려와 슬라이딩을 하는 순간과 같다. 힘들고 거친 슬라이딩으로 무릎에서 피가 나는 것처럼 그의 이마에는 늘 땀이 솟아나왔다.

그렇게 끝이 들여다보이는 생활에서 한 줌의 의미도 찾아내지 못한 '나'는 장애인 부부의 결혼에 대해 강연을 부탁하는 박 부장의 요청을 들어줄 수가 없다. 게다가 명색이 소설가인 '나'는 '한 줄의 문장'도 쓰지 못하고 있다. 말이 되어 나오지 않는 것, 아니 말할 수 없는 것의 영역에 장애인 부부의 삶이 놓여있기 때문이다. 그것은 전쟁 중에 두 아이를 잃고 실어증에 걸린 여자의 상황과 다르지 않다.

검은 차드로를 걸친, 얼굴이 둥근 그 여자는 힘없는 입술을 달싹거리며 무엇인가를 말하려고 했다. 끊임없이 두 손바닥을 맞비비거나 손가락을 들어 무엇인가 표현하기를 애쓰면서. 그러나 입술은 맥없이 열렸다 닫혔다 할 뿐, 한 줄의 말은커녕 단어 하나조차 만들어지지 않았다. 단지 아, 아, 어, 어 라고 힘없이 이어지는 단말마 중에서 알아들을 수 있는 것은 한숨과 비탄뿐이었다. 그런데도 불구하고 그녀는 돌아가는 카메라 앞에서 헛된 동작을 반복하기를 그치지 않는다.

한숨과 비탄뿐인 여자의 단발마는 비단 헛된 동작일 뿐일까. 그 절실함을 말로 표현하지 못하듯 '나' 역시 한 문장도 만들어내지 못한다. 장애인끼리의 결혼은 장애인 단체에서 일하는 사람들이 생각하는 것처럼 "권태로운 일"이거나, 아니면 "패배의식을 심어줄 우려가 있는 것"인가. '나'는 그렇지 않다고 생각한다. 남편의 차 위에 쌓인 눈을 쓸어내리면서 '나'는 남편의 옆에서 눈이 내리는 날 함께 있어줄 수 있다는 것에 행복을 느낀다. 그것을 행복으로 여길 수 없다면, '나'는 한 문장도 만들어 낼 수 없는 것이다.

「눈물똥」에서는 장애인 부부가 중풍에 걸린 노모를 돌보며 함께 살아간다. 이 작품에서는 시어머니가 용변을 보는 일로 인해 겪게 되는 어려움이 드러난다. 혼자 몸을 가누지 못하는 시어머니가 변의를 느낀다. '그녀'는 그것을 알아채고 시어머니를 욕실까지 밀고 끌고 가지만 다리가 불구인 까닭에 시어머니를 변기에 앉힐 엄두를 내지 못한다. 결국 학교에 전화해 아들 은이를 불러 시어머니를 변기에 앉히고 변을 보게 한다.

시어머니는 중풍이 오기 전까지 불구인 아들을 위해 헌신적으로 살아왔다. 그러다가 중풍에 걸려 몸져눕고, 아들은 그런 어머니 걱정에 잠을 이루지 못한다.

이들에게는 어머니가 용변을 보게 하는 일 자체가 무엇보다 큰일인 것이다. 그럼에도 불구하고 이들은 중풍에 걸린 어머니를 모시려는 일 자체를 그만두지 않는다. 평생 아들을 위해 살아왔던 어머니에 대한 자식의 도리이면서, 돌봄을 받아왔던 것에 대한 보답이자, 이별을 위한 의식인 셈이다. 다만 몸이 따라주지 않아 힘든 것일 뿐이다.

살아있다는 것 자체가 '고통'이고 '억압'일 뿐인 이들에게 '죽음'은 일종의 '구원'처럼 여겨진다. 그렇지만 이들은 서로를 돌보고, 돌봄을 받기를 그만두지 않는다. 당연히 받기만 해야 하는 것도, 주기만 해야 하는 것도 없다. 서로 필요할 때 도움을 받고, 도와주는 것이다. 그럴 때 이들이 죽음과 맞바꾸고 싶어 하는 고통을 함께 나눌 수 있게 된다.

3

그리하여 이와 같은 극한의 몸짓에는 자유로운 삶에 대한 갈망을 동반할 수밖에 없다. 그것은 숙명적으로 짊어져야 할 육체의 수인에서 벗어날 수 있는 자유로운 보행에 대한 갈망이고, 자유로운 영혼에 대한 갈망이고, 보다 더 근원적으로는 유한한 인간 존재를 넘어선 시원에 대한 갈망이다.

의족이나 휠체어, 차, 범선 등은 육체의 수인에서 벗어나려는 열망이 투사된 매개물이다. 그것은 일종의 '다리'인 셈이다.

> 인간의 몸이라는 게, 따지고 보면 어디 한 군데 놀랍지 않은 곳이 있을까마는 그래도 나에게는 다리라는 인체가 훨씬 더 압도적인 경이로움으로 다가온다. 다리에 대하여 어찌할 수 없는 나의 천부적인 컴플렉스 때문이 아닐까라고 누가 말해 준다면 나는 고개를 끄떡일 수밖에 없다. 그러나 역시 다리에 관한 한, 비틀린 왜곡이라기보다는 순전한 아름다움에 대한 절실한 인식을 가지게 된 것뿐이라고 나는 말하고 싶다. (「눈이 내리네」)

'다리'에 대한 아름다움을 동경하는 것은 '나'의 결핍에서 비롯된다. 그런데 그 결핍은 현실에서는 채워지기 어렵다. 따라서 그 결핍을 충족시키려는 '나'의 열망은 끊임없이 다른 대체물을 찾기 마련이다. 그것은 '말'이거나 '점박이 물범'으로 나타난다.

「그는 말을 타고 갔다」에서는 기마인물형 토기에 있는 '말'이 대체물로 제시되고 있다. 고아인 필순은 박물관에 갔다가 기마인물형 토기 앞에서 후안을 만난다. 필순은 박물관에서 구입한 기마인물형 토기를 또 다른 고아인 '그녀'에게 선물한다. 이후 필순은 후안과 결혼한다. 그런데 '그녀'는 필순의 남편인 후안의 아이를 갖게 된다. '그녀'는 필순에 대한 죄책감으로 인해 아이를 지우고, 그 아이를 묻으면서 기마인물형 토기를 함께 넣어준다.

> 어린아이의 묘지였던 신라 금령총에서 한 쌍으로 출토되었다는 그것은 죽은 이의 사후 세계가 편안하도록 함께 묻어주는 부장품이라는 것도 그때 들어서 알게 된 사실이었다. 그녀는 필순이와 한 개씩 나눠가진 그 하나를 아이의 무덤에 묻어주었다. 죽음 뒤에도 또 다른 세계가 있다면, 그리고 내세라는 것이 있어서, 지금이 흘러가 그리로 이어진다면 아이가 이 말을 타고 편안하게 가 닿기를 바랐다.

아이의 무덤에 함께 묻어준 기마인물형 토기는 죽은 이의 사후 세계가 편안하도록 묻어주는 부장품이었다. 결국 '말'은 죽은 이를 사후세계, 내세로 이어주는 '다리'이다. 편안한 세계, 또 다른 세계를 향한 열망이 '말'을 통해 드러나고 있는 것이다. 그것은 시공을 초월하여 이곳과 저곳을 이어주는 매개물이다.

「백령도 연가」에서는 점박이 물범의 출산여행을 보면서 그들과 함께 험난한 여행을 시작하려고 하는 '그녀'가 등장한다. 점박이 물범은 출산을 위해 이천오백 리의 험난한 여행을 감행한다.

저렇게 순진한 애들이 앞으로 이천오백 리를 달려가야 한답니다. 가고 오는 길은 무척 험하지요. 살아 돌아온다는 보장은 더더욱 없구요. 여자는 더 이상 웃음을 흘리지 않았다. 대신 북녘의 그 어딘가로 눈길을 주고 있었다.

그래서요? 그녀는 고귀한 생명애로 똘똘 뭉친 후원회장님께 코웃음을 보내고 싶었다. 고상한 당신네들은 물짐승 한 마리의 안위에도 그렇게 마음을 쓰시는군요. 참으로 잘났습니다. 근데 이상하게도 가슴이 뻐근해지는 것이었다.

그런데요, 실은 저 애들이 부러워요. 바람에 날리는 머리카락을 귀 뒤로 꽂으면서 여자가 말했다. 저 작은 짐승도 생명을 품을 수 있는 어미로서의 몸을 가졌잖아요. 얼른 보면 보잘 것 없는 몸인데, 그 몸이 또 다른 우주를 탄생시키는 통로의 역할을 하고 있다고 생각하면 정말 감동스럽죠. 그것뿐이겠어요? 새끼를 낳기 위해서 먼 빙하까지 출행을 감내하는 것인데, 사실은 이 과정을 통해 이들은 바다와 하나가 되죠.

점박이 물범은 새끼를 낳기 위해 '중국 보하이 해, 랴오둥 만 빙하'를 향해 출행한다. 그 출행은 바다와 하나가 되는 길이자, 새로운 생명을 품고, 또 다른 우주를 탄생시키는 통로가 되어주는 길로서의 의미를 갖는다. 백령도에서 출발하여 빙하까지 도달하고 비로소 그곳에서 새끼를 낳는 그 험난한 과정을 통해 점박이 물범은 어미가 된다. 곧 어미가 된다는 것은 그 험난함을 감수하면서 백령도에서 빙하를 찾아 나서는 것이고, 바다와 하나가 되는 것이다. 점박이 물범은 백령도와 빙하를, 현재의 세대와 다음 세대를 연결시켜 주는 '다리'이다.

기마인물형 토기나 점박이 물범은 '말'이거나 '물범'인 것이 아니라 이승과 저승, 현세와 내세, 백령도와 빙하, 바다와 대양을 연결시켜주는 '다리'인 것이다. 이승과 저승, 현세와 내세가 일체가 된 세계야말로 정상성이 지배하는 지금 이곳을 넘어선, 정상과 비정상, 육체와 영혼의 구분이 사라지고 모두가 하나 되는 시원의 세계이다. 삶에서 느끼는 결핍을 메워주고, 영혼의 갈급을 채워주는 것으로서의 시원, 그것은 점박이 물범이 도달해야만 하는 '빙하'이고, 기마인물형 토기가 안내하는 '내세'이자 '기름진 아버지의 땅'이고, 무극의 금광에서 포클레인이 퍼 나르는 '백악기의 먼지'이다.

작가는 오랜 시간의 흔적이 켜켜이 쌓여있을 '빙하'와 '대양'과 '땅'과 '돌'에서 생명의 흔적을 찾고 있다. 그리고 그것들에 새겨진, 오랜 시간을 견디어 내는 법을 배우고자 한다.

그러한 시원에 도달하기 위해 작가는 또 새로운 여행을 시작할 것이다. 그 여행을 지켜보는 자들은 다음과 같은 작가의 언명을 기억해야 한다.

> 캄캄한 네모 상자 안에 불빛만 들어오면, 그래서 방정맞도록 쉬임없이 작은 몸을 굴리고 있는 커서만 바라보면 머릿속이 먹먹해져 왔다. 그

렇다고 해서 쓰고 싶은 것이 없는 것이 아니었다. 새벽에 문득 잠이 깨어 거무레한 천장을 바라보면 거기에는 슬프고도 적막한 말들이 서로의 작은 몸을 껴안고 웅크리고 앉아 나를 기다리고 있었다. 길을 가다가도 미처 풀지 못한 덩어리 하나가 뜨겁게 가슴을 달구어오곤 했다. 그러나 귀신들린 여자처럼 그 허허롭고도 뜨거운 감정이 비좁은 속에서만 와글거릴 뿐, 그것이 어떻게 바깥으로 나와야 할지, 한 줄의 빛나는 견사처럼 올올이 풀려나와야 할지 도무지 알 수 없는 채로 남아 있는 것이다. (「눈이 내리네」)

작가는 아직 '그 한 줄의 문장'을 찾기 위해 글을 쓰고 있다. '슬프고도 적막한 말들', '미처 풀지 못한 덩어리 하나'를 찾아 그것을 '그 한 줄의 문장'에 담고 있을 것이다. 말해야 하는 것들인데 말해지지 않는 말들, 보이는 것이지만 드러나서는 안 되는 것으로 간주되는 것들을 이야기하기 위해, 그리하여 자유롭게 비상하면서 끊임없이 갇힌 시공간을 넘어서기 위해 작가는 '그 한 줄의 문장'을 담금질하고 있을 것이다. 작가의 다음 작품이 기다려지는 까닭은 이 때문이다.